Lisa Jane Smith

Il diario del vampiro

L'ombra del male

Newton Compton editori

Alla mia meravigliosa agente, Elizabeth Harding

1

Il pomeriggio dopo la "punizione" di Elena, Damon prese una stanza nello stesso edificio in cui viveva il dottor Meggar. Lady Ulma rimase nello studio finché Sage, Damon e il dottor Meggar non la guarirono completamente. Non parlava più di cose tristi. Raccontò così tante storie sulla tenuta in cui aveva trascorso la sua infanzia che alla fine ebbero l'impressione di conoscere ogni stanza, di potervi quasi passeggiare.

«Credo che adesso ci abitino topi e ratti», disse, malinconica, alla fine dell'ennesimo racconto. «E ragni e falene».

«Ma perché?», chiese Bonnie, ignorando Meredith ed Elena che le stavano facendo segno di tacere.

Lady Ulma piegò la testa all'indietro e guardò il soffitto.

«A causa... del generale Verantz. Il vecchio demone che mi vide quando avevo solo quattordici anni. Quando i suoi soldati assalirono la mia casa, massacrarono tutte le persone e gli animali che trovarono, eccetto me e il mio canarino. I miei genitori, i miei nonni, i miei zii... le mie sorelle e il mio fratellino. Persino il gatto, addormentato sullo sgabello accanto alla finestra. Il generale Verantz mi fece condurre al suo cospetto, così com'ero, a piedi nudi e in camicia da notte, coi capelli spettinati, le trecce mezzo sciolte. Accanto a lui c'era il mio canarino. Avevano tolto il panno che copriva la gabbia durante la notte. Era ancora vivo e saltellava più allegro che mai. Questo dettaglio gettò un'ombra ancora più macabra su tutta la scena... più simile a un sogno. È difficile da spiegare.

Due soldati continuavano a tenermi per le braccia, ma era più per impedirmi di cadere che per non farmi fuggire. Ero così giovane, capite, e tutto continua a dissolversi e a confondersi nella mia memoria. Ma ricordo esattamente quello che mi disse il generale. "Ho detto a questo uccellino di cantare e lui ha cantato. Ho detto ai tuoi genitori che volevo farti l'onore di diventare mia moglie e loro hanno rifiutato. Ora guardati attorno. Vuoi seguire l'esempio del tuo canarino o dei tuoi genitori?". E indicò un angolo buio della stanza. C'era solo la luce delle torce, che erano state messe fuori per la notte. Ma nella penombra riuscii a intravedere un cumulo di oggetti sferici, con accanto della paglia o dell'erba. O almeno fu quello che pensai all'inizio, davvero. Ero così innocente, e credo che lo shock avesse alterato la mia lucidità mentale».

«Ti prego», disse Elena, carezzando dolcemente la mano di Lady Ulma. «Non sei costretta a continuare. Capiamo benissimo...».

Ma Lady Ulma proseguì come se non avesse sentito: «E poi uno degli uomini del generale raccolse una specie di noce di cocco, ricoperta da fili molto lunghi, intrecciati. La fece roteare con noncuranza. E tutt'a un tratto capii cosa era realmente. Era la testa di mia madre».

Elena trasalì. Lady Ulma guardò le tre ragazze con occhi duri, asciutti. «Di sicuro penserete che io sia del tutto insensibile perché riesco a parlare di queste cose senza scompormi».

«No, no...», si affrettò a dire Elena. Era scossa, persino dopo aver ridotto al minimo i suoi sensi psichici. Ebbe paura che Bonnie potesse svenire.

Lady Ulma riprese a parlare. «La guerra, la violenza gratuita e la tirannia sono tutto ciò che ho conosciuto dal giorno in cui la mia innocenza infantile fu distrutta. È la gentilezza che mi commuove ora, che fa riempire i miei occhi di lacrime».

«Oh, non piangere», implorò Bonnie, gettandole d'impulso

le braccia al collo. «Per favore, non piangere. *Noi* siamo qui per te».

Intanto Elena e Meredith si guardavano, aggrottando le sopracciglia e scrollando le spalle.

«Sì, per favore, non piangere», intervenne Elena, sentendosi un po' in colpa, ma determinata a mettere in atto il Piano A. «Perché la tenuta della tua famiglia adesso si trova in condizioni così disastrose?»

«Per colpa del generale. Fu inviato in terre lontane a combattere guerre folli e insensate. Quando partì, prese con sé tutto ciò che poteva, compresi gli schiavi che erano nelle sue grazie al momento. Allora, tre anni dopo l'assalto alla nostra casa, io non lo ero, e non fui scelta per seguirlo. Fui fortunata. Il suo esercito venne sterminato; i suoi domestici e familiari furono fatti prigionieri o trucidati. Non aveva eredi e le sue proprietà furono assegnate alla Corona, che non se ne servì. Sono rimaste abbandonate per tutti questi anni... più volte saccheggiate, senza dubbio, ma il loro vero segreto, il segreto dei gioielli, non è stato ancora scoperto, per quel che ne so».

«Il Segreto dei Gioielli», sussurrò Bonnie, con tutta l'enfasi di cui era capace, come se fosse un romanzo giallo. Stava ancora abbracciando Lady Ulma.

«Quale segreto dei gioielli?», chiese Meredith, più calma. Elena voleva intervenire, ma sentiva deliziosi brividi di eccitazione che le impedivano di parlare. Era come assistere a uno spettacolo di magia.

«Ai tempi dei miei genitori, era normale nascondere le ricchezze in qualche luogo nella tenuta, e conservare il segreto all'interno della cerchia familiare. Di certo mio padre, essendo artista e commerciante di gioielli, aveva molto più da nascondere rispetto alla maggior parte delle persone che conosco. Aveva una stanza meravigliosa, che mi sembrava simile alla caverna di Aladino. Era il suo laboratorio. Ci teneva le gemme non lavorate, oltre ai gioielli che gli erano stati commissionati o che creava per mia madre o per dare libero sfogo alla sua fantasia».

«E nessuno l'ha ancora scoperta?», chiese Meredith, con una leggera sfumatura di scetticismo.

«Se qualcuno l'ha trovata, io non ne sono a conoscenza. Naturalmente, avrebbero potuto estorcere l'informazione ai miei genitori, all'epoca... ma il generale non era un vampiro o un kitsune meticoloso e paziente, ma un selvaggio, impaziente demone. Uccise i miei genitori, irrompendo in casa come un tifone. Non gli è mai venuto in mente che io, una ragazzina di quattordici anni, potessi conoscere il segreto».

«Ma tu sapevi...», sussurrò Bonnie, affascinata, ansiosa di scoprire il finale della storia.

«Ma io sapevo. E lo so tuttora».

Elena deglutì. Stava tentando di restare calma, di comportarsi come Meredith, di mantenere il sangue freddo. Ma proprio quando stava per dire qualcosa che dimostrasse tutto il suo autocontrollo, Meredith esclamò: «Che cosa stiamo aspettando?», e saltò in piedi.

Lady Ulma era la persona più tranquilla in quella stanza. Sembrava anche un po' perplessa, quasi intimidita. «Vuoi dire che dovremmo chiedere udienza al nostro padrone?»

«Voglio dire che dovremmo andare lì e prendere quei gioielli!», esclamò Meredith. «Damon potrà essere di grande aiuto, se c'è qualcosa di pesante da sollevare. Anche Sage». Non capiva perché Lady Ulma non fosse eccitata.

«Ma ti rendi conto?», disse Elena, agitata. «Potrai riavere la tua casa! Faremo del nostro meglio per sistemarla, per farla tornare com'era ai tempi della tua infanzia. Se è questo che vuoi fare con i soldi, intendo. Ma mi piacerebbe almeno *vedere* quella caverna di Aladino!».

«Ma... in realtà», Lady Ulma parve colta da un'improvvisa angoscia, «intendevo chiedere a Padron Damon un altro favore... anche se il denaro ricavato dai gioielli potrebbe essere utile a questo scopo».

«Cosa desideri?», chiese Elena con la massima gentilezza. «E non devi più chiamarlo Padron Damon. Ti ha liberata qualche giorno fa, ricordi?»

«Ma era certamene solo un... un modo per festeggiare quel momento, no?». Lady Ulma sembrava perplessa. «Non ha fatto domanda ufficiale al Ministero per la Schiavitù, vero?»

«Se non l'ha fatto è perché non lo sapeva!», gridò Bonnie nello stesso istante in cui Meredith urlò: «Noi non conosciamo bene il protocollo. È di questo che hai bisogno?».

Lady Ulma riuscì solo ad annuire. Elena si sentì avvilita. Si chiese se quella donna, schiava da oltre ventidue anni, sarebbe mai riuscita a *credere* di essere davvero libera.

«Damon era sincero quando ha detto che eravamo tutte libere», disse, inginocchiandosi accanto alla sedia di Lady Ulma. «Soltanto non conosceva tutti i passaggi necessari. Se ce li spieghi, glieli riferiremo e poi potremo andare tutti alla tua vecchia tenuta».

Stava per rialzarsi, quando Bonnie disse: «C'è qualcosa che non va. Non è felice come prima. Dobbiamo scoprire perché».

Aprendo un po' la sua percezione psichica, Elena capì che Bonnie aveva ragione. Rimase dov'era, in ginocchio accanto alla sedia di Lady Ulma.

«Cosa c'è?», chiese, poiché la donna era più disposta ad aprirsi quando era Elena a farle le domande.

«Speravo», disse piano Lady Ulma, «che Padron Damon potesse comprare...». Arrossì, ma si fece coraggio. «Potesse avere la bontà di comprare ancora uno schiavo. Il... il padre di mio figlio».

Ci fu un momento di perfetto silenzio, poi le tre ragazze cominciarono a parlare nello stesso istante, e tutte, notò Elena, facevano attenzione a non rivelarle i loro sospetti, ovvero che il Vecchio Drohzne fosse il padre.

Ma non era possibile, si disse Elena. Lady Ulma era *felice* della sua gravidanza, e chi mai poteva gioire alla prospettiva di dare alla luce il figlio di un mostro disgustoso come il Vecchio Drohzne? Inoltre, lui non aveva mai sospettato che lei fosse incinta... né se n'era preoccupato.

«Più facile a dirsi che a farsi», disse Lady Ulma, quando il vocio di rassicurazioni e domande si calmò un poco. «Lucen è un orafo, un artista famoso che ha creato gioielli... simili a quelli di mio padre. Costerà caro».

«Ma noi abbiamo una caverna di Aladino da esplorare!», disse allegramente Bonnie. «Voglio dire, avrai abbastanza denaro vendendo i gioielli, giusto? O te ne serve di più?»

«Ma sono i gioielli di Padron Damon adesso», disse Lady Ulma, mortificata. «Anche se non ha ancora capito che, ereditando i beni del Vecchio Drohzne, è diventato il mio padrone e il proprietario di tutti i miei beni...».

«Andiamo a liberarti e poi affronteremo le altre difficoltà, un passo alla volta», disse Meredith, col suo tono più fermo e razionale.

Caro diario,

be', ti scrivo ancora come schiava. Oggi abbiamo liberato Lady Ulma, ma si è deciso che Meredith, Bonnie e io rimarremo "assistenti personali". Questo perché Lady Ulma ha detto che Damon avrebbe fatto una ben magra figura senza una scorta di belle ragazze.

In realtà c'è un lato positivo in tutto ciò, ed è che in qualità di cortigiane dovremo indossare sempre splendidi abiti e gioielli. Dal momento che indosso lo stesso paio di jeans da quando quel b*st*rdo del Vecchio Drohzne ha fatto a pezzi quelli che portavo prima, puoi immaginare quanto sia eccitata.

Ma, a dire la verità, non sono contenta solo per i bei vestiti. Tutto quello che è accaduto da quando abbiamo liberato Lady Ulma e raggiunto la sua vecchia tenuta è stato un sogno meraviglioso. La villa era diroccata e, ovviamente, infestata da animali selvatici. Al piano superiore abbiamo trovato tracce di lupi e altri animali, che ci hanno spinte a chiedere in giro se ci fossero lupi mannari anche in questo mondo. A quanto pare, ci sono, e alcuni occupano cariche molto ambite alle dipendenze dei vari signori feudali. Forse a Caroline piacerebbe venire qui in vacanza per saperne di più sui veri lupi mannari, benché si dica che detestino così tanto gli umani da non volere né loro né i vampiri (un tempo umani) come schiavi.

Ma torniamo alla villa di Lady Ulma. Le fondamenta sono in pietra e rinforzate da pannelli di legno duro, quindi la struttura è solida. Tendaggi e tappezzeria cadevano a pezzi, naturalmente, quindi è stato piuttosto spaventoso entrare con le torce e vederli ondeggiare senza sosta. Per non parlare delle ragnatele giganti. Odio i ragni più di ogni altra cosa.

Ma siamo entrati, con le nostre torce simili a riproduzioni in miniatura del gigantesco sole cremisi che non lascia mai l'orizzonte, tingendo tutto del colore del sangue. Abbiamo chiuso le porte e acceso il fuoco nell'enorme camino del salone, che Lady Ulma chiama la Sala Grande. Credo che lì si tenessero i ricevimenti e le cene: c'è un tavolo enorme su una pedana e un palchetto per i menestrelli su quella che un tempo doveva essere la pista da ballo. Lady Ulma ha detto che lì, di notte, dormiva la servitù (nella Sala Grande, non sul palco dei menestrelli).

Poi abbiamo visitato il piano superiore, dove abbiamo visto – giuro! – parecchie dozzine di camere da letto con enormi letti a quattro piazze, che avevano bisogno di materassi nuovi, e poi lenzuola, coperte e tende nuove per il baldacchino, ma non siamo rimaste tanto a guardarci attorno. C'erano dei pipistrelli appesi al soffitto.

Ci siamo diretti alla sartoria. Era una stanza molto ampia, dove almeno quaranta persone potevano sedersi per cucire i vestiti disegnati dalla madre di Lady Ulma. Ma ora viene il bello!

Lady Ulma ha aperto uno degli armadi della stanza e ha tolto tutti i vestiti laceri e mangiati dalle tarme. Poi ha fatto pressione su alcuni punti in fondo all'armadio e si è aperto un pannello scorrevole! All'interno c'era una scala molto stretta che portava in basso.

Mi ha fatto pensare alla cripta di Honoria Fell e mi sono chiesta se qualche vampiro senzatetto avesse eletto a sua dimora la stanza al piano inferiore, ma sapevo che era un'idea sciocca perché c'erano delle ragnatele appena oltre la porta. Damon ha insistito per scendere per primo, perché riesce a vedere meglio al buio, ma credo che in realtà fosse solo curioso. L'abbiamo seguito una alla volta, facendo attenzione con le torce, e... be', non ho parole per descrivere quello che abbiamo scoperto. In un primo momento ero solo delusa perché gli oggetti sul grande tavolo laggiù erano più polverosi che luccicanti, ma poi Lady Ulma ha cominciato a pulire delicatamente i gioielli con un panno speciale e Bonnie ha trovato certi sacchi e pacchetti che ha rovesciato sul tavolo... ed è stato come versare un arcobaleno! Damon ha trovato un mobiletto con cassetti pieni di collane, braccialetti, anelli, cavigliere, orecchini, decorazioni e ninnoli di tutti i tipi!

Non riuscivo a credere ai miei occhi. Ho rovesciato una borsa e mi sono trovata con una manciata di splendidi diamanti bianchi, alcuni grossi quanto l'unghia del mio pollice. Ho visto perle bianche e perle nere, alcune piccole e perfettamente identiche tra loro, altre enormi e lavorate in forme meravigliose: grandi quasi quanto un'albicocca con sfumature rosate, dorate o argentate. Ho visto zaffiri della dimensione di un cocomero, con riflessi visibili dall'altro lato della stanza. Ho raccolto manciate di smeraldi, olivine, opali, rubini, tormaline, ametiste... e tantissimi lapislazzuli, per i vampiri prudenti, ovviamente.

E le gemme già lavorate erano talmente belle che sono rimasta a bocca aperta. Ho notato che Lady Ulma aveva pianto, ma credo, in parte, per la felicità di ricevere da noi tutti quei complimenti per i suoi gioielli. Da un giorno all'altro era passata dalla condizione di schiava indigente a quella di signora incredibilmente ricca, proprietaria di una villa e di tutto il denaro necessario per rimetterla in sesto e mantenerla come si deve. Anche se Lady Ulma sta per sposare il suo amante, abbiamo deciso che è meglio che Damon non si affretti troppo a comprarlo, per liberarlo poi con calma, recitando la parte del "Signore della tenuta" finché restiamo qui. Nel frattempo tratteremo Lady Ulma come un membro della famiglia e lasceremo che Lucen ritorni al suo lavoro di orafo finché non ripartiamo. Allora lui e Lady Ulma potranno tranquillamente prendere il posto di Damon. I signori dei feudi vicini non sono più demoni, ma vampiri, pertanto hanno meno obiezioni all'idea che un umano sia proprietario di una tenuta.

Ti ho raccontato di Lucen? È un artista meraviglioso! Ha un incontenibile estro creativo. Nei primi tempi della sua schiavitù realizzava oggetti con erba e fango, come se fossero gemme. Poi ha avuto fortuna ed è diventato l'apprendista di un gioielliere. Ha sofferto per la condizione di Lady Ulma e l'ha amata così a lungo che è un piccolo miracolo che stiano finalmente insieme... e, soprattutto, come liberi cittadini.

Temevamo che a Lucen potesse non piacere l'idea di essere comprato come schiavo senza venir liberato fino alla nostra partenza, ma lui non aveva nemmeno mai sperato di poter essere libero, a causa del suo talento. È un uomo pacato, gentile, simpatico, con una barba corta e curata e occhi grigi che mi ricordano quelli di Meredith. Era talmente sorpreso di essere trattato bene e di non dover lavorare tutto il giorno che avrebbe accettato volentieri qualsiasi cosa, solo per poter stare vicino a Lady Ulma. Presumo fosse un apprendista ai tempi in cui suo padre era un rinomato gioielliere, e che fosse innamorato di lei già da allora, ma credo che non avesse mai osato sperare di avvicinarla, perché lei era una signorina di buona famiglia e lui un semplice schiavo. E adesso sono così felici insieme!

Lady Ulma diventa sempre più bella, sembra quasi più giovane. Ha chiesto a Damon il permesso di tingersi i capelli di nero, e lui le ha risposto che avrebbe potuto farseli anche rosa se preferiva. Ora è talmente bella da mozzare il fiato. Non posso credere di averla considerata una vecchia strega, ma il dolore, la paura e la disperazione possono ridurti in uno stato tremendo. Quei capelli bianchi erano dovuti alla sua condizione di schiava, senza proprietà, senza speranze, senza certezze, senza nemmeno il diritto di tenere dei figli, se ne avesse avuti.

Ho dimenticato di parlarti dell'altro aspetto positivo che il ruolo di "assistenti personali" ha per me, Meredith e Bonnie. Ora possiamo assumere moltissime povere donne che si guadagnano da vivere come sarte, perché Lady Ulma vuole disegnare abiti e mostrare loro come cucire i nostri splendidi vestiti. Le abbiamo detto che dovrebbe solo rilassarsi, ma lei dice di aver sognato per tutta la vita di diventare una stilista come sua madre e ora muore dalla voglia di farlo... con tre ragazze diverse da vestire. E io non vedo l'ora di scoprire cosa ne verrà fuori: ha già cominciato a disegnare e domani verrà un commerciante di stoffe per farle scegliere i materiali.

Nel frattempo Damon ha assunto circa duecento persone (sul serio!) per ripulire la tenuta di Lady Ulma, rinnovare tappezzeria e tende, sostituire le tubature, restaurare i mobili che si sono mantenuti in buono stato e sostituire quelli che cadono a pezzi. Oh, e per piantare fiori a crescita rapida e alberi in giardino e metterci fontane e altri addobbi. Con tutta questa gente al lavoro, è questione di giorni, poi potremo trasferirci lì.

Tutto questo, oltre a rendere felice Lady Ulma, ha lo scopo di introdurre Damon e le sue "assistenti personali" nell'alta società, in tempo per l'apertura della nuova stagione di feste e ricevimenti. Infatti ho tenuto il meglio alla fine. Sia Lady Ulma che Sage possono identificare subito le persone a cui si riferiscono gli indizi che ci ha dato Misao!

Questo conferma ciò che pensavo: Misao non immaginava nemmeno che ce l'avremmo fatta ad arrivare qui, o che avremmo avuto accesso ai luoghi in cui sono nascoste le due metà della chiave-volpe.

C'è un modo molto semplice per essere invitati nelle case in cui dobbiamo entrare. Se siamo i nuovi ricchi più alla moda in circolazione, e se facciamo girare la voce che Lady Ulma è stata reintegrata nella sua legittima posizione, tutti saranno curiosi di saperne di più... e saremo invitati alle feste! In questo modo potremo entrare nelle due tenute che dobbiamo visitare per cercare i pezzi della chiave indispensabile per liberare Stefan! E abbiamo una fortuna sfacciata, perché siamo proprio nel periodo dell'anno in cui tutti cominciano a dar feste, ed entrambi i casati cui vogliamo far visita hanno appena dato il via ai primi festeggiamenti: uno organizza una serata di gala e l'altro una sagra primaverile per celebrare la prima fioritura.

So che la mia grafia è incerta, confusa. È perché tremo al pensiero che stiamo davvero per cercare le due metà della chiave-volpe con cui potremo far evadere Stefan.

Oh, caro diario, è tardi... e non posso... non riesco a scrivere di Stefan. Trovarmi nella stessa città, conoscere la strada per la prigione... e tuttavia non poter andare a fargli visita. I miei occhi sono così offuscati che non riesco a vedere quello che scrivo. Meglio andare a dormire un po', se voglio essere pronta per un'altra giornata in cui dovrò correre di qua e di là per supervisionare il lavoro e ammirare la tenuta di Lady Ulma che fiorisce come una rosa... ma ora temo che avrò degli incubi, che sognerò le mani di Stefan che scivolano via dalle mie.

2

Si trasferirono quella "notte", scegliendo l'ora in cui le tenute da attraversare erano silenziose e tranquille. Elena, Meredith e Bonnie si sistemarono in tre camere da letto al piano superiore, vicine fra loro.

Poco distante c'era una lussuosa stanza da bagno, con il pavimento di marmo bianco e azzurro e una grande vasca a forma di rosa, tanto larga da poterci nuotare, riscaldata a carbone da una domestica dall'aria allegra.

Elena rimase entusiasta di quello che accadde in seguito. Damon comprò molti schiavi da un commerciante rispettabile, liberandoli subito dopo e offrendo loro salario e ferie. Quasi tutti gli schiavi liberati furono ben felici di restare. Solo qualcuno preferì andar via, soprattutto donne in cerca delle loro famiglie. Gli altri sarebbero stati assunti come personale domestico al servizio di Lady Ulma, quando Damon, Elena, Bonnie e Meredith sarebbero partiti, dopo aver liberato Stefan.

A Lady Ulma fu assegnata la suite principesca al piano inferiore, anche se Damon dovette quasi usare la forza bruta per convincerla a sistemarsi lì. Per sé scelse una stanza che veniva usata quasi esclusivamente durante il giorno, come ufficio privato, dal momento che non aveva intenzione di passare tutta la notte in casa.

Sulla questione c'era un lieve imbarazzo. La maggior parte del personale conosceva le abitudini dei vampiri, e le giovani e le donne che lavoravano lì come sarte o che vivevano nella tenuta occupandosi delle cucine e delle pulizie si aspettavano che venissero stabiliti dei turni in cui ciascuna di loro avrebbe donato il sangue.

Damon ne parlò a Elena, che bocciò subito l'idea. Pensava che Damon preferisse un regolare afflusso di ragazze, tutte in fila per lui, dalle più fragili e acerbe a quelle più floride e con le guance rosse, felici di essere spillate come barilotti di birra in cambio dei braccialetti e degli altri sciocchi ninnoli che si usavano lì come compenso.

Allo stesso modo Elena rifiutò l'idea della caccia libera. Secondo Sage, giravano delle voci su un possibile contatto col Mondo Esterno: un corso di addestramento avanzato della Marina americana.

«Rischiano di diventare gli unici esemplari di soldati vampiro al mondo», disse Elena con sarcasmo di fronte a un gruppo di schiavi. «Nulla vi impedisce, ragazzi, di uscire a caccia di essere umani come i gufi cacciano i topi, soltanto non vi prendete il disturbo di tornare a casa dopo, perché le porte saranno chiuse a chiave... per sempre».

Sostenne lo sguardo di Sage con un'espressione dura e arrabbiata finché lui non se ne andò a sbrigare delle faccende nella tenuta.

Elena non si preoccupava del fatto che Sage si fosse trasferito da loro. E dopo aver scoperto come aveva salvato Damon dalla folla che gli aveva teso un'imboscata sulla strada per il Meeting Place, aveva deciso che, se Sage avesse voluto il *suo* sangue, gliel'avrebbe dato senza esitare.

Quando aveva visto che lui era sempre rimasto nei pressi della casa del dottor Meggar e si era poi trasferito con loro nella villa di Lady Ulma, si era chiesta se l'aura offuscata di lei e la reticenza di Damon non nascondessero qualcosa di importante. Così aveva lanciato delle frecciatine a Sage, finché lui non aveva capito e, piegato in due dal ridere e con le lacrime agli occhi (ma erano solo lacrime di ilarità?), era andato da lei dicendo che gli americani avevano un proverbio molto adatto a quella situazione: *Puoi portare un cavallo al fiume, ma non puoi costringerlo a bere.* In quel caso, secondo Sage, puoi portare al fiume una ringhiante pantera nera (la sua rappresentazione mentale di Damon), se disponi di pungoli elettrici per il bestiame e di *ankusha*[1], ma dopo saresti un pazzo a dargli le spalle. Elena aveva riso fino alle lacrime, poi gli aveva promesso che, se avesse voluto il suo sangue, avrebbe potuto dargliene una modica quantità.

Era felice che fosse rimasto nei paraggi. Il suo cuore era già fin troppo colmo di emozioni, con Stefan, Damon e persino Matt, nonostante la sua apparente diserzione, e non rischiava certo di innamorarsi di un altro vampiro, per quanto fascinoso. Ma apprezzava molto Sage come amico e protettore.

Elena scoprì di potersi fidare sempre più di Lakshmi col passare del tempo. All'inizio la ragazzina era una sorta di factotum. Sbrigava le commissioni che nessun altro voleva fare. In seguito era diventata la dama di compagnia di Lady Ulma e l'informatrice di Elena sulle usanze di quel mondo. Lady Ulma era ufficialmente confinata a letto, e poter disporre di Lakshmi come messaggera in ogni momento del giorno e della notte le era di grande aiuto. Inoltre, era una persona a cui Elena poteva fare domande che l'avrebbero fatta passare per pazza se le avesse rivolte ad altri.

Per esempio, dovevano comprare dei piatti oppure i pasti andavano serviti su larghe fette di pane secco, che potevano anche servire per pulirsi le dita? (I piatti erano stati introdotti di recente, insieme alle forchette, diventate subito molto popolari). Qual era il salario medio di uomini e donne del personale domestico? (Non avevano modo di fare raffronti, dal momento che nessun altro proprietario terriero dava una

[1] Uncino o pungolo per guidare gli elefanti (*n.d.t.*).

paga agli schiavi, limitandosi a fornir loro degli abiti da un deposito pubblico e a concedere uno o due giorni di riposo all'anno).

Giovane com'era, Lakshmi era schietta e coraggiosa, ed Elena la stava istruendo perché diventasse il braccio destro di Lady Ulma, quando sarebbe stata abbastanza in forze per assumere il ruolo di padrona di casa.

3

Caro diario,

domani notte ci sarà la nostra prima festa, o meglio, la nostra prima serata di gala. Ma non mi sento dell'umore giusto per festeggiare. Mi manca troppo Stefan.

Stavo ripensando anche a Matt. A come se n'è andato, così arrabbiato con me, senza voltarsi indietro. Non capiva come potessi... preoccuparmi per Damon, e allo stesso tempo amare Stefan al punto di sentire il cuore a pezzi.

Elena posò la penna e fissò accigliata il diario. L'angoscia la martellava con delle fitte al petto che l'avrebbero spaventata se non avesse saputo fin troppo bene da cosa erano provocate. Stefan le mancava così tanto che non riusciva a mangiare, e a stento dormiva. Era come se una parte della sua mente non trovasse mai pace, come un arto fantasma che non smetteva mai di prudere.

Nemmeno scrivere sul suo diario le dava sollievo quella notte. Riusciva a parlare solo dei bei momenti che aveva condiviso con Stefan, ma abbandonarsi alla seduzione del ricordo era un tormento. Che bello era il tempo in cui le bastava voltarsi, sapendo che l'avrebbe *visto*. Che privilegio aveva avuto! L'aveva perso e al suo posto c'erano solo il senso di colpa, l'ansia e una soffocante confusione. Cosa ne era di lui, ora che lei non aveva più il privilegio di potersi voltare a guardarlo? Gli stavano... facendo del male?

Oh, Dio, se solo...

Se solo gli avessi fatto chiudere a chiave tutte le finestre della sua stanza alla pensione...

Se solo fossi stata più prudente con Damon...

Se solo avessi intuito che stava macchinando qualcosa quella notte...

Se solo... se solo...

Era diventato un ritornello martellante, inesorabile come il battito convulso del suo cuore. Si ritrovò a singhiozzare forte, aggrappata a quel ritmo, con gli occhi chiusi e i pugni stretti.

Se continuo così, se mi lascio annientare da questo dolore, diventerò un minuscolo pulviscolo nello spazio. Verrò schiacciata fino a scomparire... e sarà sempre meglio dello strazio che provo per la sua assenza.

Elena alzò la testa... e si vide con il capo poggiato sul diario, addormentata.

Sussultò.

Ancora una volta, all'inizio pensò di essere morta. Poi, lentamente, intontita dal pianto, capì che era successo di nuovo.

Era uscita dal proprio corpo.

Stavolta non decise consciamente dove andare. Volava così veloce che perse l'orientamento. Si sentiva trascinata da una forza inarrestabile, come la coda di una cometa.

A un certo punto comprese, con un raccapriccio che conosceva fin troppo bene, che stava passando *attraverso* gli oggetti, poi virò bruscamente, e fu catapultata nella cella di Stefan.

Stava ancora piangendo quando atterrò. Non era sicura di avere un vero corpo, non sapeva se la forza di gravità era ancora attiva, ma non si curava delle conseguenze. L'unica cosa che ebbe il tempo di vedere fu Stefan, smagrito ma sorridente nel sonno, poi precipitò su di lui, *lo attraversò* e, ancora in lacrime, si scostò, leggera come una piuma, mentre lui si svegliava.

«Oh, non puoi lasciarmi dormire in pace almeno cinque minuti?», grugnì Stefan, aggiungendo un paio di parole in italiano che lei non aveva mai avuto motivo di sentire prima.

Elena ebbe una reazione emotiva alla Bonnie, e cominciò a singhiozzare così forte che non poté ascoltare alcuna parola di conforto (anche perché non *sentiva* nulla). Gli stavano facendo delle cose orribili usando l'immagine di *Elena*. Era orribile. Stavano spingendo Stefan a *odiarla*. Lei stessa si detestava. *Chiunque* al mondo avrebbe odiato la sua...

«Elena! Elena, amore, non piangere!».

Elena alzò la testa, stordita, lanciando una breve occhiata a Stefan. Poi scoppiò di nuovo a piangere, asciugandosi il naso sulla sua divisa da carcerato, ridotta a brandelli.

Non poteva far niente, invece; non sentiva neppure il braccio che la cingeva dolcemente. Non aveva portato il proprio corpo con sé.

Ma era riuscita a portare le lacrime, e una voce interiore, fredda e dura come filo spinato, le diceva: *Non sprecarle, stupida!* Usa *quelle lacrime. Se proprio devi piangere, fallo sul suo volto o sulle sue mani. E comunque ti odiano tutti.*

Anche Matt ti odia, e a lui piacciono tutti, gridò la vocina crudele, ed Elena si abbandonò a una raffica di singhiozzi convulsi, notando appena l'effetto delle sue lacrime. Ogni goccia, cadendo sulla pelle pallida di Stefan, la rendeva rosea, e il colore si diffondeva in piccole onde concentriche, come se il ragazzo fosse un lago su cui lei galleggiava, acqua sull'acqua.

Le sue lacrime cadevano fitte come un temporale sul laghetto di Wickery. Le tornò in mente quella volta in cui Matt c'era caduto dentro, nel tentativo di salvare una ragazza che era scivolata quando il ghiaccio si era spezzato. Matt aveva odiato quella ragazza con tutte le sue forze.

«Oh, non piangere, bellissimo amore mio», implorò Stefan, con un tono così sincero che chiunque avrebbe creduto senza esitazioni alle sue parole. Ma come era possibile? Elena sapeva bene quale doveva essere il suo aspetto, con la faccia gonfia e inondata di lacrime: di certo non era un "bellissimo amore"! E doveva essere impazzito per chiederle di smettere di piangere: le lacrime lo stavano rinvigorendo... e forse il tumulto interiore aveva fatto il resto, perché la sua voce telepatica fu forte e decisa.

Elena, perdonami... oh, Dio, dammi soltanto un minuto con lei! Almeno un istante! Dopo potrò sopportare qualsiasi cosa, persino la morte definitiva. Ma lascia che la tocchi, solo per un minuto!

Forse Dio li guardò, in quel momento, ed ebbe pietà di loro. Le labbra di Elena indugiavano, tremanti, su quelle di Stefan, come quando cercava di rubargli un bacio mentre dormiva. Ma per un istante le parve di sentire il calore delle labbra e il battito delle ciglia di Stefan sulle palpebre, mentre spalancava gli occhi per la sorpresa.

Restarono entrambi paralizzati, con gli occhi sgranati, non osando muovere nemmeno un muscolo. Ma Elena non riuscì a trattenersi quando il calore delle labbra di Stefan l'avvolse e accese di passione ogni centimetro del suo corpo. Si abbandonò all'intensità del bacio e, pur tentando di restare immobile, sentì che la vista si annebbiava e le palpebre si abbassavano.

Le sue ciglia sfiorarono ancora qualcosa di solido, poi quell'istante magico scivolò via, in silenzio. Elena aveva due possibilità: urlare e implorare *Il Signore*[1] di concedere a Stefan quello che aveva chiesto oppure farsi coraggio, sorridere e tentare di confortarlo.

La sua bontà d'animo ebbe la meglio: quando Stefan aprì gli occhi, si distese su di lui, con i gomiti sul suo petto. Fece finta di sistemarsi con tutta tranquillità i capelli, sorridente.

[1] In italiano nel testo (*n.d.t.*).

Sollevato, Stefan ricambiò il sorriso. Poteva sopportare qualsiasi cosa, se lei stava bene.

«Damon avrebbe dimostrato molto più senso pratico», lo prese in giro. «Mi avrebbe chiesto di continuare a piangere, perché avrebbe pensato prima di tutto a se stesso. E avrebbe pregato per...». Tacque e scoppiò a ridere, facendo sorridere Stefan. «Non ne ho idea», concluse. «Non penso che Damon preghi».

«Probabilmente no», disse Stefan. «Quando eravamo giovani... e umani... il prete del villaggio camminava con un bastone, che gli serviva per picchiare i piccoli monelli più che per sorreggersi».

Elena pensò al sensibile ragazzino incatenato all'immenso, pesante macigno dei segreti. La religione era forse chiusa a chiave là dentro, oltre una serie di porte serrate, insieme agli altri segreti e a tutto quello che gli era caro, come una perla nel cuore di una conchiglia?

Ma non disse nulla a Stefan. Invece, con il più impercettibile dei sussurri telepatici, una interferenza appena percepibile dal cervello di Stefan, gli chiese: *A quali altre cose pratiche credi che Damon abbia pensato? Qualcosa che riguarda un'evasione?*

«Be'... per l'evasione? La prima idea che mi viene in mente è che devi imparare a orientarti in questa città. Io sono stato portato qui bendato, ma, dal momento che non hanno il *potere* di togliere la maledizione a un vampiro per farlo tornare umano, ho ancora tutti i miei sensi. A occhio e croce direi che è una città grande quanto New York e Los Angeles messe insieme».

«Una metropoli», prese nota Elena.

«Ma, per fortuna, quello che potrebbe interessarci si trova nel settore sud-ovest. La città dovrebbe essere governata dai Guardiani, ma provengono dall'Altro Lato, e i demoni e i vampiri si sono accorti ben presto che la gente li teme molto più dei Guardiani. Il potere è diviso fra circa dodici, quindici castelli e casati, ognuno dei quali controlla numerose terre oltre i confini della città. Coltivano i loro prodotti tipici e li rivendono nei vari mercati. Per esempio, sono i vampiri che producono il Clarion Loess Black Magic».

«Ok», disse Elena, che non aveva capito niente del suo discorso, tranne la parte sul vino Black Magic. «Ma quello che ci serve davvero sapere è come raggiungere lo Shi no Shi, la tua prigione».

«Hai ragione. Dunque, il modo più semplice sarebbe trovare il quartiere kitsune. Lo Shi no Shi è un gruppo di edifici, uno dei quali molto largo... privo di tetto, di forma curva, anche se è impossibile capirlo guardando dal livello del terreno...»

«Quello che somiglia a un anfiteatro?», lo interruppe Elena. «Ho visto la città dall'alto quando sono arrivata qui».

«Bene, l'edificio che somiglia a un anfiteatro, è un anfiteatro», sorrise Stefan.

Era un sorriso sincero; stava abbastanza bene da poter sorridere, si rallegrò Elena.

«Quindi per farti uscire dobbiamo solo dirigerci dai sotterranei dell'anfiteatro al cancello che ci riporterà nel nostro mondo», disse Elena. «Ma per liberarti ci sono... delle cose che dobbiamo andare a prendere... e probabilmente saranno sparse per la città». Cercò di ricordare se aveva già descritto a Stefan le due parti della chiave-volpe. Era meglio tacere se non aveva già affrontato l'argomento.

«Poi assumerei una guida locale», continuò Stefan. «Non conosco molto bene la città, so soltanto quello che mi dicono le guardie e non credo di potermi fidare. Ma la gente comune forse potrà darti le informazioni che ti servono».

«Questa è una buona idea», disse Elena. Tracciava sul suo petto linee invisibili con le sue eteree dita. «Penso che Damon stia davvero facendo tutto il possibile per aiutarci».

«Lo stimo per essere venuto», disse Stefan, come se ci avesse riflettuto a lungo. «Sta mantenendo la promessa, non è vero?».

Elena annuì. In fondo alla sua coscienza fluttuavano numerosi pensieri: *Mi ha dato la sua parola che si sarebbe preso cura di te. Ti ha giurato che si sarebbe preso cura di me. Damon mantiene sempre la parola.*

«Stefan», disse, nei recessi più intimi della sua mente, dove poteva condividere tutto al sicuro da orecchie indiscrete... o almeno, così sperava. «Avresti dovuto vederlo, sul serio. Quando l'ho coperto con le Ali della Redenzione e tutte le azioni cattive che l'avevano reso duro e crudele si sono sciolte come neve al sole. E quando l'ho coperto con le Ali della Purificazione, mandando in pezzi la pietra che copriva la sua anima... Non puoi neppure immaginare che aspetto aveva. Era così perfetto, così diverso. E poi, quando si è messo a piangere...».

Elena percepì tre ondate di emozioni che si susseguirono rapide nella mente di Stefan. Incredulità: gli pareva impossibile che Damon potesse piangere. Poi stupore, mentre assorbiva i suoi ricordi, le sue parole. Infine, bisogno di consolarla, dato che lei pensava a Damon, intrappolato per sempre nel rimorso. Un Damon che non sarebbe esistito di nuovo.

«Ti ha salvato», sussurrò Elena, «ma non ha voluto salvare se stesso. Non ha nemmeno tentato di negoziare con Shinichi e Misao. Ha lasciato che prendessero tutti i ricordi di quel periodo».

«Forse lo facevano stare troppo male».

«Sì», ammise Elena, abbassando le sue difese perché Stefan potesse sentire il dolore che la creatura perfetta e nuova da lei creata aveva provato scoprendo di aver commesso atti di crudeltà e tradimento che... be', che avrebbero fatto vacillare lo spirito più forte. «Stefan? Credo che si senta molto solo».

«Sì, angelo mio. Lo credo anch'io».

Elena si concesse un lungo momento di riflessione prima di

chiedere, tremante: «Stefan? Non sono sicura che sappia cosa vuol dire essere amati». E restò sulle spine, in attesa che lui elaborasse la sua risposta.

Infine Stefan disse, con tono molto calmo e dolce: «Sì, angelo mio. Credo che tu abbia ragione».

Oh, quanto lo amava! Capiva tutto. Ed era sempre così coraggioso, galante e fiducioso, proprio quando lei aveva bisogno di tutta la sua forza.

«Stefan? Posso restare qui stanotte?»

«È già notte, mio bellissimo amore? Puoi restare, a meno che Loro non vengano a prendermi per portarmi da qualche parte». D'un tratto Stefan si fece serio e la guardò negli occhi. «Ma se Loro vengono, mi prometti di andar via?».

Elena guardò dritto nei suoi occhi verdi e rispose: «Se è quello che vuoi, lo prometto».

«Elena? Tu, di solito... mantieni le promesse, vero?». Pareva colto da una sonnolenza improvvisa, ma tranquilla: non era la debolezza di un uomo stremato, ma la pace di chi si abbandona a un profondo sonno ristoratore.

«Ci tengo a mantenerle», sussurrò Elena. *Ma tengo a te ancora di più*, pensò. Se fosse arrivato qualcuno per fargli del male, avrebbe scoperto di cosa era capace un avversario incorporeo. Per esempio, cosa sarebbe successo se fosse entrata nei *loro* corpi e avesse cercato di stabilire un contatto per un istante? Quanto bastava per spremere un cuore fra le sue dita graziose? Quella poteva essere una buona idea.

«Ti amo, Elena. Sono così felice... ci siamo baciati...».

«Non era l'ultima volta! Vedrai! Lo giuro!». Lasciò cadere su di lui altre lacrime curative.

Stefan le rivolse un dolce sorriso. E poi si addormentò.

Al mattino Elena si svegliò nella sua lussuosa camera da letto, nella villa di Lady Ulma, da sola. Ma aveva un altro ricordo da riporre, come una rosa pressata, fra le pagine del diario speciale dentro la sua anima.

E da qualche parte, nel profondo del cuore, sapeva che quei ricordi potevano essere, un giorno, tutto ciò che le sarebbe rimasto di Stefan. Immaginava che quelle fragili reliquie, dal delicato profumo, sarebbero diventate un tesoro da conservare con cura... se Stefan non fosse mai tornato a casa.

4

«Oh, vorrei solo dare una sbirciatina», brontolò Bonnie, guardando l'album proibito in cui Lady Ulma aveva disegnato gli abiti di alta moda per la prima festa, che si sarebbe tenuta quella sera stessa. C'erano anche alcuni campioni dei rotoli di stoffe: satin scintillante, seta increspata, mussola trasparente e soffice, lussuoso velluto.

«Fra un'ora potrai provartelo per le ultime modifiche... stavolta a occhi aperti!», rise Elena. «Ma non dobbiamo dimenticare che stasera non saremo lì per divertirci. Parteciperemo a qualche ballo, naturalmente...».

«Naturalmente!», ripeté Bonnie euforica.

«Ma il nostro scopo è trovare la chiave. La prima metà della chiave-volpe. Mi piacerebbe avere una sfera stellata che mostri le stanze della villa che visiteremo stasera».

«Ne sappiamo già abbastanza; adesso dobbiamo parlarne, cercare di immaginarla», disse Meredith.

Elena, che stava giocherellando con la sfera stellata dell'altra villa, ripose il piccolo globo offuscato e disse: «D'accordo. Buttiamo giù qualche idea».

«Posso unirmi anch'io?», chiese una voce bassa e melodiosa dal vano della porta. Le ragazze si voltarono, alzandosi tutte assieme per salutare una sorridente Lady Ulma.

Prima di prendere una sedia, la donna diede a Elena un caloroso abbraccio e un bacio sulla guancia. Elena non poté fare a meno di chiedersi se la schiava che aveva portato dal dottor

Meggar era davvero quell'elegante signora che aveva davanti. Allora era pelle e ossa, con gli occhi pieni di paura, come una timorosa creatura selvaggia a lungo maltrattata, con indosso una semplice vestaglia e pantofole da uomo. Ora, invece, le ricordava una matrona romana, col volto sereno e florido sotto una corona di lucenti trecce nere fermate da un pettine ingemmato.

Anche il suo corpo stava diventando florido e in carne, soprattutto la pancia, benché mostrasse di non aver perso la sua grazia mentre si accomodava su una poltrona di velluto. Indossava un abito di seta color zafferano, con una sottoveste ricamata di un acceso color albicocca.

«Siamo così eccitate per le prove degli abiti», disse Elena, indicando l'album con i disegni.

«Anch'io sono eccitata come una bambina», ammise Lady Ulma. «Vorrei poter fare per voi almeno un decimo di quello che avete fatto per me».

«L'hai già fatto», disse Elena. «E se riusciremo a trovare la chiave-volpe sarà solo grazie al tuo aiuto. E... non posso dirti quanto significhi per me», concluse con un filo di voce.

«Ma non pensavi che avrei potuto aiutarti quando hai sfidato la legge per una misera schiava. Volevi solo salvarmi... e hai sofferto molto per questo», rispose calma Lady Ulma.

Elena si sentì a disagio. Il taglio sul viso le aveva lasciato solo una sottile cicatrice bianca lungo lo zigomo. Un tempo, quando era appena tornata sulla Terra dall'aldilà, avrebbe potuto far sparire la cicatrice con una semplice ondata di Potere. Ma in quel momento, anche se poteva far scorrere il Potere nel suo corpo e usarlo per rafforzare i sensi, non riusciva a piegarlo al suo volere in altri modi.

E un tempo, pensò, ricordando l'Elena che sbavava per una Porsche nel parcheggio della Robert E. Lee School, avrebbe considerato uno sfregio sul viso la più grande calamità della sua vita. Ma con tutte le lodi che aveva ricevuto – Damon la definiva "una gloriosa ferita", e poi era sicura che Stefan non avrebbe dato alcun peso a una cicatrice sullo zigomo –, aveva scoperto che non se ne curava poi troppo.

Non sono più la stessa persona, pensò. E sono felice.

«Non importa», disse, ignorando la ferita alla gamba che talvolta ricominciava a pulsare. «Parliamo dell'Usignolo d'Argento e della sua serata di gala».

«Giusto», disse Meredith. «Cosa sappiamo di lei? Qual era il resto dell'indizio, Elena?»

«Misao ha detto: "Se ti dicessi che un pezzo era dentro allo strumento dell'usignolo d'argento, ti darebbe una qualche idea?", o qualcosa di simile», ripeté obbediente Elena. Tutte loro conoscevano a memoria quelle parole, ma ripeterle faceva parte del rituale, ogni volta che ne discutevano.

«E "Usignolo d'Argento" è il soprannome di Lady Fazina Darley, come tutti sanno nella Dimensione Oscura!», strillò Bonnie, battendo le mani deliziata.

«In realtà, è da molto tempo il suo nome d'arte, da quando è arrivata qui e ha cominciato a cantare e a suonare la sua arpa dalle corde d'argento», puntualizzò seria Lady Ulma.

«E le corde dell'arpa devono essere accordate con una chiave», continuò eccitata Bonnie.

«Sì». Meredith, al contrario, era calma e pensosa. «Ma non stiamo cercando una chiave per accordare l'arpa, che è fatta così». Mise sul tavolo un oggetto di legno d'acero chiaro e liscio, simile a una T molto corta o, se rovesciata, a un sottile albero ondeggiante con un piccolo ramo orizzontale. «Me l'ha data uno dei menestrelli assunti da Damon».

Bonnie rivolse un'occhiata sdegnosa alla chiave. «*Forse* stiamo proprio cercando una chiave per accordare l'arpa», insisté. «Potrebbe servire a entrambi gli scopi, comunque».

«Non vedo come», replicò ostinata Meredith. «A meno che,

in qualche modo, non cambi forma quando si uniscono le due metà».

«Oh, perbacco, ma certo!», esclamò Lady Ulma, come se Meredith avesse fatto un'osservazione ovvia. «Se sono pezzi magici di una singola chiave quasi sicuramente cambieranno forma quando le due metà saranno unite».

«Visto?», disse Bonnie.

«Ma se possono assumere qualsiasi forma, come diamine le riconosceremo quando le avremo trovate?», chiese Elena con impazienza. A lei interessava soltanto trovare l'oggetto che poteva salvare Stefan.

Lady Ulma restò in silenzio ed Elena si sentì a disagio. Odiava usare un linguaggio rude o apparire nervosa di fronte a una donna che aveva sopportato una vita di schiavitù e orrori fin dalla prima adolescenza. Voleva che Lady Ulma si sentisse felice e al sicuro.

«Comunque», aggiunse subito, «sappiamo almeno una cosa. È *dentro* allo strumento dell'Usignolo d'Argento. Quindi qualunque cosa ci sia nell'arpa di Lady Fazina sarà quella giusta».

«Oh, ma...», iniziò Lady Ulma, ma si interruppe subito.

«Cosa c'è?», chiese gentilmente Elena.

«Oh, niente di importante», si schermì Lady Ulma. «Volevo solo chiedervi... vi piacerebbe provare i vostri vestiti adesso? Quest'ultima prova servirà solo a sincerarmi che ogni cucitura sia perfetta».

«Oh, ci piacerebbe tanto!», gridò Bonnie, lanciandosi sull'album dei disegni, mentre Meredith suonava un campanello per chiamare un servitore, che subito piombò nella stanza da cucito.

«Avrei voluto soltanto che Padron Damon e Lord Sage mi avessero lasciato creare degli abiti anche per loro», confidò mesta a Elena Lady Ulma.

«Oh, Sage non viene. E sono sicura che Damon non si curi di queste cose... avresti potuto solo disegnargli una giacca di pelle nera, una maglietta nera, un paio di jeans e di stivali neri identici a quelli che indossa tutti i giorni. Allora sì che sarebbe stato felice».

Lady Ulma rise. «Capisco. Be', stasera ci sarà un tale sfoggio di eleganza che potrebbe fargli cambiare idea in futuro. Ora, chiudiamo le tende. Il galà sarà al coperto, con la luce delle lampade a gas. Così potremo vedere come appariranno i colori».

«Mi chiedevo perché ci fosse scritto "al coperto" sugli inviti», disse Bonnie. «Pensavo fosse per la pioggia».

«È per il sole», spiegò Lady Ulma. «Quell'odiosa luce cremisi fa sembrare porpora il blu, marrone il giallo. Vedete, nessuno indosserebbe un abito acquamarina o verde a un ricevimento all'aperto... no, nemmeno tu con quei capelli color fragola, che si intonerebbero alla perfezione».

«Capisco. Quel sole che splende lì in cielo tutto il giorno può essere davvero fastidioso dopo un po'».

«Mi meraviglio che qualcosa possa davvero darti fastidio», mormorò Lady Ulma. Subito dopo aggiunse: «Mentre aspettiamo, posso mostrarti quello che ho disegnato per la tua amica alta che dubita di me?»

«Oh, per favore, sì!». Bonnie le porse l'album.

Lady Ulma lo sfogliò finché trovò la pagina che cercava. Prese penne e matite colorate come una bambina ansiosa di tornare a divertirsi coi suoi giocattoli preferiti. «Ecco qui», disse, aggiungendo un paio di linee e curve con le matite colorate e inclinando l'album in modo che le tre ragazze potessero vedere.

«Oh, mio Dio!», gridò Bonnie con genuino stupore, e anche Elena spalancò gli occhi.

La ragazza nello schizzo era sicuramente Meredith, coi capelli in parte sciolti, in parte raccolti, e con indosso un vestito meraviglioso. Nero come l'ebano, senza spalline, aderiva alla snella figura perfettamente abbozzata nel disegno, enfatizzando le curve e sollevando il seno con una scollatura che si definiva "a cuore", come aveva appreso Elena. Il décolleté di Meredith sarebbe sembrato un cuore per San Valentino. L'abito fasciava il corpo come una seconda pelle fino alle ginocchia, poi si apriva verso l'orlo. «Un abito da sirena», spiegò Lady Ulma, rimirando soddisfatta lo schizzo. «Ed eccolo qui», aggiunse appena le sarte entrarono, portando con ogni riguardo lo splendido vestito da sera. Le ragazze notarono che la stoffa era un sontuoso velluto nero, costellato di piccole schegge rettangolari di metallo dorato. Somiglia alla notte del nostro mondo, pensò Elena, con migliaia di stelle cadenti nel cielo.

«Puoi mettere anche questi grandi orecchini di onice e oro, questi pettini neri per raccoglierti i capelli, sempre di onice e oro, e alcuni deliziosi anelli e braccialetti creati da Lucen apposta per questo vestito», continuò Lady Ulma. Elena si accorse che Lucen era da poco entrato nella stanza. Gli sorrise e poi gli occhi le caddero sul vassoio a tre ripiani che portava. Su quello in alto, su un sostegno d'avorio, c'erano due braccialetti d'onice e diamanti, oltre a un anello con un diamante incastonato che le fece girare la testa.

Meredith si guardava attorno come se stesse origliando una conversazione intima e non sapesse come defilarsi. Poi fece scorrere lo sguardo dal vestito ai gioielli, per poi rimirare Lady Ulma. Meredith non era tipo da perdere il controllo facilmente. Ma dopo un istante andò da Lady Ulma e l'abbracciò forte, poi andò da Lucen e gli posò dolcemente la mano sull'avambraccio. Era evidente che era rimasta senza parole.

Bonnie stava esaminando lo schizzo con occhio da intenditrice. «Questi braccialetti sono fatti apposta per il vestito, non è vero?», disse con aria da esperta.

La reazione di Lady Ulma sorprese Elena. Sembrava a disagio. Poi parlò piano. «La verità è... be', che Miss Meredith è... una schiava. Tutti gli schiavi devono indossare dei braccialetti simbolici quando viaggiano fuori dalla loro tenuta». Abbassò gli occhi sul lucido pavimento di legno. Arrossì.

«Lady Ulma... oh, per favore, pensi che a noi importi qualcosa?».

Gli occhi di Lady Ulma brillarono quando alzò lo sguardo. «Non vi importa?»

«Ma certo che no», disse Elena, «davvero, non ha nessuna importanza... e comunque non possiamo fare niente a riguardo, non ancora». Naturalmente, la servitù non era a conoscenza dei segreti della relazione fra Damon, Elena, Meredith e Bonnie. Persino Lady Ulma non capiva perché Damon non le avesse liberate, nel caso in cui fosse accaduto qualcosa di brutto, «che i Guardiani Celesti ce ne scampino!». Ma le ragazze si erano opposte con fermezza; avrebbe portato sfortuna all'intera impresa.

«Be', a ogni modo», stava ciarlando Bonnie, «penso che i braccialetti siano bellissimi. Voglio dire, non credo si possa trovare qualcosa di meglio per il vestito, non è vero?», concluse, stuzzicando la sensibilità professionale dell'artista.

Lucen sorrise con modestia e Lady Ulma gli rivolse uno sguardo pieno di amore.

Meredith era ancora rossa per l'emozione. «Lady Ulma, non so come ringraziarti. Stasera indosserò questo vestito... e diventerò una persona completamente diversa. Certo, mi hai ritratta con i capelli raccolti, almeno in parte. Di solito non li porto così», concluse a bassa voce.

«Li porterai così stanotte... tirati in alto sulla tua bella fronte ampia. Questo vestito è fatto per esaltare le splendide curve delle tue spalle nude e delle braccia. Sarebbe un crimine coprirle. E l'acconciatura serve a svelare i lineamenti esotici del tuo viso invece di nasconderli!», asserì decisa Lady Ulma.

Ottimo, pensò Elena. L'avevano distolta dall'argomento della schiavitù.

«Staresti meglio con un filo di trucco, oro pallido sulle palpebre e del kajal per esaltare la lunghezza delle ciglia. Un velo di rossetto dorato, ma non rosso; non credo stia bene alle ragazze. La tua pelle olivastra è perfetta per completare il quadro».

Meredith lanciò a Elena uno sguardo impotente. «Di solito non mi trucco», disse, ma sapevano entrambe che non l'avrebbe avuta vinta. Lady Ulma avrebbe ottenuto tutto ciò che voleva.

«Non è solo la forma dell'abito: *lei stessa* sarà una sirena», disse entusiasta Bonnie. «Ma sarà meglio proteggere l'abito con un incantesimo per tenere lontani i pescatori vampiri».

Lady Ulma annuì gravemente, sorprendendo Elena. «Una mia amica sarta, stamani, ha mandato un sacerdote a benedire tutti gli indumenti per proteggervi dai vampiri. Ha fatto bene?». Guardò Elena, che assentì.

«Purché non tengano lontano anche Damon», scherzò Elena, e Meredith e Bonnie si girarono di scatto verso di lei, nella speranza di cogliere qualcosa nella sua espressione che rivelasse ciò che provava davvero.

Ma Elena non batté ciglio, mentre Lady Ulma continuava: «Naturalmente, le restrizioni non si applicano al tuo... a Padron Damon».

«Naturalmente», ripeté seria Elena.

«Ora è il turno della più piccola fra le belle invitate al galà», disse Lady Ulma a Bonnie, che si morse le labbra, arrossendo. «Ho una sorpresa davvero speciale per te. Non immagini da quanto tempo desidero lavorare con questo tessuto. Andavo a rimirarlo dietro le vetrine dei negozi, anno dopo anno, morendo dalla voglia di comprarlo e usarlo per creare qualcosa. Capisci?». Entrò un altro gruppo di sarte, portando un vestito più piccolo e chiaro, mentre Lady Ulma mostrava loro lo schizzo. Elena lo guardò a bocca aperta. Il tessuto era splendido, straordinario, ma degno di nota era soprattutto il modo in cui era stato confezionato. L'abito era di un colore brillante, verde e blu come le piume di un pavone, con dei motivi a forma di occhio ricamati a mano che si allargavano a campana sul petto.

Bonnie spalancò di nuovo i suoi occhi castani. «È per me?», sussurrò, quasi timorosa di toccare la stoffa.

«Sì, e lisceremo quei tuoi capelli ribelli finché non sembrerai elegante e raffinata come la tua amica. Va' a provartelo. Penso che adorerai questo vestito». Lucen si era ritirato e Meredith si era già infilata con la massima attenzione nel suo abito da sirena.

Bonnie cominciò allegramente a spogliarsi.

Lady Ulma aveva visto giusto. Bonnie era incantata. Stavano apportando gli ultimi ritocchi: qualche spruzzata di un delicato profumo agli agrumi e all'acqua di rose, creato apposta per lei. Si rimirava davanti a un enorme specchio di vetro argentato. Mancava poco alla serata di gala di Lady Fazina, l'Usignolo d'Argento in persona.

Bonnie si girò, contemplando il vestito lungo e avvitato, senza spalline. Il corpetto sembrava fatto interamente di piume di pavone, disposte in una composizione a ventaglio che si stringeva sulla vita, mettendo in risalto i fianchi sottili. C'era un altro mazzetto di piume più larghe, che si aprivano a corolla sotto il punto vita. Dietro ricadeva uno strascico di piume di pavone intessute su seta verde smeraldo. Davanti, sotto l'ampia corolla, un disegno stilizzato di piume ondulate, ricamate in oro e argento, ornava l'abito fino all'orlo, rifinito da un elegante nastro di broccato in filo d'oro.

Come se non bastasse, Lady Ulma aveva realizzato un ventaglio con vere piume di pavone inserite in un manico di giada, con una nappa dai fili ricoperti di perline di citrino, giada e smeraldo, che producevano un dolce tintinnio.

Una collana di giada, intarsiata di smeraldi, zaffiri e lapislazzuli, cingeva il collo di Bonnie. E ai polsi sfoggiava diversi braccialetti di giada e smeraldo che tintinnavano quando si muoveva, simboli della sua schiavitù.

Ma Bonnie non vi prestò troppa attenzione, poiché non riusciva a provare una vera e propria avversione per i braccialetti. Pensava solo al miracolo dello straordinario parrucchiere che era riuscito a rendere perfettamente lisci i suoi capelli color fragola, raccolti con fermagli di giada e smeraldi, dopo averli tinti di un rosso acceso. Il suo viso a forma di cuore non era mai parso così maturo e sofisticato. Alle palpebre ombreggiate di verde smeraldo e agli occhi scuriti dal kajal, Lady Ulma aggiunse un rossetto rosso acceso, infrangendo per una volta la sua regola, e con mano abile e sicura diede personalmente qualche tocco di fard. Così la pelle splendente di Bonnie sembrava avvampare costantemente, come se arrossisse per qualche complimento. Orecchini di giada finemente scolpiti con campanelli d'oro all'interno completavano l'insieme: Bonnie si sentiva come una Principessa dell'Antico Oriente.

«È un vero miracolo. Di solito, sembro un folletto quando cerco di vestirmi da *cheerleader*», le confidò, riempiendo Lady Ulma di baci, e rimase deliziata quando scoprì che il rossetto restava sulle sue labbra, senza macchiare le guance della sua benefattrice. «Invece stasera sembro una vera *donna*».

Continuava a parlare a vanvera, e non si fermò neppure quando Lady Ulma si asciugò con discrezione le lacrime. Ma quando Elena fece il suo ingresso tutti restarono senza fiato.

Avevano dato gli ultimi ritocchi al suo vestito nel pomeriggio, quindi Bonnie aveva potuto vedere solo lo schizzo. Ma nessun disegno poteva davvero rendere l'idea.

Bonnie si era chiesta se Lady Ulma non avesse confidato troppo nella bellezza naturale della sua amica e sperava che Elena fosse entusiasta del proprio vestito, come tutti sembravano esserlo degli abiti di Bonnie e Meredith.

Ora Bonnie capì.

«È il cosiddetto abito da dea», spiegò Lady Ulma agli astanti ammutoliti per lo stupore, mentre Elena entrava nella stanza. Bonnie pensò che se mai erano esistite dee sul Monte Olimpo, di sicuro si vestivano in quel modo.

Il maggior pregio dell'abito consisteva nella sua assoluta semplicità. Era in seta bianco latte, con una fascia in vita dalle morbide arricciature (Lady Ulma aveva definito "plissé" le strette pieghe irregolari), da cui partivano due semplici nastri, incrociati sul petto a formare uno scollo a V, lasciando scoperta la pelle di pesca di Elena. I nastri erano fermati sulle spalle da due fibbie d'oro, con intarsi in madreperla e diamanti. Dalla cintura, la gonna ricadeva morbida in soffici drappeggi fino ai raffinati sandali, anch'essi lavorati in oro, madreperla e diamanti. I due nastri, fermati dalle fibbie, fungevano da spalline e si incrociavano ancora dietro la schiena fino alla cintura plissettata.

Un vestito sobrio, ma sontuoso, se indossato dalla ragazza giusta.

Un collier dal disegno squisito, in oro e madreperla, a forma di farfalla stilizzata, era impreziosito da così tanti diamanti che sembrava incendiarsi di mille colori ad ogni movimento, catturando la luce. Lo indossava sul ciondolo di lapislazzuli e diamanti regalatole da Stefan, che non aveva voluto togliere. Non importava. Il collier a farfalla copriva completamente il ciondolo.

Le ornavano i polsi due grandi braccialetti in oro e madreperla, tempestati di diamanti. Li avevano trovati nella stanza segreta dei gioielli, ma stavano molto bene con il collier.

E questo era tutto. I capelli di Elena erano stati pettinati a lungo, fino a formare una cascata dorata che le ricadeva in seriche onde sulle spalle. Sulle labbra solo un velo di rossetto rosa. Ma il suo viso – con le folte ciglia nere e le sopracciglia arcuate, illuminato solo dall'emozione che le divampava nel cuore, le faceva dischiudere le labbra rosee e le imporporava le guance – non aveva la minima traccia di trucco. Gli orecchini, semplici cascate di diamanti, facevano capolino dalle sue ciocche dorate.

Farà impazzire tutti stanotte, pensò Bonnie, guardando lo stupendo vestito da sera con invidia, ma senza gelosia. Più che altro, non vedeva l'ora di osservare le reazioni che Elena avrebbe destato. *Pur indossando l'abito più semplice, mette completamente in ombra me e Meredith.*

Eppure Bonnie non aveva mai visto Meredith così bella... così esotica. E non si era mai neppure accorta di quanto fosse sensuale, nonostante il vasto assortimento di vestiti alla moda dell'amica.

Meredith si limitò a scrollare le spalle quando Bonnie glielo fece notare. Aveva anche lei un ventaglio, laccato di bianco. Lo aprì e lo richiuse, passandoselo pensierosa sul mento.

«Siamo nelle mani di un genio», disse. «Ma non dobbiamo dimenticare il motivo per cui siamo qui».

5

«Dobbiamo concentrarci sull'evasione di Stefan», disse Elena. Era con Damon nella sua stanza, la vecchia libreria nella villa di Lady Ulma.

«E secondo te io a cosa sto pensando?», disse Damon, senza staccare gli occhi dal suo collo che scintillava di madreperla e diamanti. L'abito bianco latte esaltava la slanciata, morbida linea del collo, ed Elena ne era consapevole.

Sospirò.

«Se potessimo credere che tu stai davvero pensando a quello, saremmo tutti più rilassati».

«Vuoi dire rilassati come te?».

Elena si riscosse. Damon poteva sembrare completamente assorbito da una cosa, ma il suo istinto di sopravvivenza lo teneva costantemente in guardia, sempre in grado di percepire ogni dettaglio intorno a sé, non solo quello che desiderava vedere.

Effettivamente Elena era in preda a un'eccitazione quasi insostenibile. Gli altri potevano credere che fosse per il suo vestito meraviglioso... ed era *davvero* un vestito meraviglioso. Elena era profondamente grata a Lady Ulma e alle sue assistenti per averlo realizzato in tempo per il galà. Ma a eccitarla davvero era la possibilità – anzi, la certezza, si disse decisa – che quella sera avrebbe trovato la prima metà della chiave che le avrebbe dato un'opportunità di liberare Stefan. Il pensiero di vederlo in carne e ossa era...

Era terrificante. Ripensando a quello che Bonnie aveva detto nel dormiveglia, Elena sentì un fortissimo bisogno di conforto e comprensione. Senza rendersene conto, si ritrovò fra le braccia di Damon.

La vera domanda è: cosa dirà Stefan di quella notte al motel con Damon?

Cosa avrebbe detto Stefan? Cosa c'era da dire?

«Ho paura», balbettò una voce, e solo dopo un istante si rese conto che era stata lei stessa a parlare.

«Non ci pensare», sussurrò Damon. «Fa solo peggiorare le cose».

Ma ho mentito, pensò Elena. Tu nemmeno te lo ricordi, o stai mentendo anche tu.

«Qualunque cosa accada, prometto che sarò sempre con te», mormorò Damon. «Hai la mia parola su *questo*».

Elena sentiva il suo caldo respiro sui capelli. «E continuerai a pensare alla chiave?».

Sì, certo, ma non mi sono nutrito per niente oggi. Elena sussultò, poi strinse a sé Damon. Per un istante aveva sentito non solo la sua fame devastante, ma un dolore acuto che l'aveva disorientata. Era scomparso prima che potesse metterlo bene a fuoco e la sua connessione con Damon era stata bruscamente interrotta.

Damon.

«Cosa?».

Non escludermi.

«Non lo faccio. Ho detto tutto quello che c'era da dire. Non c'è altro. Sai che sto cercando la chiave».

Grazie. Elena riprovò. *Ma non puoi morire di fame...*

Chi ha detto che sto morendo di fame? La connessione telepatica con Damon era tornata, ma qualcosa era andato perduto. Stava reprimendo dei sentimenti, e assaliva i suoi sensi solo con... la fame. Elena la sentiva imperversare dentro di lui. Sembrava una tigre o un lupo che per giorni, per settimane, non aveva catturato alcuna preda.

Si sentì girare la testa.

«Va... tutto bene», sussurrò, sorpresa che Damon, dilaniato in quel modo, riuscisse a stare in piedi e persino a sorreggerla. «Qualunque cosa... ti serva... prendila...».

E poi sentì penetrare nella gola i suoi denti affilati come rasoi, con estrema delicatezza.

Si lasciò andare, abbandonandosi alle sensazioni.

Per prepararsi alla serata di gala nella villa dell'Usignolo d'Argento, dove avrebbero cercato la prima metà della doppia chiave a forma di volpe per far evadere Stefan, Meredith aveva letto alcuni dei documenti che aveva stipato nella sua valigia, scelti fra l'enorme quantità di informazioni scaricate da internet. Aveva fatto del suo meglio per illustrare a Elena e agli altri quello che aveva appreso. Ma come poteva essere certa di non aver trascurato qualche indizio vitale, qualche articolo di importanza fondamentale, che avrebbe potuto fare la differenza, quella sera, fra il successo e il fallimento? Fra il salvataggio di Stefan e un mesto ritorno a casa, con lui a languire in prigione?

No, pensò, in piedi di fronte allo specchio argentato, quasi timorosa di guardare la bellezza esotica riflessa davanti a lei. No, non possiamo nemmeno pensare alla parola *fallimento*. Per il bene di Stefan, *dobbiamo* farcela. E non dobbiamo farci catturare.

6

Elena si sentiva a suo agio, solo un po' stordita, quando partirono per il galà dell'Usignolo d'Argento. Tuttavia, quando giunsero sulle lettighe – Damon con Elena e Meredith con Bonnie (il dottore aveva proibito a Lady Ulma di andare alle feste durante la gravidanza) – alla sfarzosa villa dell'Onorevole Lady Fazina, Elena fu presa da una sorta di terrore.

La villa era una vera reggia, simile a quelle descritte nelle fiabe. Davanti a loro si ergevano torri e minareti, forse dipinti di blu e oro, ma con riflessi color lavanda alla luce del sole; sembravano più leggeri dell'aria. A ravvivare la luce crepuscolare erano state disposte delle torce lungo il sentiero percorso dalle lettighe fino alla sommità del colle. Dovevano avervi aggiunto qualcosa di chimico, o di magico, per far brillare la loro luce di vari colori splendenti, cangianti dal dorato al rosso, dal porpora al blu, al verde e all'argento. Elena restò senza fiato, perché era la prima volta che vedeva, in quel mondo, delle cose non colorate di rosso. Damon aveva portato con sé una bottiglia di Black Magic ed era fin troppo su di giri.

Quando la loro lettiga si fermò sulla cima del colle, degli inservienti aiutarono Damon ed Elena a scendere e li accompagnarono fino a un corridoio d'ingresso, ben riparato dalla luce del sole. Vi erano appese delicate lanterne di carta, alcune persino più grandi della loro lettiga, dalle forme bizzarre e colori brillanti, che davano un'aria festosa e allegra al palazzo, la cui magnificenza, altrimenti, avrebbe quasi potuto ispirare soggezione.

Passarono accanto a fontane illuminate, alcune delle quali nascondevano una sorpresa, come una fila di rane magiche che saltavano da un giglio d'acqua all'altro, producendo un suono delicato, simile alla pioggia che cade sui tetti, o come un enorme serpente dorato che scivolava fra gli alberi e sulle teste degli ospiti, muovendosi sinuoso sul terreno e risalendo poi fra i rami.

Infine, il pavimento diventò trasparente, svelando un mondo magico di pesci d'ogni tipo – squali, anguille e delfini guizzanti –, mentre nel blu intenso del fondale s'intravedeva il profilo di una gigantesca balena. Elena e Bonnie si precipitarono a osservare l'acquario.

Era evidente che il proprietario della tenuta poteva permettersi ogni genere di stravaganza, e che più di tutto amava la musica, poiché a ogni angolo suonava un'orchestra, con abiti splendidi, talvolta bizzarri, oppure un famoso solista cantava in una gabbia dorata sospesa a circa dieci metri da terra.

Musica... musica e luci dappertutto...

Elena, benché elettrizzata dagli spettacoli, dai suoni e dagli inebrianti profumi provenienti dalle grandi composizioni di fiori e dagli ospiti, sia uomini che donne, sentiva una vaga paura. Le pareva quasi di avere un macigno nello stomaco. Quando aveva lasciato la tenuta di Lady Ulma, aveva temuto che il suo vestito e i diamanti fossero troppo ricercati. Ma lì alla reggia di Lady Fazina... be', c'erano troppe *stanze*, troppe *persone*, vestite in modo altrettanto bizzarro e raffinato. Aveva paura che... be', che una donna come quella che aveva davanti, inondata di gioielli – dalla testa, cinta da un fine diadema a tre strati di diamanti e smeraldi, ai piedi, con le sottili dita inanellate di brillanti –, facesse sembrare sciatti e ridicoli i suoi capelli disadorni. E non era affatto una sensazione piacevole.

Sai quanti anni ha?, Elena sobbalzò udendo la voce di Damon nella testa.

Chi?, rispose, cercando di non far trasparire l'invidia e la preoccupazione nella sua voce telepatica. *Sto proiettando il pensiero troppo forte?,* aggiunse allarmata.

Non troppo, ma sarebbe meglio abbassare un po' il volume. E sai perfettamente di chi sto parlando: la giraffa di fronte a te, rispose Damon. *Per tua informazione, ha quasi duecento anni più di me, e sta cercando di sembrare una trentenne, anche se quando è diventata un vampiro andava già per gli "anta".*

Elena sbatté le palpebre. *Che vorresti dire?*

Manda un po' di Potere nelle tue orecchie, suggerì Damon. *E smettila di preoccuparti!*

Elena obbedì, accumulando il Potere per acuire al massimo il suo udito, e riuscì subito a distinguere le voci nella stanza.

...oh, la dea in bianco. È solo una bambina, ma che splendore...

...sì, quella coi capelli dorati. Splendida, non è vero?...

...oh, per gli dèi dell'Ade, guarda quella ragazza...

...hai visto il principe e la principessa laggiù? Chissà se potremo ballare con loro... o... magari tutti e quattro insieme, caro?

Queste erano le frasi che Elena era abituata a sentire alle feste. La misero a suo agio. Osservando con più attenzione gli ospiti con gli opulenti abiti da sera, percepì anche un'improvvisa ondata di amore e rispetto per Lady Ulma, che aveva disegnato e supervisionato la creazione di tre abiti meravigliosi in meno di una settimana.

È un genio, comunicò solennemente a Damon, sapendo che, grazie alla connessione mentale, lui avrebbe capito subito cosa intendeva. *Guarda, Meredith ha già una folla intorno. E... e...*

E non si comporta affatto come al solito, concluse Damon, con un lieve imbarazzo.

Meredith non mostrava il minimo disagio. Teneva la testa inclinata di lato, per offrire agli ammiratori la linea elegante del suo profilo greco, ma non era più l'equilibrata e sobria Meredith Sulez. Era una ragazza sensuale, esotica, sarebbe stata perfetta per cantare l'*Habanera* della *Carmen*. Teneva il ventaglio aperto e lo muoveva con grazia e indifferenza. Le luci calde e soffuse della sala facevano risplendere le braccia e le spalle nude come perle sull'abito di velluto nero, che appariva in quel contesto ancora più conturbante rispetto a quando l'aveva provato. Infatti, sembrava aver già colpito al cuore uno dei presenti; era inginocchiato davanti a lei con una rosa in mano, strappata con tanto ardore da un addobbo che una spina l'aveva punto e il sangue sgorgava copioso dal pollice. Meredith non sembrava averlo notato. Elena e Damon osservarono il giovane, che era biondo e molto attraente. Elena era commossa... e Damon affamato.

A quanto pare è uscita dal guscio, azzardò Damon.

Oh, Meredith non ne uscirà mai sul serio, rispose Elena. *Sta solo recitando. Ma credo che stasera c'entrino qualcosa i vestiti. Meredith è vestita come una sirena, e quindi si comporta in modo sensuale. Bonnie è vestita come un pavone e... guarda.*

Indicò il lungo corridoio che conduceva all'enorme sala davanti a loro. Bonnie, vestita di quelle che sembravano vere piume di pavone, aveva la sua personale folla di seguaci... Seguaci nel senso più letterale del termine: la seguivano dappertutto. Bonnie si muoveva leggera, con passetti da uccello. I braccialetti di giada tintinnavano sulle braccia tornite, gli orecchini suonavano armoniosi a ogni scrollata del capo, e i suoi piedi sembravano battere il tempo davanti alla sua coda di pavone.

«Sai, è strano», mormorò Elena, quando entrarono nella grande sala e gli ultimi suoni si smorzarono, così che poté udire di nuovo la voce di Damon. «Non l'avevo capito, ma Lady Ulma ha disegnato gli abiti ispirandosi ai diversi livelli del mondo animale».

«Che?». Damon stava fissando di nuovo la sua gola. Ma, per fortuna, in quel momento arrivò un giovane attraente, vestito con un abito da sera terrestre – smoking, fascia di seta, eccetera – con dei larghi calici ricolmi di Black Magic. Damon vuotò il suo in un sorso e ne prese un altro dal cameriere piegato in un elegante inchino. Poi andò a sedersi con Elena, lontano dal baccano della festa, anche se poteva sembrare una scortesia verso i padroni di casa. Avevano bisogno di una certa libertà di manovra.

«Dunque, Meredith è una sirena, che appartiene all'ordine più alto, e si comporta davvero come una sirena. Bonnie è un uccello, un altro ordine molto alto, e si comporta come un pavone: continua a ridacchiare mentre osserva tutti i ragazzi che si mettono in mostra per lei. E io sono una farfalla... quindi suppongo che dovrò essere molto leggiadra stasera. Con te al mio fianco, spero».

«Che... carina», commentò Damon. «Ma cosa ti fa pensare che tu debba essere una farfalla?»

«Be', i disegni, sciocco», disse Elena, e sollevò il ventaglio di madreperla, oro e diamanti, per dargli un colpetto sulla fronte, leggero come un battito d'ala di farfalla. Poi lo aprì per mostrargli un magistrale disegno che riprendeva il motivo del suo collier, decorato con schegge d'oro, diamanti e madreperla, nei punti in cui le pieghe del ventaglio non rischiavano di danneggiare le pietre.

«Vedi? Una farfalla», concluse soddisfatta.

Damon ne seguì il profilo con l'indice lungo e affusolato – un gesto che le ricordò così tanto Stefan da farle mancare il respiro – e si fermò sulle sei linee stilizzate sopra la testa. «Da quando le farfalle hanno i capelli?». Il suo dito scivolò sulle due linee orizzontali fra le ali. «O le braccia?»

«Quelle sono le gambe», gli spiegò Elena, divertita. «Quale creatura con due braccia, due gambe e una testa ha sei capelli e sei ali?»

«Un vampiro ubriaco», suggerì una voce sopra di loro. Elena alzò lo sguardo, sorpresa di vedere Sage. «Posso sedermi con voi?», chiese. «Non sono riuscito a trovare una camicia, ma la mia fata madrina ha fatto apparire un gilè».

Elena, ridendo, corse a prendere una sedia e la mise accanto a quella di Damon. Sage era molto più curato di quando l'aveva visto l'ultima volta al lavoro nella villa, benché i suoi capelli fossero ancora un groviglio di lunghi riccioli ribelli. Notò, comunque, che la sua fata madrina l'aveva cosparso di profumo al sandalo e cedro e gli aveva procurato dei jeans Dolce&Gabbana e un gilè. Era... *magnifico*. Non c'era alcuna traccia dei suoi istinti animali.

«Pensavo che non saresti venuto», disse Elena.

«Come puoi dirmi questo? Tu, avvolta da veli celestiali, bianchi e dorati? Hai parlato di una serata di gala, e ogni tuo desiderio è un ordine».

Elena ridacchiò. Tutti la trattavano in modo diverso quella sera. Era il vestito. Sage, mormorando qualcosa sulla sua eterosessualità latente, giurò che l'immagine sul ventaglio e il collier rappresentavano una fenice. Un demone molto educato alla sua destra, che aveva una pelle color malva scuro e un paio di piccole corna bianche a spirale, affermò con deferenza che gli ricordavano la dea Ishtar, colei che qualche millennio addietro l'aveva inviato nella Dimensione Oscura per indurre le persone a peccare di accidia.

Poi ricordò che Lady Ulma aveva definito il suo vestito "abito da dea". Era un modello che poteva star bene solo su un corpo molto giovane e vicino alla perfezione, perché non si potevano inserire corpetti o imbottiture, né si potevano mascherare forme troppo abbondanti. Sotto il vestito c'erano solo il corpo giovane e sodo di Elena e un paio di mutandine di pizzo color carne. Oh, e uno spruzzo di profumo al gelsomino.

E così sembro una dea, pensò, ringraziando il demone (che rispose con un piccolo inchino). Gli ospiti stavano prendendo posto per la prima esibizione dell'Usignolo d'Argento. Elena dovette ammettere che era molto ansiosa di vedere Lady Fazina e, inoltre, era troppo presto per una incursione nei bagni... aveva notato che le guardie erano appostate a ogni porta.

C'erano due arpe su un palco al centro di un ampio cerchio di sedie. D'un tratto si alzarono tutti in piedi ad applaudire, ed Elena non avrebbe visto nulla se Lady Fazina non avesse deciso di fare il suo ingresso proprio dal corridoio in cui lei e Damon erano seduti. Si fermò accanto a Sage per ricevere il boato di acclamazioni, ed Elena poté osservarla molto da vicino.

Era una donna giovane e attraente, minuta come Bonnie. Non dimostrava più di vent'anni. La gracile creatura, a quanto pareva, prendeva molto sul serio il suo nome d'arte: era vestita di una tunica di maglia d'argento. Anche i suoi capelli erano d'argento, tirati in alto davanti e corti dietro. Lo strascico era fermato sulle spalle da due semplici spille: fluttuava dietro di lei, quasi orizzontale, più simile a un raggio di luna o a una nuvola che a un vero tessuto. Poi raggiunse il palco, salì, fece il giro intorno alla grande arpa e solo a quel punto il velo ricadde morbido ed elegante sul pavimento, formando un semicerchio intorno ai suoi piedi.

E poi ebbe inizio la magia della voce dell'Usignolo d'Argento. Cominciò a suonare l'arpa, che sembrava ancora più imponente rispetto al suo corpo minuto. Riusciva a farla cantare sotto le sue dita, la persuadeva a gemere come il vento o a produrre suoni che sembravano scendere dal paradiso in glissando. Elena pianse per tutta la prima canzone, anche se era in una lingua straniera. Era così intensa e dolce che la fece pensare a Stefan e ai momenti che avevano passato insieme, comunicando solo con le parole e le carezze più tenere...

Ma lo strumento di Lady Fazina che più colpiva era la voce. Il suo corpo esile poteva produrre acuti straordinari, quando voleva. E mentre cantava una toccante ballata in tono minore dopo l'altra, a Elena tremavano le gambe. Sentiva che avrebbe potuto cadere in ginocchio da un momento all'altro, col cuore ricolmo delle meravigliose melodie.

Quando qualcuno le sfiorò la spalla, Elena trasalì violentemente, strappata dal mondo fantastico che la musica aveva tessuto intorno a lei. Ma era solo Meredith, che, nonostante la sua passione per la musica, aveva un suggerimento molto pratico per il gruppo.

«Volevo dire, perché non cominciamo adesso, mentre sono tutti concentrati sull'esibizione?», bisbigliò. «Persino le guardie sono prese dalla musica. Ci muoviamo a coppie, va bene?».

Elena annuì. «Diamo solo un'occhiata intorno alla villa. Saranno tutti qui ad ascoltare Lady Fazina per almeno un'altra ora; forse avremo il tempo di trovare qualcosa. Sage, tu potresti fare da collegamento telepatico fra i due gruppi».

«Sarà un onore, *Madame*».

I cinque si dispersero per il palazzo dell'Usignolo d'Argento.

7

Superarono senza problemi le guardie in lacrime. Ma scoprirono ben presto che mentre *quasi* tutti ascoltavano Lady Fazina, in ogni stanza del palazzo aperta al pubblico c'era un maggiordomo in abito scuro e guanti bianchi che teneva d'occhio i beni della padrona di casa, pronto a riferire ogni movimento sospetto.

La prima stanza che diede loro una qualche speranza fu la Sala delle Arpe di Lady Fazina, uno spazio dedicato interamente all'esposizione delle arpe, da quelle antiche, arcuate, con una sola corda, senza dubbio risalenti a tempi remoti, a quelle alte e dorate, da orchestra, del tutto simili allo strumento da cui Lady Fazina stava ricavando le melodie udibili in tutto il palazzo. È magia, pensò Elena. A quanto pare qui la usano al posto della tecnologia.

«Ogni tipo di arpa ha una chiave unica per accordare lo strumento», bisbigliò Meredith, esaminando tutta la sala con lo sguardo. Su entrambi i lati le file di arpe si perdevano in lontananza. «Una di quelle chiavi potrebbe essere *la* chiave».

«Ma come la riconosceremo?». Bonnie si stava facendo aria col ventaglio di piume di pavone. «Che differenza c'è fra una chiave per arpa e una chiave-volpe?»

«Non lo so. E comunque non ho mai sentito parlare di una chiave tenuta *dentro* l'arpa. Tintinnerebbe all'interno della cassa armonica a ogni minimo movimento», rifletté Meredith.

Elena si morse le labbra. Era una considerazione ovvia e sensata. Era disorientata, non sapeva proprio come avrebbero fatto a trovare la piccola metà di una chiave in quel posto. L'indizio che avevano, che la chiave era *dentro* lo strumento dell'Usignolo d'Argento, d'un tratto le sembrò assurdo.

«Non pensate», disse Bonnie, un po' brilla, «che lo strumento sia la sua voce, e che se le guardiamo in gola...».

Elena si voltò per guardare Meredith, che aveva gli occhi rivolti al cielo... o a qualunque cosa ci fosse sopra quell'orribile mondo. «Lo so», disse Meredith. «Niente più vino per il nostro uccellino stasera. Anche se suppongo che potrebbero donare agli ospiti piccoli fischietti d'argento o altri strumenti. Si usa nei ricevimenti importanti, sapete, fare un piccolo dono».

«Oppure possono aver previsto, diverse settimane prima, che la chiave sarebbe stata regalata dentro a una bomboniera nel corso di una festa. E poi, come potrebbero sperare di rientrarne in possesso?», disse Damon in tono neutro. «A quel punto Misao avrebbe anche potuto dire: "Abbiamo gettato via la chiave"».

«Be'», cominciò Meredith, «non sono del tutto sicura che abbiano previsto che la chiave fosse recuperabile, neppure da loro. E Misao forse intendeva: "Dovrete rovistare in tutta la spazzatura prodotta nella serata di gala"... o in qualsiasi altra esibizione di Lady Fazina. Immagino che sia molto richiesta come cantante alle feste».

Elena odiava litigare, anche se era molto brava nelle discussioni. Ma quella sera era una dea. Niente era impossibile per lei. Se solo fosse riuscita a *ricordare*...

Un lampo bianco esplose nella sua mente.

Per un secondo... solo un secondo... si vide lottare con Misao. Il kitsune aveva assunto la forma di volpe, mordeva e graffiava... e aveva ringhiato una risposta alla domanda di Elena, che gli aveva chiesto dove fossero le due metà della chiave-volpe. «*Come se tu potessi capire la mia risposta. Se ti dicessi che un pezzo era dentro allo strumento dell'usignolo d'argento, ti suggerirebbe qualcosa?»*.

Sì. *Quelle* erano state le parole *esatte* pronunciate da Misao. Elena le ripeté ad alta voce.

E poi quella cosa simile all'arco di un fulmine si spense nella sua mente... ma un altro lampo si accese subito dopo. Spalancò gli occhi per la sorpresa, perché Bonnie stava parlando con il tono monotono e inespressivo che assumeva sempre quando faceva una profezia: «Ogni metà della chiave-volpe ha la forma di una sola volpe, con due orecchie, due occhi e il muso. Le due metà della chiave-volpe sono dorate e ricoperte di gemme... e i loro occhi sono verdi. La chiave che cerchi è tuttora dentro allo strumento dell'Usignolo d'Argento».

«Bonnie!», esclamò Elena. Notò che le ginocchia di Bonnie stavano tremando, lo sguardo era vacuo. Poi vide che sbatteva le palpebre e che la confusione emergeva per riempire il vuoto nei suoi occhi.

«Che succede?», disse Bonnie, guardandosi attorno e notando che la stavano fissando tutti. «Cosa... cosa è successo?»

«Ci hai appena detto come sono fatte le chiavi-volpe!». Elena non poté trattenersi, emise quasi un grido di esultanza. Ora che sapevano cosa stavano cercando, potevano liberare Stefan; avrebbero *sicuramente* liberato Stefan. Niente l'avrebbe fermata. Grazie a Bonnie la loro ricerca aveva fatto un passo avanti decisivo.

Ma mentre Elena si crogiolava nella felicità per la profezia, Meredith, col suo usuale senso pratico, si stava prendendo cura della profetessa. Disse tranquillamente: «Credo che stia per svenire. Per favore, potete...».

I vampiri Damon e Sage furono abbastanza svelti da prendere Bonnie e portarla dall'altra parte della stanza, ancor prima che Meredith riuscisse a completare la richiesta. Damon stava fissando sorpreso la ragazza minuta fra le sue braccia.

«Grazie, Meredith», disse Bonnie, ed emise un sospiro, sbattendo le palpebre. «Non credo che sverrò», li rassicurò, e poi, lanciando uno sguardo malizioso a Damon, aggiunse: «Ma meglio esserne sicuri».

Damon annuì e la strinse a sé con aria seria e compita. Sage si girò, tossendo come se gli fosse rimasto qualcosa in gola.

«Cosa ho detto? Non ricordo niente!».

E, dopo che Elena ebbe ripetuto solennemente le parole di Bonnie, Meredith, come al solito, puntualizzò: «Ne sei proprio sicura, Bonnie?»

«*Io* ne sono sicura. Non ho dubbi», tagliò corto Elena. Ed era davvero sicura. La Dea Ishtar e Bonnie avevano sbloccato gli eventi, mostrandole la chiave.

«D'accordo. Che ne dite se io, Bonnie e Sage ci occupiamo di questa stanza e, mentre due di noi distraggono il maggiordomo, il terzo cerca la chiave?», suggerì Meredith.

«Perfetto! Facciamolo!», disse Elena.

Il piano di Meredith si dimostrò molto più complicato da mettere in pratica. Senza lasciarsi impressionare dalle due splendide fanciulle e dal ragazzo col fisico da schianto, il maggiordomo continuava a tenerli d'occhio e a riprenderli ogni volta che toccavano un'arpa o cercavano di sbirciarci dentro.

Ovviamente, era proibito toccare. C'era il rischio di danneggiare gli strumenti o l'accordatura, soprattutto quando l'unico modo per essere *assolutamente* sicuri che una piccola chiave non fosse nella cassa armonica era scuotere l'arpa e sentire se tintinnava.

La cosa peggiore era che ogni strumento era esposto nella sua teca, illuminato da un drammatico gioco di chiaroscuri, contro uno sgargiante fondale dipinto (per la maggior parte ritratti di Lady Fazina che suonava l'arpa in questione), e un cordone rosso fiammante diceva "non toccare" più chiaramente di quanto avrebbe fatto un cartello.

Infine decisero di ricorrere ai poteri di Sage, che avrebbe Influenzato il maggiordomo, rendendolo completamente passivo... anche se avrebbe potuto farlo solo per pochi minuti alla volta, altrimenti la vittima avrebbe notato l'intervallo nell'esibizione di Lady Fazina. In quel poco tempo a disposizione Bonnie e Meredith avrebbero freneticamente frugato negli strumenti, mentre il maggiordomo restava immobile come una statua di cera.

Nel frattempo, Elena e Damon girovagavano per il palazzo, sbirciando nelle stanze in cui gli ospiti non potevano entrare. Se gli altri non avessero trovato nulla, erano decisi a esplorare ogni angolo della villa per tutta la durata della festa.

Introdursi di soppiatto nelle stanze deserte, buie, spesso chiuse a chiave o circondate da un cordone, era un'operazione rischiosa, ma Elena la trovava stranamente eccitante. Le sembrò che paura e passione fossero più legate di quanto avesse creduto in passato. O, perlomeno, era così per lei e Damon.

Elena non poté fare a meno di notare con ammirazione alcuni dettagli. Damon sembrava in grado di scassinare qualsiasi serratura con un piccolo attrezzo che tirava fuori dal taschino della giacca, dove la gente di solito tiene le penne stilografiche, e con gesti aggraziati apriva il lucchetto e lo rimetteva a posto in un baleno. Economia dei movimenti, lo sapeva, perfezionata in circa cinque secoli di vita.

E nessuno poteva dubitare della capacità di Damon di mantenere il sangue freddo in ogni situazione. Questo li rendeva una coppia ben assortita, visto che lei, invece, camminava a grandi passi come una divinità indifferente alle regole dei mortali. Il suo atteggiamento spavaldo era stranamente rafforzato dalle paure che in realtà la attanagliavano: ombre che sembravano guardie o sentinelle e che in realtà erano semplici orsi impagliati, o piccoli armadietti, o strane sculture simili a mummie, cui Damon dava appena un'occhiata. Lui non ne era affatto turbato.

Se solo potessi convogliare più Potere nei miei occhi, pensò Elena, sarebbe tutto più luminoso. Il Potere le obbedì!

Dio! Dovrei indossare questo vestito per il resto della mia vita: mi fa sentire così... potente. Così... impavida. Lo potrei mettere a scuola, se mai ci tornerò, per fare impressione sui professori; oppure al mio matrimonio con Stefan... giusto per far capire alla gente che non sono una poco di buono. E poi... in spiaggia, per dar modo ai ragazzi di rifarsi gli occhi...

Soffocò una risatina e notò, sorpresa, che Damon le stava rivolgendo uno sguardo di beffarda riprovazione. La stava osservando con il massimo interesse, proprio come lei osservava lui. Ma per un motivo leggermente diverso, poiché ai suoi occhi lei era appetitosa come un gigantesco barattolo di marmellata di fragole. E gli stava di nuovo venendo fame. Molta fame.

La prossima volta mi assicurerò che tu abbia mangiato abbastanza prima di uscire, gli disse col pensiero.

Prima portiamo a compimento la missione di oggi, poi faremo piani per la prossima volta, rispose lui, accennando appena il suo abbagliante sorriso a 250 kilowatt.

Ma la sua gentilezza era mista al cinico compiacimento che non lo abbandonava mai. Elena giurò a se stessa che poteva sorriderle quanto voleva, poteva implorarla, minacciarla o tentare di convincerla con le lusinghe, ma quella sera non gli avrebbe dato la soddisfazione di un solo morso. *Dovrà abbuffarsi con un altro vasetto di marmellata*, pensò.

Alla fine, la dolce musica del concerto si spense; Damon ed Elena tornarono alla Sala delle Arpe per raggiungere Bonnie, Meredith e Sage. Elena avrebbe potuto indovinare che c'erano cattive notizie anche solo dall'espressione di Bonnie, se il silenzio di Sage non fosse già stato abbastanza eloquente. Ma era peggio di quanto avesse immaginato: non solo non avevano trovato niente nella Sala delle Arpe, ma si erano decisi a interrogare il maggiordomo, che poteva parlare, pur non potendo muoversi, sotto l'Influenza di Sage.

«E indovina che ci ha detto», disse Bonnie. Prima che qualcuno potesse azzardare una risposta, aggiunse: «Le arpe vengono lucidate e accordate *ogni giorno*. Fazina ha un esercito di servitori che si occupano solo di questo. E se trovano qualcosa, *qualsiasi cosa*, che non fa parte dello strumento, lo riferiscono all'istante. E non è mai successo! Non è qui!».

Elena, che fino a un secondo prima si sentiva una divinità onnisciente, tornò bruscamente a essere una confusa mortale. «Temevo che sarebbe andata così», ammise, sospirando. «Sarebbe stato troppo facile. Allora, passiamo al Piano B. Voi tre vi mescolate agli altri ospiti, cercando di esplorare ogni stanza aperta al pubblico. Cercate di far colpo sul marito di Lady Fazina, interrogatelo, spremetelo ben bene. Dovete capire se Shinichi e Misao sono stati qui di recente. Io e Damon cercheremo nelle stanze private».

«È troppo pericoloso», disse Meredith, accigliata. «Ho paura di quello che potrebbero farvi se vi scoprono».

«Io ho paura di quello che potrebbero fare a Stefan se non troviamo la chiave stanotte», ribatté secca Elena, poi girò sui tacchi e se ne andò. Damon la seguì. Ispezionarono innumerevoli stanze buie, senza nemmeno sapere se stavano cercando un'arpa o qualche altro oggetto. Prima Damon controllava se nella stanza c'era qualcuno che respirava (poteva esserci una guardia vampiro, ma non c'era molto da fare in quel caso), poi scassinava la serratura. Filò tutto liscio finché entrarono in una stanza nell'ala occidentale del palazzo. Elena aveva perso l'orientamento da un bel pezzo, ma riconosceva l'ovest con sicurezza, poiché era lì che scendeva il sole insanguinato.

Damon fece saltare il lucchetto ed Elena entrò, speranzosa. Ispezionò la stanza, trovando il dipinto di un'arpa in una cornice d'argento, ma dopo aver svitato il supporto con il grimaldello di Damon non scoprirono all'interno niente di voluminoso come una mezza chiave a forma di volpe.

Poi, mentre rimettevano a posto il quadro sul muro, udirono un tonfo. Elena trasalì, pregando che nessuno dei servitori in abito nero che pattugliavano il palazzo avesse sentito il rumore.

Damon le mise subito una mano sulla bocca e spense la lanterna a gas.

Ma entrambi sentirono... dei passi lungo il corridoio. Qualcuno aveva sentito il tonfo. I passi si fermarono fuori dalla porta e si udì distintamente il discreto colpo di tosse di un servitore.

Elena si girò di scatto, sentendo che, in quel momento, le Ali della Redenzione erano alla sua portata. Le bastava solo un'altra piccola scossa di adrenalina e la guardia sarebbe finita in lacrime ai suoi piedi, chiedendo perdono per una intera vita al servizio del male. Elena e Damon sarebbero spariti prima che...

Ma Damon ebbe un'altra idea ed Elena si sorprese a concordare con lui.

Quando la porta si aprì un istante dopo, il maggiordomo trovò una coppia avvinghiata in un abbraccio troppo appassionato per focalizzarsi sulla loro intrusione. Elena percepì la sua indignazione. Che una coppia di ospiti desiderasse appartarsi in una delle tante stanze aperte al pubblico era comprensibile, ma quell'area del palazzo era riservata alla famiglia di Lady Fazina.

Quando accese la luce, Elena lo guardò con la coda dell'occhio. I suoi sensi psichici erano aperti quanto bastava per cogliere i suoi pensieri. Stava esaminando gli oggetti di valore nella stanza con occhio esperto ma annoiato. Un vaso in miniatura di squisita fattura con rose rampicanti impreziosite da viticci di smeraldi e rubini; una lira di legno sumera vecchia di cinquemila anni in ottimo stato; una coppia di candelabri in oro massiccio a forma di dragoni rampanti; una maschera funeraria egizia con le orbite nere e allungate che davano risalto ai brillanti colori del viso... era tutto lì. Non sembrava che la sua signora tenesse lì oggetti di gran valore, tuttavia disse: «Questa stanza non è aperta al pubblico». Ma Damon si limitò a stringere Elena con trasporto.

Sì, Damon sembrava molto determinato a mettere su un bello spettacolo per il maggiordomo... o qualcosa del genere. Ma non era già... successo? I pensieri di Elena stavano diventando incoerenti. L'ultima cosa... davvero l'ultima cosa che potevano permettersi... era di... perdere l'opportunità di... trovare la chiave-volpe. Provò a respingerlo, ma capì che non doveva.

Non doveva. Non poteva. Era una proprietà, un bene costoso a dire il vero, vestita com'era, di cui Damon poteva disporre a suo piacimento. In presenza di un estraneo, non doveva disobbedire ai desideri del suo padrone.

Tuttavia, Damon stava andando troppo oltre... si stava prendendo delle libertà che non aveva osato prendersi neanche in passato, benché, pensò con sarcasmo, non se lo ricordasse. Le stava carezzando la pelle lasciata scoperta dal vestito da dea color avorio, le braccia, la schiena, anche i capelli. Sapeva quanto le piacesse, cosa provava quando qualcuno le teneva i capelli, carezzando dolcemente le punte o stringendoli fra le dita.

Damon! Non le restava che l'ultima risorsa: la supplica. *Damon, se ci arrestano o ci impediscono in qualche modo di trovare la chiave stanotte... quando avremo un'altra opportunità?...* Gli fece sentire la sua disperazione, il suo senso di colpa, persino il pericoloso desiderio di dimenticare tutto e lasciarsi andare all'ondata di ardore che lui aveva creato. *Damon... te lo dirò, se vuoi. Io... ti imploro.* Elena si sentì bruciare gli occhi, inondati di lacrime.

Non piangere. Provò gratitudine sentendo la voce telepatica di Damon. Tuttavia, c'era qualcosa di strano. Non poteva essere fame: erano passate appena un paio d'ore dall'ultima volta che aveva succhiato il suo sangue. E non era passione, poiché poteva sentirla – e riconoscerla – fin troppo bene. Eppure la voce telepatica di Damon era talmente tesa, così incrinata nel tentativo di dominarsi, che ne fu spaventata. Inoltre, sapeva che lui poteva percepire la paura che le incuteva, e, tuttavia, aveva deciso di non fare niente a riguardo. Nessuna spiegazione. Vietate anche le esplorazioni: Elena notò che dietro la barriera dell'autocontrollo la sua mente era completamente chiusa. L'unica cosa che si avvicinava al sentimento che aveva percepito nella sua voce era il *dolore*. Una sofferenza ai limiti del sopportabile.

Ma per cosa?, si chiese Elena, sgomenta.

Cosa poteva farlo soffrire in quel modo?

Elena non poteva perder tempo a chiedersi cosa avesse Damon. Intensificò il Potere dell'udito e cominciò a captare i suoni nelle stanze prima di entrarvi.

Mentre era in ascolto, una nuova idea prese corpo nella sua mente. Fermò Damon nel buio fitto di un corridoio e cercò di spiegargli che tipo di stanza stavano cercando. Quella che, nel mondo contemporaneo, si sarebbe chiamata "studio".

Damon, esperto nell'architettura delle grandi ville, dopo un paio di tentativi a vuoto la condusse in quella che era senza dubbio la stanza da scrittura di una signora. Ormai Elena vedeva bene quanto lui nell'oscurità.

Elena si perse d'animo dopo aver frugato, senza trovare nulla, negli scomparti segreti di una pregevole scrivania. Mentre esplorava la stanza a lume di candela, Damon faceva da palo nel corridoio.

«Sta arrivando qualcuno», disse. «Ce ne dobbiamo andare, fai presto».

Ma Elena continuava a cercare. E, percorrendo la stanza con

un rapido sguardo, vide un piccolo scrittoio con una sedia d'antiquariato e un vasto assortimento di penne, antiche e moderne, esposte su elaborati supporti.

«Andiamocene finché la strada è ancora libera», mormorò Damon con impazienza.

«Sì», ripose sovrappensiero Elena. «Arrivo...».

E poi la vide.

Senza un attimo di esitazione, percorse la stanza a gran passi fino allo scrittoio e prese una penna con una brillante piuma d'argento. Non era una vera penna d'oca, naturalmente; era una penna stilografica elegante e classica, con una piuma. La penna si adattava perfettamente alla mano e il legno era caldo.

«Elena, non mi sento molto...».

«Damon, shhh», disse Elena, ignorandolo, troppo presa da ciò che stava facendo. Prima cosa: doveva cercare di scrivere. Non funzionava. Qualcosa bloccava la cartuccia. Secondo: svitare *con molta attenzione* la penna stilografica, per riempire la cartuccia, mentre il sangue continuava a pulsarle nelle orecchie e le tremavano le mani. Continuare a svitare piano... con molta, molta attenzione... per l'amor di Dio, non doveva lasciar cadere qualcosa o sarebbe rimbalzata chissà dove nell'oscurità. Le due parti della penna si separarono...

...e, sul velluto verde scuro che rivestiva lo scrittoio, cadde un piccolo pezzo di metallo, pesante e ricurvo. Era fatto apposta per entrare nella parte più larga della penna. Lo raccolse e cominciò a rimontare la stilografica, dandogli a malapena un'occhiata. Ma poi... *dovette* aprire la mano per guardarlo.

Il piccolo oggetto a forma di mezzaluna le fece brillare gli occhi: rispondeva proprio alla descrizione di Bonnie. La riproduzione di una volpe in miniatura col corpo stilizzato e la testa incrostata di gemme da cui sporgevano un paio di orecchie piatte. Gli occhi erano due pietre verdi scintillanti. Smeraldi?

«Alessandrite», sussurrò Damon, con voce sensuale. «Secondo il folclore, cambia colore alla luce del fuoco. Riflette le fiamme».

Elena, che si era appoggiata a lui, rabbrividì, ricordando il modo in cui gli occhi di Damon riflettevano le fiamme quando era posseduto: le fiamme rosso sangue del malach... della crudeltà di Shinichi.

«Come ci sei riuscita?», domandò Damon.

«È davvero una delle due parti della chiave-volpe?»

«Be', non sembra un elemento della penna stilografica. Forse è come la sorpresa in un uovo di Pasqua. Ma tu sei venuta dritta qui, quando siamo entrati in questa stanza. Persino i vampiri hanno bisogno di tempo per pensare, mia preziosa principessa».

Elena scrollò le spalle. «È stato facile, in realtà. Quando ho capito che le chiavi per accordare non andavano bene, mi sono chiesta quali fossero gli altri strumenti che si possono trovare in una casa. A quel punto non mi restava che scoprire se Lady Fazina avesse uno studio o una stanza da scrittura».

Damon sospirò. «Per i demoni dell'inferno, come sei innocente! Sai cosa stavo cercando io, invece? Porte a trabocchetto. Ingressi segreti per le prigioni sotterranee. L'unico altro strumento a cui *io* riuscivo a pensare era uno "strumento di tortura", e ti sorprenderebbe scoprire quanti ce ne sono in questa onesta cittadina».

«Ma non nella *sua* casa...!». Elena alzò pericolosamente la voce, poi tacquero e si misero in ascolto, tesi, cercando di captare eventuali passi nel corridoio.

Solo silenzio.

Elena fece un respiro di sollievo. «Sbrighiamoci! Dove... dove la posso mettere?». Si stava rendendo conto che l'unico difetto di un abito da dea era che non c'era neanche una tasca per nascondere qualcosa. Ne avrebbe dovuto discutere con Lady Ulma alla prima occasione.

«Mettila qui, nella mia tasca dei jeans», disse Damon, che sembrava scosso ed eccitato quanto lei. Dopo aver spinto la chiave in fondo alla tasca dei suoi jeans neri Armani, l'abbracciò. «Elena! Capisci? Ce l'abbiamo fatta. Ci siamo riusciti davvero!».

«Lo so!». Le lacrime sgorgavano dagli occhi di Elena e la musica di Lady Fazina sembrò salire in un accordo grandioso, perfetto. «Ci siamo riusciti insieme!».

E poi, senza accorgersene – ormai stava diventando un'abitudine – Elena finì tra le braccia di Damon, facendo scivolare le mani sotto la sua giacca per toccare la carne calda e soda. Non fu sorpresa nemmeno di sentire una doppia puntura nella gola, quando gettò indietro la testa: la sua amabile pantera non era del tutto domata e doveva imparare ancora le regole fondamentali dei preliminari amorosi. Ad esempio, baciare prima di mordere.

Le aveva già detto di essere affamato, ricordò, e lei l'aveva ignorato, troppo presa dalla penna d'argento. Ma adesso se ne rendeva conto... ma non riusciva a spiegarsi l'eccezionale appetito di quella sera.

Forse era... fin troppo affamato.

Damon, gli disse col pensiero, *ne stai prendendo troppo.*

Non sentì alcuna risposta, solo la fame selvaggia della pantera.

Damon, potrebbe essere pericoloso... per me. Mise più Potere possibile nelle parole che gli trasmise.

Ancora nessuna risposta da parte di Damon, ma Elena stava fluttuando, nell'oscurità della sua anima. E le venne il barlume di un'idea.

Dove sei? Sei ancora qui?, chiamava, cercando di immaginare il ragazzino.

E poi lo vide, incatenato al suo macigno, accovacciato, con i pugni chiusi sugli occhi.

Cosa è successo?, chiese Elena preoccupata, avvicinandosi fluttuando.

Fa male! Fa male!

Sei ferito? Fammi vedere, disse Elena.

No! Lui ti sta facendo male! Può ucciderti!

Shhh, va tutto bene, tranquillo. Cercò di stringerlo a sé.

Dobbiamo fare in modo che lui ci ascolti!

Va bene, disse Elena. Si sentiva molto strana e debole. Ma si voltò e, insieme al bambino, urlò senza voce: *Damon! Per favore! Elena dice basta!*

E avvenne un miracolo.

Sia lei che il bambino lo sentirono. Le piccole zanne appuntite si ritrassero. Il flusso di energia da Elena a Damon si interruppe.

E poi, per ironia della sorte, il miracolo cominciò ad allontanarla dal bambino con cui desiderava davvero parlare.

No! Aspetta!, tentò di dire a Damon, stringendo le mani del bambino più forte che poteva, ma fu catapultata fuori dal suo inconscio con la forza di un uragano. Le tenebre si dissolsero. Al loro posto c'era una stanza, troppo luminosa, con la luce di una candela che splendeva come una lampada da interrogatorio puntata su di lei. Chiuse gli occhi e sentì il calore e la solidità del corpo di Damon.

«Mi dispiace! Elena, riesci a parlare? Non me n'ero accorto...». C'era qualcosa di strano nella sua voce. Poi comprese. Le zanne di Damon non erano ritratte.

Che...? Era tutto sbagliato. Prima erano così felici, e poi... sentì qualcosa di umido sul braccio.

Si allontanò di scatto da Damon, guardandosi le braccia, tutte macchiate di rosso. E non era vernice.

Era troppo agitata per riuscire ad articolare delle domande. Scivolò alle spalle di Damon e gli tolse la giacca. Alla luce vivida della candela riuscì a vedere la sua camicia nera di seta rovinata da numerose strisce di sangue secco, quasi asciutto o ancora fresco.

«Damon!». La sua prima reazione fu di puro orrore, senza delicatezza o compresione. «Cosa è successo? Sei stato coinvolto in una rissa? Damon, *dimmelo*!».

E poi visualizzò un numero. Sapeva contare fin da bambina. Aveva imparato a contare fino a dieci prima di compiere un anno. Quindi, aveva diciassette anni di esperienza per contare i tagli irregolari, profondi e ancora sanguinanti sulla schiena di Damon.

Dieci.

Elena esaminò le proprie braccia insanguinate e il suo abito da dea, che era diventato un vero orrore perché il candore bianco latte era deturpato dalle macchie di un rosso acceso.

Il rosso di quello che sarebbe dovuto essere il sangue di *Elena*. Squarci rossi che sembravano provocati da colpi di spada, aperti sulla schiena di Damon la Notte della Punizione della ragazza, quando lui aveva trasferito su di sé il dolore e i segni delle frustate.

E mi ha portata in braccio fino a casa. Il pensiero emerse dal nulla, fluttuando. *Non ne ha mai parlato. Non l'avrei mai saputo se...*

E non è ancora guarito. Guarirà mai?

Fu allora che cominciò a gridare come una pazza.

8

Qualcuno stava cercando di farla bere da un bicchiere di vetro. Il suo olfatto era così acuto che poteva già sentire il sapore del liquido che conteneva... Black Magic. E non ne voleva! No! Lo sputò. Non potevano *costringerla* a bere.

«*Mon enfant*, è per il tuo bene. Su, bevi». Elena si girò dall'altra parte. Sentì le tenebre che l'avvolgevano. Sì. Meglio così. Perché non la lasciavano in pace?

A un profondo livello di comunicazione, un ragazzino le faceva compagnia nel buio. Si ricordava di lui, ma non riusciva a rammentare il suo nome. Tese le braccia e il bambino corse da lei. Le sue catene erano più leggere dell'ultima volta... quando? In passato. Era tutto ciò che riusciva a ricordare.

Va tutto bene?, mormorò. Laggiù, nel cuore della loro profonda intimità, un sussurro era un grido.

Non piangere. Niente lacrime, per favore, la implorò il bambino, ma quelle parole le ricordavano qualcosa a cui non osava pensare, e gli mise un dito sulle labbra, per farlo tacere.

Dall'Esterno giunse, tuonando, una voce troppo alta. «Dunque, *mon enfant*, hai deciso di diventare *un vampire encore une fois*».

È questo che mi sta succedendo?, sussurrò al bambino. *Sto morendo un'altra volta? Per diventare un vampiro?*

Non lo so!, piagnucolò il bambino. *Non so niente. Lui è arrabbiato. Ho paura.*

Sage non ti farà del male, promise. *È già un vampiro ed è tuo amico.*

Non sto parlando di Sage...

Allora di chi hai paura?

Se muori di nuovo, mi ricoprirà di catene dalla testa ai piedi. Il bambino le mostrò un'immagine straziante di se stesso avvolto da innumerevoli spirali di pesanti catene. Gli imbavagliavano persino la bocca. Gli immobilizzavano le braccia sui fianchi e le gambe sul macigno. Per giunta, erano catene chiodate che squarciavano la tenera carne del bambino, facendo sgorgare copiosi fiotti di sangue.

Chi farebbe una cosa del genere?, gridò Elena. *Gli farò desiderare di non essere mai nato. Dimmi chi è!*

Il viso del bambino era triste e perplesso. *Io*, disse. *Lui. Lui/io. Damon. Perché ti abbiamo uccisa.*

Ma se non è colpa sua...

Dobbiamo. Dobbiamo farlo. Ma forse morirò, il dottore dice... C'era una chiara sfumatura di speranza nell'ultima frase.

Fu decisiva per Elena. Se Damon non stava pensando con lucidità, forse nemmeno lei ci riusciva, rifletté. Forse... forse doveva fare quello che Sage le aveva chiesto.

E il dottor Meggar. La sua voce le giunse ovattata, come attraverso una nebbia fitta. «...per l'amor di Dio, sei stata in piedi tutta la notte. Lascia che se ne occupi qualcun altro».

Sì... tutta la notte. Elena non voleva risvegliarsi, ed era dotata di una grande forza di volontà.

«E se cambiamo posizione?», suggerì qualcuno... una ragazza. La sua voce era flebile, ma risoluta. Bonnie.

«Elena... sono io, Meredith. Riesci a sentire la mia mano?». Una pausa, poi continuò, alzando la voce, eccitata: «*Ehi, mi ha stretto la mano! Avete visto?* Sage, di' a Damon di venire qui, presto!».

Scivolava lontano...

«...di bere ancora un po', Elena? Lo so, lo so, non ti va più. Ma bevine *un peu*, fallo per me, vuoi?».

Alla deriva...

«*Très bon, mon enfant! Maintenant*, che ne dici di un sorso di latte? Damon crede che tu possa rimanere umana se bevi un po' di latte».

Elena aveva un paio di considerazioni da fare a riguardo. La prima: se avesse bevuto ancora *un sorso di qualsiasi cosa*, sarebbe esplosa. La seconda: non era dell'umore giusto per nutrire speranze insensate.

Tentò di parlare, ma riuscì a emettere appena un filo di voce. «Dite a Damon... che non mi alzerò finché non lascerà libero il ragazzino».

«Chi? Quale ragazzo?»

«Elena, tesoro, tutti i ragazzini in questa tenuta sono già liberi».

Meredith: «Perché non lasciate che glielo *dica lei*?».

Il dottor Meggar: «Elena, Damon è proprio qui sul divano. Siete entrambi molto malati, ma vi riprenderete presto. Elena, possiamo spostare il lettino così puoi parlargli. Ecco fatto».

Elena cercò di aprire gli occhi, ma c'era troppa luce. Prese fiato e provò di nuovo. Ancora troppa luce. Non sapeva più schermarsi gli occhi. Parlò a occhi chiusi, rivolgendosi alla presenza che percepiva di fronte a sé: *Non posso lasciarlo di nuovo solo. Soprattutto se hai intenzione di imbavagliarlo e ricoprirlo di catene.*

Elena, rispose Damon, scosso, *non sono mai stato uno stinco di santo. Ma non ho mai avuto degli schiavi, lo giuro. Chiedi a chi vuoi. E non farei mai una cosa del genere a un bambino.*

Ne hai uno, e so il suo nome. E so che il suo cuore è pieno di gentilezza, bontà, mitezza e... paura.

Il cupo rimbombo della voce di Sage: «...la turbate...»; il mormorio concitato di Damon: «*Lo so* che non è in sé, ma mi piacerebbe proprio sapere il nome di questo ragazzino, visto che mi si accusa di avergli fatto del male. Perché questo dovrebbe turbarla?».

Altri mormorii, poi: «Posso soltanto chiederle il nome? Almeno potrò difendere la mia reputazione». Poi, ad alta voce: «Elena? Puoi dirmi chi è il bambino che avrei torturato in quel modo?».

Era così stanca. Ma rispose, bisbigliando: «Il suo nome è Damon, naturalmente».

E Meredith sospirò esausta: «Oh, mio Dio. Era pronta a morire per una metafora».

9

Matt osservò la signora Flowers che esaminava il distintivo dello sceriffo Mossberg, tenendolo alla luce e facendovi scorrere sopra le dita.

L'aveva preso da Rebecca, la nipotina dello sceriffo. A Matt era sembrata solo una coincidenza quando l'aveva incontrata il giorno prima. Aveva notato che la ragazzina indossava una maglietta da uomo. Gli era sembrata familiare... era la maglietta dello sceriffo Mossberg.

Poi aveva visto il distintivo ancora appuntato sul taschino. Lo sceriffo Mossberg poteva avere tanti difetti, ma non era uomo da perdere il suo distintivo. Matt, dimenticando ogni senso di galanteria, le aveva strappato il piccolo scudo di metallo prima che Rebecca potesse fermarlo. Poi gli era venuta una forte nausea, che da allora aveva solo continuato a peggiorare. L'espressione della signora Flowers non lo faceva sentire affatto meglio.

«Non è stato a diretto contatto con la sua pelle», disse la donna a bassa voce, «quindi le visioni che ne ricavo sono confuse. Ma, oh!, mio caro Matt», alzò su di lui gli occhi velati dalle lacrime, «ho paura». Rabbrividì, lasciandosi cadere sulla sedia accanto al tavolo della cucina, sul quale fumavano due tazze di latte caldo speziato. Nessuno le aveva toccate.

Matt si schiarì la gola e bevve qualche sorso di latte bollente. «Pensi che dovremmo andare a dare un'occhiata?»

«Sì, *dobbiamo*», rispose la signora Flowers. Scosse tristemente la testa, facendo ondeggiare i soffici e radi ricci canuti. «La cara *Mama* è molto insistente, e riesco a sentirla anch'io; c'è una forte perturbazione in questo artefatto».

Matt sentì un pizzico di orgoglio, misto alla paura, per essersi procurato "l'artefatto"... e poi pensò: Certo, strappare con la forza un distintivo dalla maglietta di una dodicenne è proprio qualcosa di cui andar fieri.

Dalla cucina venne la voce della signora Flowers: «Dovresti metterti un po' di magliette e pullover, oltre a un paio di questi». Comparve sulla soglia con le braccia cariche di cappotti, presi probabilmente dall'armadietto di fronte alla porta della cucina, e di parecchi guanti da giardino.

Matt si alzò in piedi per aiutarla e starnutì, sommerso dall'odore di naftalina e di qualcos'altro... qualcosa di speziato...

«Perché... sento... un'aria natalizia?», disse, costretto a starnutire ogni due parole.

«Oh, deve essere l'antitarme naturale ai chiodi di garofano della prozia Morwen», rispose la signora Flowers. «Alcuni di questi cappotti risalgono ai tempi di mia madre».

Matt non ebbe difficoltà a crederle. «Ma fuori fa ancora caldo. Perché dovremmo metterci dei cappotti?»

«Per proteggerci, caro Matt, per proteggerci! Questi capi sono intessuti con incantesimi in grado di proteggerci dal male».

«Anche i guanti da giardino?», chiese dubbioso Matt.

«Anche i guanti», rispose secca la signora Flowers. Tacque e poi aggiunse con tono tranquillo: «Faremmo meglio a portare un paio di torce, Matt caro, perché quello che stiamo per fare, dovremo farlo al buio».

«Stai scherzando!».

«No, purtroppo no. E dovremo procurarci delle corde per legarci l'uno all'altra. Non dobbiamo entrare per nessun motivo nel bosco dell'Old Wood stanotte».

Un'ora dopo, Matt stava ancora rimuginando. Aveva appena toccato la sua abbondante porzione di melanzane stufate *au fromage*, preparate con amore dalla signora Flowers, e il suo cervello non voleva proprio trovare pace.

Mi chiedo se è così che si sente Elena, pensò, quando mette insieme i suoi Piani A, B e C. Mi chiedo anche se si senta così *stupida* quando lo fa.

Sentì una stretta al cuore, e per la trecentomillesima volta da quando aveva lasciato Elena e Damon, si chiese se avesse fatto la cosa giusta.

Deve essere la scelta giusta, si disse. Lo prova il fatto che mi fa star male da morire. Le cose che fanno molto, molto male, sono quelle giuste.

Ma avrei voluto almeno dirle addio...

Ma se ti fossi voltato per dirle addio, non saresti più riuscito ad andartene. Guarda in faccia la realtà, imbecille: qualunque cosa faccia Elena, tu sei sempre il più grande perdente del mondo. Persino quando ti ha mollato per un ragazzo che le piaceva di più, ti sei dato da fare come se fossi un'amica, come Meredith o Bonnie, per aiutarla a conquistarlo e a tenere lontano il Lupo Cattivo. Forse ti dovresti procurare una di quelle magliette con la scritta: «Sono un cagnolino. La mia padrona è la Principessa Ele...».

Un forte schiocco.

Matt fece un balzo sulla sedia e cadde faccia a terra: era molto più doloroso di quanto sembrava nei film.

Un lamentoso cigolio.

C'era una persiana aperta dall'altra parte della stanza. Il primo rumore, infatti, era stato causato dalle due ante di legno che sbattevano. I muri esterni della pensione non erano in buone condizioni e spesso le persiane si staccavano dai ganci.

Ma era davvero una pura coincidenza?, si chiese Matt, appena il suo cuore smise di battere all'impazzata. Oppure c'entrava il fatto che Stefan avesse passato tanto tempo in quella pensione? Forse, da qualche parte là intorno, aleggiava ancora lo spirito di Stefan. Se era così, Matt gli avrebbe assestato un bel pugno nello stomaco.

Scusa, amico, pensò, e per poco non lo disse ad alta voce. Non volevo parlar male della tua ragazza. È parecchio sotto pressione.

Parlar male della sua ragazza?

Parlar male di Elena?

Diamine, lui sarebbe stato il primo a picchiare chiunque avesse osato parlar male di Elena. Purché Stefan non avesse usato trucchi da vampiro per arrivare prima di lui!

Cos'è che diceva sempre Elena? Devi lasciare un po' di spazio all'improvvisazione, non puoi prevedere tutto. Non puoi fare piani troppo dettagliati, perché, com'è vero che Dio ha creato dei fastidiosi gusci intorno alle noci, il tuo piano migliore avrà sempre dei difetti.

Per questo Elena coinvolgeva più gente possibile nella sua squadra. Anche se i membri C e D non sarebbero mai scesi in campo. Restavano a disposizione, se ci fosse stato bisogno di loro.

Matt sentiva di avere le idee chiare per la prima volta da quando aveva venduto la Prius e dato i soldi di Stefan a Bonnie e Meredith per i costosi biglietti aerei. Si mise al lavoro.

«E poi abbiamo fatto una passeggiata intorno alla villa e abbiamo visto frutteti di mele, di arance e di ciliegie», disse Bonnie a Elena, che giaceva, con un'aria fragile e indifesa, nel suo enorme letto a baldacchino, su cui erano state sistemate delle tende trasparenti color oro scuro, legate da robuste nappe di varie sfumature dorate.

Bonnie era comodamente seduta su una sedia rivestita in velluto, che era stata portata vicino al letto. Appoggiava i piccoli piedi nudi sulle lenzuola.

Elena non era una buona paziente. Insisteva a volersi alzare. Voleva camminare, andarsene in giro. Diceva che una passeggiata le avrebbe fatto meglio di tutta quella farina d'avena, delle bistecche, del latte e delle continue visite del dottor Meggar, che si era trasferito nella tenuta.

Comunque, sapeva cosa li preoccupava davvero. Bonnie, una notte in cui era di turno a vegliare accanto al suo letto, aveva spifferato tutto, con voce lamentosa e spezzata da continui accessi di pianto.

«T-tu hai urlato e tutti i v-vampiri ti hanno sentita, e Sage ha afferrato me e Meredith come due gattini, una per braccio, e si è messo a correre verso la stanza da cui provenivano le urla. Ma un s-sacco di gente era arrivata *prima* di noi! Tu eri svenuta, e pure Damon, e qualcuno ha detto: "S-sono stati attaccati e c-credo che siano *morti*!". E t-tutti d-dicevano: "Chiamate i G-guardiani!". E credo di essere svenuta, un pochino».

«Shhh», la blandì Elena, poi aggiunse scaltra: «Bevi un sorso di Black Magic. Ti farà sentire meglio».

Bonnie ne bevve un sorso. E un altro ancora. E poi riprese a raccontare. «Ma Sage doveva aver intuito qualcosa, perché ha detto: "Largo, fatemi passare, sono un medico, voglio esaminarli". Ed era davvero convincente, con quel tono di voce!

Poi vi ha osservato con attenzione, e credo che abbia capito al volo cosa era successo, perché ha detto: "Preparate una carrozza! Devo portarli dal d-dottor Meggar, il mio collega". Allora è arrivata Lady Fazina e ha detto che potevamo prendere una delle sue carrozze, e che potevamo restituirgliela quando volevamo. È così sfacciatamente *ricca*! E poi, vi abbiamo portati fuori dal retro, perché c'erano delle... delle *bastarde* che ci consigliavano di lasciarvi morire. Erano donne demoni, bianche come la neve, chiamate Signore di Ghiaccio. E poi siamo saliti tutti sulla carrozza e, oh, mio Dio! Elena, tu *sei morta*! Hai smesso di respirare due volte! E Sage e Meredith continuavano a farti la respirazione bocca a bocca. E io... io ho pregato così t-t-tanto!».

Elena, ormai immersa nel racconto, l'abbracciò con tenerezza, ma Bonnie ricominciò a piangere.

«E abbiamo bussato alla porta del dottor Meggar come se volessimo buttarla giù e... e qualcuno gli ha raccontato tutto... e lui ti ha visitata e ha detto: "Le serve una trasfusione". E io ho detto: "Prendi il mio sangue". Perché, ti ricordi, a scuola abbiamo donato il sangue per Jody Wright e, in pratica, eravamo le uniche compatibili perché avevamo lo stesso gruppo sanguigno. E poi il dottor Meggar ha preparato due tavoli in un batter d'occhio, così», Bonnie fece schioccare le dita, «e io ero così spaventata che non riuscivo neanche a guardare l'ago, ma mi sono fatta forza. E ci sono riuscita! Ti hanno dato un po' del mio sangue. E, nel frattempo, sai cosa faceva Meredith? Si lasciava mordere da Damon. Sul serio! Il dottor Meggar ha rimandato la carrozza alla villa per chiedere in prestito dei servitori disposti a "fare lo straordinario" – perché è c-così che lo chiamano qui – e la carrozza è tornata piena. Non so quanti ne abbia morsi Damon, ma erano parecchi! Il dottor Meggar ha detto che era la miglior medicina. Ci siamo consultati e abbiamo convinto il dottor Meggar a trasferirsi qui, e Lady Ulma ha intenzione di trasformare l'intero edificio in cui viveva in un ospizio. E da allora ci stiamo prodigando tutti per farti stare meglio. Damon stava già bene la mattina dopo. D'accordo con Lady Ulma e Lucen (credo che fosse una loro idea, ma è Damon che l'ha messa in pratica), ha mandato una perla a Lady Fazina. Si tratta di una perla così preziosa che il padre di Lady Ulma non ha mai trovato un possibile acquirente: è grande circa come un pugno e dalla forma irregolare, ovvero con solchi e rilievi, e lucida come l'argento. L'hanno infilata in una catenella robusta e gliel'hanno mandata».

Gli occhi di Bonnie erano di nuovo pieni di lacrime. «Perché lei ha *salvato* sia te che Damon. La sua carrozza vi ha *salvato* la vita». Bonnie si chinò per sussurrarle nell'orecchio: «E Meredith mi ha detto – è un segreto, ma non per te – che essere morsi non è tanto male. Fico!». E Bonnie si stiracchiò come una gattina. «Avrei voluto essere morsa io», disse quasi con rimpianto, ma subito dopo aggiunse: «Ma tu avevi bisogno del mio sangue. Di sangue umano, certo, ma soprattutto del mio. Penso che qui siano dei grossi esperti di gruppi sanguigni, perché assaggiando e annusando il sangue riescono a sentire le differenze». Poi sussultò e disse: «Vuoi vedere la mezza chiave-volpe? Eravamo sicuri che fosse andata perduta e che non l'avremmo mai trovata, ma quando Meredith è entrata nella camera da letto per essere morsa da Damon – e ti giuro che non hanno fatto nient'altro – lui gliel'ha data e le ha chiesto di conservarla. Così lei se ne è presa cura e l'ha messa in un piccolo scrigno fatto da Lucen con un materiale che sembra plastica, ma non lo è».

Elena aveva rimirato a lungo la piccola mezzaluna della chiave: non c'era molto altro da fare a letto, oltre a chiacchierare e a leggere classici ed enciclopedie della Terra. Non avevano permesso che riposasse nella stessa camera di Damon.

Elena sapeva perché. Temevano che non si sarebbe limitata a chiacchierare. Temevano che si sarebbe avvicinata a lui, per annusare il suo profumo familiare ed esotico, fatto di bergamotto italiano, mandarino e cardamomo, e che lo avrebbe guardato nei suoi occhi neri, che potevano contenere l'intero universo, e si sarebbe lasciata andare, tremante, risvegliandosi come vampiro.

Non sapevano proprio nulla! Lei e Damon avevano scambiato il sangue per settimane prima della crisi, in tutta sicurezza. Se nulla interveniva a fargli perdere la sanità mentale, com'era successo quando quell'intensa sofferenza l'aveva colto nello studio di Lady Fazina, si comportava sempre come un perfetto gentiluomo.

«Uhm», disse Bonnie, senza dar retta alle sue parole, affondando le unghie smaltate d'argento in un grazioso cuscino da salotto. «Fossi in te, eviterei di raccontare in giro che avete scambiato il sangue così di frequente, fin dall'inizio. Se ne uscirebbero con commenti cattivi. Sai, leggerebbero fra le righe».

«Non c'è niente da leggere fra le righe. Sono qui per andare a prendere il mio amato Damon e Stefan mi sta solo dando una mano».

Bonnie la guardò con la fronte aggrottata e le labbra serrate, ma non osò commentare.

«Bonnie?»

«Um-hm?»

«Ho appena detto quello che penso di aver detto?»

«Um-*hm*».

Elena raccolse una manciata di cuscini e se li mise sulla faccia. «Per favore, potresti dire al cuoco che vorrei un'altra bistecca e una tazza di latte?», chiese con la voce soffocata dai cuscini. «Non mi sento bene».

Matt aveva una nuova macchina. O meglio, un nuovo catorcio. Riusciva sempre a procurarsene uno quando ne aveva davvero bisogno. Si stava dirigendo a scatti (il motore si spegneva di continuo) verso la casa di Obasaan.

Della signora Saitou, si corresse subito. Non aveva familiarità con quella cultura e non voleva fare qualcosa di offensivo, soprattutto considerando che stava andando a chiedere un favore.

Gli aprì la porta una donna che non aveva mai visto prima. Era piuttosto attraente ed era vestita in modo molto appariscente, con un'ampia gonna scarlatta... o forse erano dei pantaloni larghi, difficile capirlo.

Sopra indossava una camicia bianca. Il suo volto, incorniciato da lunghe ciocche di lisci capelli neri e da una frangetta molto curata che le arrivava fin sopra le sopracciglia, era sconvolgente.

Ma la cosa che più colpiva era la lunga spada ricurva che la donna puntava al petto di Matt.

«S-salve», disse Matt, quando la porta si spalancò.

«Questa è una casa onesta», rispose la donna. «Non è una casa di spiriti maligni».

«Non ho mai pensato che lo fosse», disse Matt, retrocedendo mentre la donna avanzava. «Lo giuro». Allora lei abbassò la spada. «Dici la verità. Non intendi farci del male. Prego, entra pure».

«Grazie», rispose Matt. Non era mai stato così felice di essere accolto da una donna più vecchia di lui.

«Orime», giunse una fievole voce dal piano di sopra. «È uno di quei bambini?»

«Sì, Hahawe», gridò la donna che per Matt sarebbe sempre rimasta "la donna con la spada".

«Perché non lo mandi da me?»

«Certo, Hahawe».

«Ha ha... perché la chiami "Hahawe"?», disse Matt, e la sua risatina nervosa si trasformò in un lamento disperato, quando la spada oscillò di nuovo dalle parti del suo diaframma. «E non Obaasan?».

La spadaccina sorrise per la prima volta. «*Obaasan* significa *nonna*. *Hahawe* è uno dei modi per dire *madre*. Ma mia madre non si offenderà se la chiami Obaasan; è un appellativo amichevole per una donna della sua età».

«Ok», disse Matt, facendo del suo meglio per assumere un tono affabile.

La signora Saitou gli indicò le scale, e Matt sbirciò in varie stanze prima di trovarne una con un largo futon al centro del pavimento spoglio, su cui giaceva una donna incredibilmente simile a una bambola. Era talmente minuta che non sembrava una persona reale.

I suoi capelli erano morbidi e neri come quelli della donna al piano di sotto. Erano acconciati in modo da formare una specie di aureola. Ma le ciglia nere erano abbassate, le guance pallide, e Matt si chiese se non fosse caduta in uno di quei sonni improvvisi tipici della vecchiaia.

Ma poi, d'un tratto, la signora dal corpo di bambola aprì gli occhi e sorrise. «Oh! È Masato-chan!», disse, guardando Matt.

Brutto inizio. Se confondeva un ragazzo biondo con un suo amico giapponese che non vedeva da quasi sessant'anni...

Ma lei stava ridendo, con le mani minute davanti alla bocca. «Lo so, lo so», disse. «Non sei Masato. È diventato un banchiere, molto ricco. E molto grosso. È ingrassato anche il suo ego, oltre alla pancia».

Gli sorrise di nuovo. «Prego, siedi pure. Puoi chiamarmi Obaasan se vuoi, oppure Orime. Mia figlia si chiama come me. Ma ha avuto una vita difficile, come l'ho avuta io. Essere una fanciulla del tempio... *e* una samurai... richiede disciplina e un forte impegno. E la mia Orime era così brava... finché non siamo venute qui. Cercavamo una città dove condurre una vita pacifica e tranquilla. Invece... Isobel ha incontrato... Jim. E Jim era... infedele».

Matt si schiarì la gola. Desiderava difendere il suo amico, ma cosa avrebbe potuto dire a sua discolpa? Jim aveva passato una notte con Caroline, su pressante invito della ragazza. Ed era diventato un posseduto, trasmettendo la possessione alla sua ragazza Isobel, che si era inflitta delle ferite grottesche... fra le altre cose.

«Dobbiamo prenderli», si trovò a dire Matt, con la massima serietà. «I kitsune che hanno dato inizio a tutto questo... cominciando da Caroline. Shinichi e sua sorella Misao».

«Kitsune». Obaasan annuì. «Sì, avevo detto che era coinvolto uno di loro fin dall'inizio. Fammi pensare... ho benedetto alcuni talismani e amuleti per i tuoi amici...».

«E qualche proiettile. Ne ho le tasche piene», disse Matt, imbarazzato, mentre rovesciava proiettili di ogni calibro sulla coperta del futon.

«Sì, sei stato molto scrupoloso. Bravo». Obaasan esaminò le copie delle preghiere stampate da Matt. Il ragazzo si sentì a disagio. Sapeva che aveva solo fatto quello che c'era scritto sulla lista di Meredith: il merito, in realtà, era suo.

«Prima benedirò i proiettili e poi scriverò degli incantesimi su qualche altro amuleto», disse. «Metti gli amuleti nei punti in cui ti serve più protezione. E, be', suppongo che tu sappia cosa fare dei proiettili».

«Sì, signora!». Matt si frugò nelle tasche per tirar fuori gli ultimi proiettili e li passò a Obaasan. Poi lei cantilenò una preghiera lunga e complessa, tenendo le sue piccole mani sui proiettili. Matt non trovò per niente spaventoso l'incantesimo, ma sapeva di essere una schiappa come sensitivo: Bonnie avrebbe probabilmente visto e udito cose che a lui sfuggivano.

«Dovrei mirare a una parte del corpo in particolare?», chiese Matt, osservando la vecchia signora e cercando di seguire la preghiera sulla sua copia stampata.

«No, qualsiasi parte del corpo o della testa andrà bene. Se fai a pezzi una coda, li renderai più deboli, ma li farai anche infuriare». Obaasan si fermò e tossì, un breve e secco attacco da vecchia signora.

Prima che Matt potesse offrirsi di correre di sotto a prenderle qualcosa da bere, la signora Saitou entrò nella stanza portando un vassoio con tre piccole tazze di tè.

«Vi ringrazio per l'attesa», disse con cortesia, inginocchiandosi per servirli. Matt diede il primo sorso e trovò che il fumante tè verde era molto più buono rispetto alle poche volte che aveva avuto modo di assaggiarlo nei ristoranti.

Restarono un po' in silenzio. La signora Saitou era seduta con gli occhi fissi sulla tazza di tè, Obaasan giaceva pallida e rannicchiata sotto le coperte del futon, e Matt sentiva salirgli in gola un turbine di parole.

Infine, nonostante il buonsenso gli consigliasse di non parlare, esplose: «Dio, mi dispiace tanto per Isobel, signora Saitou! Non meritava tutto questo! Vorrei solo farvi sapere che... che mi dispiace tanto, e che prenderò il kitsune responsabile di tutto ciò. Lo prenderò, lo giuro!».

«Kitsune?», disse aspra la signora Saitou, fissandolo come se fosse matto. Obaasan restò a guardare con la testa poggiata sul cuscino, impietosita. Poi, senza nemmeno raccogliere le tazze, la signora Saitou saltò su e corse fuori dalla stanza.

Matt rimase senza parole. «Io... io...».

Obaasan alzò la testa e disse: «Non ti affliggere, ragazzo. Mia figlia, anche se è una sacerdotessa, ha una mentalità molto moderna. Sarebbe capace di dirti che i kitsune non sono mai esistiti».

«Nemmeno dopo... voglio dire, come pensa che Isobel...?»

«Pensa che ci siano influenze maligne in questa città, ma di tipo "normale, umano". Pensa che Isobel abbia fatto quelle cose perché era sotto pressione, perché cercava di essere una brava studentessa, una brava sacerdotessa, una brava samurai».

«Vuole dire che la signora Saitou si sente in colpa?»

«Perlopiù accusa il padre di Isobel. È un "colletto bianco" tornato in Giappone per lavoro». Obaasan fece una pausa. «Non so perché ti sto raccontando tutto questo».

«Mi dispiace», disse secco Matt. «Non volevo ficcare il naso».

«No, ma ti preoccupi delle altre persone. Vorrei che Isobel avesse avuto un ragazzo come te».

Matt pensò alla straziante scena che aveva visto in ospedale. Isobel avrebbe dovuto nascondere le cicatrici con ampi vestiti. E non era certo che sarebbe di nuovo riuscita a parlare. Si fece coraggio e disse: «Be', io sono ancora a disposizione».

Obaasan gli rivolse un debole sorriso, poi affondò di nuovo la testa sul cuscino... no, era un poggiatesta di legno, notò Matt. Non sembrava molto comodo. «È un gran peccato che debba esserci un conflitto tra una famiglia umana e i kitsune», disse la donna. «Perché girano delle voci che uno dei nostri antenati abbia sposato una kitsune».

«*Cosa* ha detto?».

Obaasan rise, coprendosi la bocca con la mano. «*Mukashi-mukashi*, o, come dite voi, tanto tempo fa, in un'epoca leggendaria, un grande Shogun si infuriò con tutti i kitsune del suo feudo per i danni che procuravano. Per tanti, lunghi anni aveva sopportato ogni loro birichinata, ma quando sospettò che rovinassero il raccolto, perse la pazienza. Convocò tutti gli uomini e le donne del suo feudo, e disse loro di armarsi di bastoni, frecce, sassi, zappe e scope e di stanare tutte le volpi che si erano rifugiate nelle sue terre, anche quelle che avevano la tana fra il solaio e il tetto. Aveva deciso che ogni singola volpe sarebbe stata uccisa senza pietà. Ma, la notte prima, aveva fatto un sogno in cui una donna bellissima gli aveva detto di essere responsabile di tutte le volpi del suo feudo. "È vero che procuriamo dei danni", aveva detto, "ma vi ripaghiamo mangiando i ratti, i topi e gli insetti che davvero rovinano il raccolto. Che ne dici di sfogare la tua rabbia solo su di me e giustiziare me sola anziché tutte le volpi? Verrò all'alba per sentire la tua risposta".

E mantenne la sua parola, la più bella fra i kitsune, giungendo all'alba con dodici incantevoli fanciulle come damigelle. Superava in splendore ciascuna di loro, proprio come la luna brilla più delle stelle. Lo Shogun non poté più risolversi a ucciderla, e infatti chiese la sua mano, e fece sposare le sue dodici damigelle con i suoi dodici vassalli più fedeli. E si dice che lei fu sempre una moglie devota e gli diede molti bambini, forti e ardenti come Amaterasu, la dea del sole, e belli come la luna, e andò avanti così finché lo Shogun, mentre era in viaggio, uccise per errore una volpe. Si affrettò a tornare a casa per spiegare a sua moglie che era stato solo un incidente, ma quando arrivò trovò i suoi servitori vestiti a lutto, perché sua moglie se n'era andata, portando con sé tutti i figli».

«Oh, che sfortuna», mormorò Matt, per non sembrare scortese, poi il suo cervello gli inviò una specie di scossa. «Aspetti. Ma se partirono *tutti*...».

«Vedo che sei un giovanotto attento», scherzò la fragile vecchietta. «Tutti i suoi figli e le sue figlie erano partiti... eccetto la più piccola, una fanciulla di incomparabile bellezza, benché fosse ancora una bambina. Gli disse: "Ti voglio troppo bene per lasciarti, caro padre, anche se sarò costretta a mostrare una forma umana per tutta la vita". E per questo motivo si dice che la mia famiglia discenda dai kitsune».

«Be', questi kitsune non stanno solo causando dei danni o rovinando il raccolto», disse Matt. «Hanno intenzione di ucciderci. E dobbiamo reagire».

«Ma certo, ma certo. Non volevo sconvolgerti con la mia storiella», disse Obaasan. «Scrivo subito gli incantesimi sugli amuleti».

Quando Matt stava per andarsene, la signora Saitou apparve sulla porta. Gli mise qualcosa in mano. Lui abbassò gli occhi e vide gli stessi ideogrammi che Obaasan aveva tracciato sugli amuleti. Solo che erano molto più piccoli e scritti su...

«Dei post-it?», chiese Matt, perplesso.

La signora Saitou annuì. «Molto pratici da attaccare sulle facce dei demoni o sui rami degli alberi». E, mentre lui la fissava sbalordito, aggiunse: «Mia madre non sa proprio *tutto* quel che c'è da sapere su ogni cosa».

Gli diede anche un robusto pugnale, più corto della sua spada, ma molto efficace... Matt, infatti, si tagliò subito.

«Fidati dei tuoi amici e del tuo istinto», disse.

Un po' frastornato, ma anche incoraggiato, Matt si diresse a casa della dottoressa Alpert.

10

«Mi sento molto meglio», disse Elena al dottor Meggar. «Mi piacerebbe andare a fare un giro per la tenuta». Cercò di non agitarsi sul letto. «Ho mangiato bistecche, ho bevuto tanto latte e persino quel disgustoso olio di fegato di merluzzo che mi hai mandato. Ho anche riacquistato un lucido senso della realtà: sono qui per far evadere Stefan e il ragazzino dentro Damon è una metafora del suo inconscio, che il sangue scambiato mi ha permesso di "vedere"». Sobbalzò, ma dissimulò lo scatto afferrando un bicchier d'acqua. «Mi sento come un cucciolo vivace tenuto al guinzaglio». Mostrò i suoi nuovi braccialetti da schiava: argento con intarsi di lapislazzuli, ordinati in fluidi motivi. «Se muoio all'improvviso, sono pronta».

Il dottor Meggar inarcò le sopracciglia. «Bene, polso e respiro mi sembrano normali. Non vedo perché una bella passeggiata pomeridiana dovrebbe farti male. Damon di certo è già sveglio. Ma non andate a disturbare Lady Ulma. Ha bisogno ancora di mesi di riposo a letto».

«Ha una piccola scrivania ricavata da un vassoio da colazione», spiegò Bonnie, allargando le mani per dargli un'idea delle dimensioni. «È lì che disegna gli schizzi dei vestiti». Bonnie si sporse in avanti, spalancando gli occhi. «E sai una cosa? I suoi vestiti sono *magici*».

«Non mi sarei aspettato niente di meno», grugnì il dottor Meggar.

D'un tratto Elena fu colta da un pensiero spiacevole. «Anche quando avremo preso la chiave», disse, «dovremo architettare un piano per l'evasione».

«Che significa?», chiese Lakshmi eccitata.

«Significa che quando avremo recuperato la chiave della cella di Stefan, dovremo ancora trovare un modo per entrare nella prigione e farlo uscire di nascosto».

Lakshmi aggrottò le sopracciglia. «Perché non entriamo, lo portiamo fuori dal cancello e basta?»

«Perché», rispose Elena, cercando di non spazientirsi, «non ci lasceranno entrare come se niente fosse». Strinse gli occhi, notando che Lakshmi aveva posato il mento sulle mani. «A cosa stai pensando, Lakshmi?»

«Be', prima dici che avrai la chiave quando entrerai nella prigione, poi sei convinta che non potrai farlo uscire».

Meredith scosse la testa, sconcertata. Bonnie si mise una mano sulla fronte, come per un improvviso mal di testa. Ma Elena si sporse in avanti.

«Lakhsmi», disse, con tono molto calmo, «stai forse dicendo che la chiave della cella di Stefan, in pratica, è un lasciapassare per entrare e uscire dalla prigione?».

Lakhsmi si illuminò. «Ma è naturale!», disse. «Altrimenti, a cosa servirebbe la chiave? Potrebbero semplicemente chiuderlo in *un'altra* cella».

Elena riusciva a stento a credere a quello che aveva appena sentito, e immediatamente cercò di scoprire l'inganno. «Questo vorrebbe dire che potremmo andare dritti dalla festa di Bloddeuwedd alla prigione e far uscire Stefan senza alcun problema?», chiese, cercando di mettere quanto più sarcasmo possibile nella voce. «Basterebbe mostrare la nostra chiave e loro ce lo lascerebbero portare via».

Lakshmi annuì decisa. «Sì!», disse allegra, senza notare il sarcasmo. «E, non te la prendere, ok? Ma mi chiedo perché tu non sia mai andata a fargli visita».

«*Possiamo andare a trovarlo?*»

«Ma certo, se prendi un appuntamento».

Bonnie e Meredith, riavutesi dalla sorpresa, stavano sorreggendo Elena. «Quando possiamo mandare qualcuno a prendere un appuntamento?», disse fra i denti Elena, perché le costava una gran fatica parlare. Tutto il peso del suo corpo gravava sulle braccia delle sue amiche. «*Chi* possiamo mandare a fissare l'appuntamento?», sussurrò.

«Ci andrò io», disse Damon, emergendo dalle tenebre dietro di loro. «Ci vado stasera... datemi cinque minuti».

Matt si accorse di aver assunto la sua espressione più contrariata e caparbia.

«Datti una mossa», disse Tyrone, con tono divertito. Erano entrambi equipaggiati di tutto punto per una escursione nel bosco. Ovvero, indossavano due cappotti a testa al profumo di chiodi di garofano e naftalina e guanti attaccati alle maniche con del nastro adesivo. Matt era già tutto sudato.

Tyrone era proprio un bravo ragazzo, pensò Matt. D'un tratto se ne uscì dicendo: «Ehi, hai presente quella cosa bizzarra che hai visto insieme al povero Jim Bryce la settimana scorsa? Be', è tutto collegato a qualcosa di ancora più bizzarro... riguarda gli spiriti volpe e l'Old Wood, e la signora Flowers dice che se non capiamo bene quello che sta succedendo, finiremo in *grossi* guai. E la signora Flowers non è soltanto una vecchia affittacamere un po' tocca, anche se dicono tutti così».

«Certo che no», disse brusca la dottoressa Alpert dalla porta. Posò la sua borsa nera – era ancora un medico, anche se la città era in crisi – e, rivolta al figlio, disse: «Conosco Theophilia Flowers da molto tempo... e anche la signora Saitou. Si prodigano sempre per aiutare le altre persone. È nella loro natura».

«Be'...», Matt vide un'occasione e la colse al volo. «È la signora Flowers che ha bisogno di aiuto adesso. Ha davvero bisogno di molto aiuto».

«Allora, che cosa stai aspettando, Tyrone? Sbrigati e vai ad aiutare la signora Flowers». Si arruffò i capelli grigi, poi passò teneramente una mano sulla testa di suo figlio.

«È quello che stavo per fare, mamma. Ce ne stavamo proprio andando, quando sei arrivata».

Tyrone, vedendo l'orripilante catorcio su quattro ruote di Matt, propose gentilmente di prendere la sua Camry. Matt, temendo che il motore esalasse l'ultimo respiro in un momento cruciale, accettò di buon grado.

Tyrone sarebbe stato il cardine della squadra di football della Robert E. Lee High School l'anno successivo, e Matt ne era felice. Ty era il genere di persona su cui si poteva sempre contare, come dimostrava la sua pronta offerta di aiuto. Era un buon giocatore, sempre leale e onesto. Matt non poté evitare di rammaricarsi pensando a come droghe e alcool avevano rovinato non solo le performance dei giocatori, ma la lealtà e lo spirito sportivo delle altre squadre del campus.

Tyrone era anche un tipo che sapeva tenere la bocca chiusa. In macchina non tempestò Matt di domande, ma, arrivati alla pensione, fece un fischio di ammirazione, non per la signora Flowers, ma per la Model T giallo acceso che lei stava parcheggiando nella vecchia stalla.

«Wow!», disse, balzando fuori dall'auto per aiutarla con le buste della spesa, mentre i suoi occhi divoravano la Model T da un paraurti all'altro. «È una Model T Fordor Sedan! Potrebbe essere una splendida auto se...». Si zittì e la sua pelle bruna divampò come il sole al tramonto.

«Oh, suvvia, non sentirti in imbarazzo per la Carretta Gialla!», disse la signora Flowers, porgendo a Matt un altro paio di buste perché le portasse in cucina. «Ha servito la mia famiglia per circa un centinaio d'anni, e ha accumulato un po' di graffi e ruggine. Ma va quasi a cinquanta chilometri all'ora sull'asfalto!», aggiunse, parlando non solo con orgoglio, ma con una sorta di reverente rispetto per quelle "corse ad alta velocità".

Matt e Tyrone si guardarono: un solo pensiero condiviso serpeggiava nell'aria tra loro.

Restaurare alla perfezione la cadente, logora, ma ancora splendida macchina d'epoca, troppo a lungo parcheggiata in una stalla.

«Possiamo sistemarla», disse Matt, sentendo che, in qualità di portavoce della signora Flowers, spettava a lui fare la prima offerta.

«Certo che possiamo», disse Tyrone, sognando a occhi aperti. «È già in un garage a due posti... nessun problema per lo spazio».

«Non dovremo neanche smantellare il telaio... l'auto corre già che è una favola».

«Stai scherzando! Potremmo pulire il motore, comunque: dare un'occhiata alle valvole, alle catene, al tubo di scappamento e a tutto il resto. E...», con un lampo negli occhi neri, «mio padre ha una smerigliatrice. Possiamo sverniciarla e riverniciarla con lo stessa tonalità di giallo!».

La signora Flowers sorrise raggiante. «La cara *Mama* si aspettava che tu dicessi proprio questo, giovanotto», rispose, e Matt si ricordò troppo tardi che sarebbe stata buona educazione presentare Tyrone.

«Se invece tu avessi detto: "la verniceremo di rosso vinaccia" o "di blu" o di qualsiasi altro colore, sono sicura che avrebbe avuto da obiettare», disse la signora Flowers, cominciando a preparare dei panini al prosciutto, un'insalata di patate e una larga teglia di fagioli al forno. Matt osservò la reazione di Tyrone alla menzione di *Mama* e ne fu compiaciuto. Sua madre aveva detto che la signora Flowers non era una vecchia un po' tocca: di conseguenza, qualsiasi cosa lei facesse o dicesse, non era una vecchia un po' tocca. Matt si sentì sollevato da un enorme peso. Non era da solo con una fragile signora anziana da proteggere. Aveva un amico su cui contare, anche se era solo un po' più grande di lui.

«Adesso prendete un panino al prosciutto e, mentre mangiate, vi preparerò l'insalata di patate. So che i giovanotti» – la signora Flowers parlava sempre delle persone come se fossero una particolare varietà di fiori – «hanno bisogno di un bel pasto abbondante prima di andare in battaglia, ma non c'è bisogno di essere formali. Dateci dentro, mentre preparo il resto».

Obbedirono con piacere. Si stavano preparando per la battaglia, e si sentivano pronti ad affrontare delle tigri, dal momento che il dessert della signora Flowers era una mezza crostata di noci pecan a testa, accompagnata da enormi tazze di caffè che lucidavano il cervello meglio di una smerigliatrice.

I ragazzi si diressero al cimitero a bordo della bagnarola di Matt, seguiti dalla signora Flowers con la Model T. Matt aveva visto quello che gli alberi potevano fare alle macchine e non voleva esporre al rischio la Camry lucida splendente di Tyrone. I ragazzi scesero lungo la collina, diretti al nascondiglio di Matt e del sergente Mossberg, aiutando la gracile signora Flowers a camminare sul terreno accidentato. A un tratto la donna inciampò, e sarebbe caduta se Tyrone non avesse piantato le sue grosse scarpe nel terreno, restando fermo come una montagna mentre lei gli ruzzolava addosso.

«Oh, perdiana... grazie, Tyrone caro», mormorò, e Matt capì che "Tyrone caro" era stato accettato nel gruppo.

Quando arrivarono al nascondiglio, nel cielo scuro era rimasta solo una striscia scarlatta. La signora Flowers tirò fuori dalla borsa il distintivo dello sceriffo. Si muoveva piuttosto goffamente, a causa dei guanti da giardino. Prima si posò il distintivo sulla fronte, poi lo allontanò lentamente, tenendolo sempre davanti a sé, all'altezza degli occhi.

«Era qui, in piedi, poi si è chinato e si è accovacciato lì», disse, chinandosi sopra quello che era, in effetti, il punto giusto del nascondiglio. Matt annuì, anche se non capiva bene cosa stesse facendo, e la signora Flowers disse, senza aprire gli occhi: «Non devi collaborare, Matt caro. Ha sentito qualcuno dietro di lui... e si è girato, estraendo la pistola. Ma era soltanto Matt. Poi hanno bisbigliato per qualche minuto.

Tutt'a un tratto si sono alzati in piedi». La signora Flowers si alzò di scatto e Matt udì preoccupanti scricchiolii nel suo vecchio corpo fragile. «Si è diretto nel bosco, camminando a grandi passi. Il bosco malvagio».

La donna si avviò verso il bosco, come aveva fatto lo sceriffo Mossberg, mentre Matt lo osservava. Matt e Tyrone si affrettarono a seguirla, per fermarla se avesse cercato di entrare in quel che restava dell'Old Wood.

Ma lei lo aggirò, tenendo il distintivo all'altezza degli occhi. Tyrone e Matt si fecero un segno d'intesa e, senza aprir bocca, la presero sottobraccio. Così costeggiarono i confini del bosco, facendo un giro completo, Matt in testa, la signora Flowers nel mezzo, e Tyrone in coda.

A un certo punto, Matt si accorse che le sue guance sfiorite erano rigate di lacrime.

La gracile vecchietta si fermò e prese, dopo un paio di tentativi, un fazzoletto di pizzo. Sussultando, si asciugò gli occhi.

«L'ha trovato?», chiese Matt, incapace di trattenere la curiosità.

«Be'... dovremo andare a vedere. I kitsune sembrano essere davvero molto bravi a creare illusioni. Tutto quello che vedo potrebbe essere un'illusione. Ma...», sospirò, «uno di noi dovrà entrare nel Bosco».

Matt deglutì. «Ci andrò io, allora...».

Fu interrotto subito. «Ehi, neanche per sogno, amico. Conosci il modo in cui si comportano, qualunque cosa siano. Tu dovresti portare via la signora Flowers da questo...».

«No, non posso rischiare che tu ti faccia male, dopo che ti ho chiesto di venire qui e...».

«Be', allora io che ci sto a fare qui?», chiese Tyrone.

«Aspettate, miei cari», disse la signora Flowers. Sembrava sul punto di mettersi a urlare. I ragazzi tacquero di colpo, e Matt si vergognò di se stesso.

«C'è un modo in cui entrambi potrete rendervi utili, ma è molto pericoloso. Pericoloso per tutti e due. Ma, forse, se lo attuiamo solo una volta, possiamo eludere i rischi e accrescere le nostre possibilità di trovare qualcosa».

«Di cosa si tratta?», chiesero quasi all'unisono Matt e Tyrone.

Dopo pochi minuti, erano pronti. Stavano fianco a fianco, di fronte al muro formato dagli alberi e dai cespugli intricati della boscaglia. Non solo si erano legati l'uno all'altro con delle corde, ma si erano ricoperti le braccia con i post-it della signora Saitou.

«Ora, al mio "tre" dovete piegarvi e cercare di afferrare la terra con le mani. Se sentite qualcosa, tirate su le braccia. Se non sentite nulla, spostate le mani un pochino e poi tiratele su più in fretta che potete. E, per inciso», aggiunse tranquilla, «se sentite qualcosa che cerca di trascinarvi o di immobilizzarvi le braccia, gridate, lottate, scalciate, fischiate e io vi aiuterò a uscire».

Ci fu un lunghissimo minuto di silenzio.

«Quindi, in pratica, tu pensi che ci siano delle cose sparse sul terreno nel bosco, che noi potremmo afferrare soltanto muovendo le mani alla cieca», disse Matt.

«Sì», rispose la signora Flowers.

«D'accordo», disse Tyrone, e Matt gli rivolse ancora una volta uno sguardo di approvazione. Non aveva neppure chiesto: «*Quali cose potrebbero trascinarci nel bosco?*».

Erano in posizione e la signora Flowers stava contando – uno, due, tre –, poi Matt, dopo aver allungato più che poteva il braccio destro, spazzò la terra con la mano, avanzando carponi.

Udì un urlo accanto a sé. «L'ho preso!». E subito dopo: «*Qualcosa mi sta trascinando!*».

Matt tirò fuori il braccio dai cespugli prima di tentare di aiutare Tyrone. Qualcosa gli cadde addosso, ma centrò un post-it e a Matt parve di essere stato colpito da un pezzo di polistirolo.

Tyrone si dibatteva con forza ed era stato già trascinato dentro fino alle spalle. Matt lo afferrò alla vita e usò tutta la sua forza per liberarlo. Per un po' la cosa nel fitto della boscaglia resistette... poi Tyrone fu lasciato andare all'improvviso e balzò all'indietro come il tappo di una bottiglia. Aveva dei graffi sul viso e sul collo, ma nemmeno un segno dove la pelle era coperta dai post-it o dal cappotto.

Matt provò un'immensa gratitudine, ma le due donne che avevano creato gli amuleti erano lontane, e non poteva certo ringraziare il cappotto di Tyrone. In ogni caso la signora Flowers, che tremava e si profondeva in preghiere e ringraziamenti, bastava per tutti tre.

«Oh, perdiana, Matt, quando è caduto quel ramo, ho pensato che il tuo braccio si fosse rotto... come minimo. Ringraziamo il caro Signore che le Saitou facciano degli amuleti così efficaci. E, Tyrone caro, per favore, bevi un bel sorso da questa borraccia...».

«Uh, di solito non bevo...».

«È solo limonata calda, una mia ricetta, caro. Se non fosse stato per voi ragazzi, non ce l'avremmo mai fatta. Tyrone, hai trovato qualcosa, vero? E poi qualche creatura ti ha preso e non ti avrebbe mai lasciato andare, se Matt non fosse stato lì, pronto a salvarti».

«Oh, sono sicuro che se la sarebbe cavata lo stesso», si affrettò a dire Matt, poiché doveva essere imbarazzante per uno come Tyreminator ammettere di aver bisogno di aiuto.

Ma Tyrone disse solenne: «Lo so. Grazie, Matt».

Matt si sentì avvampare.

«Ma non ho preso nulla, in fin dei conti», aggiunse Tyrone disgustato. «Somiglia al manico di una vecchia pipa o a qualcosa del genere...».

«Bene, diamo un'occhiata», disse seria la signora Flowers.

Puntò la potente torcia elettrica sull'oggetto che Tyrone aveva preso a rischio della vita.

In un primo momento, Matt pensò che fosse un enorme osso finto per cani. Ma c'era qualcosa di troppo familiare in quella forma. Guardò più da vicino.

Era un femore. Un femore umano. L'osso che si trova nella coscia. L'osso più lungo dello scheletro. Ed era ancora bianco. Fresco.

«Non sembra di plastica», disse la signora Flowers, con una voce che sembrava venire da molto lontano.

Non era plastica. Matt scorse sulla superficie dei punti da cui sembravano essersi staccati dei piccoli frammenti di osso. Non era nemmeno un osso di cuoio. Era... vero. Un vero osso di una gamba umana.

Ma c'era qualcosa di molto più terrificante, che fece scendere un velo di oscurità sugli occhi di Matt.

L'osso era ben spolpato e segnato dalle impronte di dozzine di piccoli denti.

11

Elena era raggiante. Era andata a dormire serena e si era risvegliata felice e rilassata, sapendo che presto, molto presto, sarebbe andata a fare visita a Stefan, e che poche ore dopo sarebbe riuscita a portarlo via.

Bonnie e Meredith non si meravigliarono quando lei volle incontrare Damon, per decidere su due questioni: cosa mettersi e chi doveva accompagnarla alla visita. Ciò che le sorprese furono le sue scelte.

«Se siete d'accordo», esordì Elena la mattina seguente, tracciando dei cerchi col dito sul grande tavolo del salotto in cui si erano riuniti tutti, «preferirei che venissero con me solo poche persone. Stefan è stato maltrattato», proseguì, «e odia apparire in cattive condizioni davanti agli altri. Non voglio umiliarlo».

Una sorta di imbarazzo generale calò nella stanza. O forse fu un'ondata di indignazione... e poi un avvampare per il senso di colpa. Difficile capirlo con le finestre semichiuse, da cui penetrava la luce dell'alba, tingendo ogni cosa di rosso. Solo una cosa era certa: tutti volevano andare.

«Quindi, spero», disse Elena, girandosi per guardare negli occhi Bonnie e Meredith, «che non vi offenderete se non vi chiedo di accompagnarmi».

Vale a dire che, purtroppo, siete entrambe fuori, pensò Elena. La riuscita dei suoi piani dipendeva da come avrebbero reagito le sue migliori amiche a quell'esclusione.

Meredith, con galanteria, fece la prima mossa. «Elena, hai attraversato un inferno – letteralmente – e sei quasi morta, per raggiungere Stefan. Prendi pure con te le persone che ti saranno più utili».

«Sappiamo che non è una gara di simpatia», aggiunse Bonnie, deglutendo, perché stava cercando di tenere a freno le lacrime. Voleva andarci *davvero*, pensò Elena, ma capiva. «Stefan potrebbe sentirsi più in imbarazzo davanti a una donna piuttosto che a un uomo», concluse Bonnie. E non aveva nemmeno aggiunto: «*Comunque non avremmo fatto niente che avrebbe potuto metterlo in imbarazzarlo*». Elena si alzò per abbracciare Bonnie, stringendo il suo corpo minuto e tenero da uccellino. Poi si voltò, sentendo le braccia calde e snelle di Meredith intorno alla vita, e, come sempre, un po' di tensione scivolò via.

«Grazie», disse, asciugandosi le lacrime. «E hai ragione, penso che sarebbe più penoso per lui, nello stato in cui si trova, essere visto da una donna piuttosto che da un uomo. E avrebbe molte difficoltà anche a trovarsi di fronte ad amici che conosce bene. Quindi vorrei chiedere a queste persone di venire con me: Sage, Damon e il dottor Meggar».

Lakshmi sussultò e si fece attenta, come se fosse stata scelta. «In quale prigione l'hanno rinchiuso?», chiese vivacemente.

Damon scandì ad alta voce: «Lo Shi no Shi».

Lakshmi sgranò gli occhi. Fissò Damon per qualche istante, poi si lanciò fuori dalla porta, sussurrando con voce scossa: «Ho dei lavoretti da fare, padrone!».

Elena si girò per guardare Damon negli occhi. «A cosa era dovuta *quella* piccola reazione?», chiese con un tono talmente gelido che avrebbe potuto congelare la lava a trenta metri di profondità.

«Non lo so. Davvero, non ne ho idea. Shinichi mi ha mostrato degli ideogrammi Kanji, poi ha detto che si pronunciavano "Shi no Shi" e che significavano "la Morte della Morte"... come quando si toglie la maledizione della morte a un vampiro».

Sage tossì. «Oh, il mio piccolo credulone. *Mon cher idiot.* Non hai chiesto chiarimenti...».

«L'ho fatto, invece. Ho domandato a una signora giapponese in libreria se il *romaji*, ovvero la trascrizione degli ideogrammi in caratteri latini, significasse "la Morte della Morte". E lei me l'ha confermato».

«E tu l'hai ringraziata e te ne sei andato».

«Come lo sai?». Damon si stava arrabbiando.

«Perché, *mon cher*, quelle parole significano molte cose. Dipende tutto dall'originario ideogramma giapponese... che tu non *le* hai mostrato».

«Non ce l'avevo! Shinichi l'ha scritto nell'aria per me, con del fumo rosso». Poi, con una specie di angoscia rabbiosa: «*Quali altre cose può significare?*»

«Be', può significare quello che hai detto. Può anche significare "la nuova morte". O "la vera morte". Oppure... "gli Dèi della Morte". E dato il modo in cui viene trattato Stefan...».

Se gli sguardi fossero stati paletti di legno, Damon sarebbe stato spacciato. Tutti lo stavano fissando con occhi duri e accusatori. Si voltò come un lupo messo alle strette e scoprì i denti in un sorriso a 250 kilowatt. «In ogni caso, avevo capito che non doveva essere una cosa particolarmente piacevole», disse. «Pensavo solo che l'avrebbe aiutato a liberarsi della maledizione del vampirismo».

«Già», disse Elena con aria assente. Poi aggiunse: «Sage, ti sarei enormemente grata se ti accertassi che ci lasceranno entrare quando arriviamo».

«Consideralo fatto, *Madame*».

«E... vediamo... voglio che indossiate tutti qualcosa di un po' diverso dal solito per la visita. Se siete d'accordo, vado a parlare con Lady Ulma».

Uscendo, si sentiva sulla nuca gli sguardi sconcertati di Bonnie e Meredith.

Lady Ulma era pallida, ma aveva gli occhi che scintillavano di vitalità, quando Elena venne accompagnata nella sua stanza. Il suo album per gli schizzi era aperto, un buon segno.

Bastarono poche parole e uno sguardo sincero perché Lady Ulma dicesse, risoluta: «Sarà tutto pronto in un'ora o due. Basta chiamare le persone giuste. Te lo prometto».

Elena le strinse i polsi con molta delicatezza. «Grazie. Grazie... donna dei miracoli!».

«Quindi andrò lì in veste di penitente», disse Damon. Elena, uscendo, l'aveva trovato fuori dalla porta di Lady Ulma e aveva sospettato che stesse origliando.

«No, non mi è mai passato per la testa», rispose lei. «Pensavo solo che se tu e gli altri vi foste presentati vestiti da schiavi, Stefan si sarebbe sentito meno a disagio. Ma perché pensi che io voglia punirti?»

«Non è così?»

«Sei qui per aiutarmi a salvare Stefan. Hai attraversato...». Elena dovette fermarsi per cercare un fazzoletto pulito, finché Damon gliene offrì uno di seta nera.

«D'accordo», disse lui, «fermiamoci qui. Mi dispiace. Mi vengono in mente delle cose e semplicemente le dico, non importa se mi sembrano assurde, considerando la persona con cui sto parlando».

«E non senti anche un'altra vocina? Una voce che dice che la gente può essere buona e non cerca sempre di farti del male?», chiese accorata Elena, domandandosi quanto fosse carico di catene il bambino in quel momento.

«Non lo so. Forse. Qualche volta. Ma, dato che quella voce in genere sbaglia in questo mondo malvagio, perché dovrei prestarle ascolto?»

«Vorrei che ci provassi di tanto in tanto», sussurrò Elena. «Allora potrei essere in una posizione migliore per discutere con te».

Preferisco di gran lunga questa posizione, le disse col pensiero Damon, ed Elena si rese conto – come mai continuava a *succedere*? – che erano avvinti in un abbraccio. Il peggio era che indossava abiti da casa: una gonna lunga di seta e una vestaglia dello stesso tessuto, di un azzurro molto pallido, che diventava viola sotto i raggi del sole.

Piace... anche a me, ammise Elena, sentendo ondate di energia che penetravano la pelle di Damon e attraversavano il suo corpo fino al profondo, oscuro, insondabile abisso che si intravedeva guardandolo negli occhi.

Sto solo cercando di essere sincera, aggiunse, quasi spaventata dalla sua reazione. *Non mi aspetto che gli altri siano sinceri con me, se non lo sono io per prima.*

Non essere sincera, non essere sincera. Odiami. Disprezzami, la implorò Damon, carezzandole le braccia e i due veli di seta, che erano tutto quel che c'era fra le sue mani e la pelle di lei.

«Ma perché?»

Perché di me non ci si può fidare. Sono un lupo cattivo e tu sei un'anima pura, un agnellino appena nato, bianco come la neve. Non devi permettere che io ti faccia del male.

Perché dovresti farmi del male?

Perché potrei... no, non voglio morderti... voglio solo baciarti, solo un poco, così. C'era stato un lampo di rivelazione nella voce mentale di Damon. La baciò molto dolcemente. Sapeva sempre quando le ginocchia di Elena stavano per cedere, così la sorresse prima che cadesse a terra.

Damon, Damon, stava pensando lei, sentendo un dolce calore pervaderle il corpo: sapeva che gli stava dando piacere. Ma un pensiero improvviso la assalì.

Oh! Damon, per favore*, lasciami... Devo prendere le misure,* subito!

Rosso in viso, lui la lasciò andare, lentamente, con riluttanza, poi la afferrò di nuovo prima che cadesse.

Non riuscirò mai a prendere le misure con te, le disse con sincerità mentre si precipitava fuori dalla stanza, dopo essere inciampato perché non aveva visto la porta.

Cosa hai capito... Le misure del vestito, gli gridò dietro Elena, ma non seppe mai se lui aveva sentito. Le faceva piacere, comunque, che l'avesse lasciata andare, senza aver capito niente, tranne che lei si stava tirando indietro. Era un bel miglioramento.

Poi corse nella stanza di Lady Ulma, che era già molto affollata. C'erano anche due modelli che indossavano pantaloni e camicie lunghe.

«Il vestito di Sage», disse Lady Ulma, indicando l'uomo più robusto, «e quello di Damon». Indicò il modello più basso.

«Oh, sono perfetti!».

Lady Ulma la guardò con un'ombra di perplessità negli occhi. «Sono di vera tela di sacco», disse. «Vale a dire il tessuto più umile nella gerarchia degli schiavi. Sei sicura che li indosseranno?»

«O se li mettono o non vengono», disse secca Elena, facendole l'occhiolino.

Lady Ulma rise. «Ottimo piano».

«Sì... ma cosa ne pensi dell'altro mio piano?», chiese arrossendo Elena, sinceramente interessata all'opinione di Lady Ulma.

«Mia cara benefattrice», rispose Lady Ulma. «Ero abituata a vedere mia madre che componeva il corredo... cominciò dopo che ebbi compiuto tredici anni, naturalmente. E mi diceva che farlo la rendeva felice, poiché stava donando gioia a due persone allo stesso tempo, e che il suo unico scopo era la felicità. Te lo prometto, io e Lucen lo faremo subito. Anche tu dovresti prepararti».

«Oh, sì... oh, ti voglio tanto bene, Lady Ulma! È buffo: più persone ami, più vuoi amarne!». E, detto ciò, Elena tornò di corsa nella sua stanza.

Le sue damigelle personali erano già lì, pronte ad aiutarla. Elena fece il bagno più veloce della sua vita – era troppo tesa – e si ritrovò su un divano, circondata dal gruppetto di donne sorridenti, ognuna concentrata sul proprio lavoro.

Una le depilava le gambe e le ascelle e un'altra le sopracciglia. Nel frattempo altre donne, con morbide creme e unguenti, stavano creando una fragranza sublime sulla sua pelle, e un'altra valutava attentamente l'effetto complessivo.

Le ritoccò le sopracciglia per scurirle e le impreziosì le palpebre con un ombretto metallico, prima di usare un cosmetico che allungò le sue ciglia di almeno un centimetro. Poi diede risalto agli occhi con esotiche linee orizzontali di kajal. Infine, le truccò le labbra con un lucido rosso acceso, che faceva sembrare la sua bocca costantemente arricciata come per dare un bacio. Dopo di che, la donna le cosparse tutto il corpo con della polvere iridescente. Come tocco finale, le sistemò un enorme diamante giallo, proveniente dal laboratorio orafo di Lucen, sull'ombelico.

Mentre le parrucchiere si occupavano degli ultimi riccioli sulla sua fronte arrivarono due scatole e una mantella scarlatta da parte delle sarte di Lady Ulma. Elena ringraziò di cuore le damigelle e le estetiste, diede loro un compenso extra che le fece scoppiare di gioia, poi chiese a tutte di lasciarla sola. Quando vide che esitavano, glielo chiese di nuovo, sempre con tono cortese, ma a voce più alta. Uscirono.

Le tremavano le mani mentre tirava fuori il completo creato da Lady Ulma. Era abbastanza decoroso come costume da bagno, ma in realtà consisteva solo di un paio di ciuffi di tulle dorato con delle gemme poste nei punti strategici. Il tutto era coordinato col diamante giallo: dalla collana ai larghi bracciali e ai sottili braccialetti dorati, tutto serviva a ricordare che, per quanto fossero sfarzosi i suoi vestiti, era pur sempre una schiava.

E per quanto riguardava il vestito era tutto. Stava andando, rivestita di tulle e gioielli, trucco e profumo, a trovare il suo Stefan. Elena indossò la mantella scarlatta con molta attenzione, per evitare di sgualcire o rovinare il vestito, e infilò i piedi in un paio di raffinati sandali dorati con il tacco molto alto.

Si presentò al piano inferiore con perfetta puntualità. Sage e Damon tenevano il mantello ben chiuso... ciò significava che sotto indossavano le casacche di juta. Sage aveva fatto preparare la carrozza di Lady Ulma. Elena si sistemò la coppia di braccialetti dorati sui polsi, odiandoli perché *era costretta* a indossarli, anche se erano molto graziosi contro la frangia di pelliccia bianca della sua mantella scarlatta. Damon tese la mano per aiutarla a salire sulla carrozza.

«Viaggiamo al chiuso? Questo significa che non sono costretta a indossare...». Ma le sue speranze si infransero contro lo sguardo di Sage.

«A meno che tu non voglia chiudere tutte le tende», disse, «dal punto di vista legale, non puoi viaggiare senza i braccialetti da schiava».

Elena sospirò e porse la mano a Damon. Fissò la sua sagoma nera che si stagliava contro il sole. Quando Elena socchiuse gli occhi per ripararsi dalla luce, Damon rimase a fissarla a bocca aperta. Elena sapeva che lui aveva notato le sue palpebre dorate. Poi gli occhi di Damon caddero sulle sue labbra arricciate. Elena arrossì.

«Ti proibisco di ordinarmi di farti vedere cosa c'è sotto il mantello», disse brusca. Damon sembrò deluso.

«Capelli che ti ricadono in graziosi riccioli sulla fronte, una mantella che ti nasconde dal collo alla punta dei piedi, un rossetto come...». La fissò di nuovo. Mosse d'impulso le labbra, come se un impeto irresistibile lo costringesse a baciarla.

«È ora di andare!», gridò Elena, entrando svelta nella carrozza. Si sentiva molto felice, anche se comprendeva il motivo per cui gli schiavi liberati non volevano indossare mai più dei braccialetti.

Era ancora di buonumore quando arrivarono allo Shi no Shi, un grande edificio che sembrava allo stesso tempo una prigione e un centro di addestramento per gladiatori.

E non perse il buonumore neanche quando le guardie al cancello li lasciarono entrare nell'edificio senza mostrare alcuna avversione. D'altra parte, era difficile capire se la mantella avesse suscitato in loro un qualche interesse. Erano demoni: scontrosi, pelle color malva, forti come tori.

Notò qualcosa che in un primo momento la scioccò, poi ravvivò la sua speranza. Nell'atrio dell'edificio c'era una porta laterale simile a quella che stava accanto al deposito/negozio di schiavi: sempre chiusa, intagliata con strani simboli. Persone abbigliate con vari costumi vi si dirigevano e annunciavano una destinazione prima di girare la chiave e aprire la porta.

In altre parole: una porta dimensionale. Proprio lì nella prigione di Stefan. Dio solo sa quante guardie si sarebbero trovati alle calcagna se avessero tentato di aprirla, ma era una cosa da tenere a mente.

Le guardie al piano inferiore dello Shi no Shi, in quella che era decisamente una prigione sotterranea, reagirono in modo piuttosto sgradevole a Elena e al suo gruppo. Erano di una razza più piccola di demoni – diavoletti, forse, pensò Elena – e diedero del filo da torcere ai visitatori per *ogni cosa*. Damon fu costretto a corromperli per avere accesso all'area in cui si trovava la cella di Stefan, per poterci andare da soli, senza essere scortati da una guardia a testa, e per permettere a Elena, una schiava, di entrare a far visita a un vampiro.

Anche quando Damon diede loro una piccola fortuna per superare quegli ostacoli, sghignazzarono ed emisero aspri gorgoglii gutturali. Elena non si fidava di loro.

E aveva ragione.

In un corridoio in cui Elena sapeva, grazie alla sua esperienza extracorporea, che avrebbero dovuto girare a sinistra, proseguirono dritti. Superarono un altro gruppo di guardie, che quasi si strozzarono dalle risate.

Oh... Dio... ci stanno portando a vedere il cadavere di Stefan?, si chiese Elena all'improvviso. Fu Sage ad aiutarla. La sostenne con le sue forti braccia, finché lei non recuperò l'uso delle gambe.

Continuarono a camminare sul pavimento di pietra della fetida e sudicia prigione sotterranea. Tutt'a un tratto girarono a destra.

Il cuore di Elena prese a battere all'impazzata. Stava dicendo: c'è qualcosa di *sbagliato, sbagliato, sbagliato*, ancora prima di arrivare all'ultima cella in fondo al corridoio. Era completamente diversa dalla vecchia cella di Stefan. Non era circondata da sbarre, ma da una sorta di rete metallica a spirale ricoperta di chiodi appuntiti. Non c'era modo di far passare una bottiglia di Black Magic. Non c'era modo di inclinare la bottiglia per versare il vino nella bocca assetata dall'altra parte. Non c'era neanche lo spazio per infilare un dito o la bocca della borraccia. La cella non era sporca, ma non c'era nient'altro che il corpo supino di Stefan. Niente cibo, niente acqua, nessun letto in cui poter nascondere qualcosa, nemmeno un pagliericcio. Solo Stefan.

Elena si mise a urlare e non sapeva se stava gridando parole o solo suoni inarticolati. Si lanciò nella cella... o meglio, *cercò* di farlo. Si aggrappò alle spirali di acciaio, taglienti come rasoi, che le fecero sanguinare subito le mani, ma Damon, che aveva i riflessi pronti, la tirò indietro.

Poi la spinse via. Fissò a bocca aperta suo fratello minore, un giovane grigio in viso, scheletrico, che a stento respirava e che sembrava un bambino perso nella sua logora, sgualcita, unta divisa di prigioniero. Damon alzò una mano, come se avesse già dimenticato le barriere, e Stefan arretrò. Sembrava non aver riconosciuto nessuno. Scrutò con più attenzione le gocce di sangue sulla recinzione dalle maglie affilate come rasoi a cui si era aggrappata Elena, le annusò e poi, come se qualcosa avesse penetrato la nebbia della sua confusione, si guardò attorno stordito. Alzò gli occhi verso Damon, a cui era caduto il mantello, e poi il suo sguardo vagò lontano, come quello di un bimbo.

Damon emise un suono strozzato, si voltò e, travolgendo chiunque fosse sulla sua strada, corse via a rifugiarsi in un angolo. Se sperava che le guardie lo seguissero, in modo che i suoi compagni potessero far uscire Stefan, si sbagliava. Solo un paio lo seguirono, come scimmie, gridando insulti. Le altre restarono ferme, alle spalle di Sage.

Nel frattempo, la mente di Elena sfornava piani a bizzeffe. Alla fine si girò verso Sage. «Usa tutti i soldi che abbiamo oltre a questi», disse, e infilò la mano sotto la mantella per prendere la collana di diamanti gialli (più di due dozzine di gemme grandi quanto un pollice), «e avvisami se ne servono di più. Dammi mezz'ora con lui. Venti minuti, allora!», aggiunse quando Sage cominciò a scuotere la testa. «Distraili, in qualche modo; concedimi *almeno* venti minuti. Mi farò venire in mente qualcosa, se l'emozione non mi uccide».

Sage restò un attimo perplesso, poi la guardò negli occhi e annuì. «Va bene».

A quel punto Elena guardò implorante il dottor Meggar. Aveva qualcosa – *esisteva* qualcosa – che potesse aiutarlo?

Le sopracciglia del dottor Meggar si abbassarono, poi si risollevarono lentamente. Era uno sguardo di dolore e disperazione. Ma poi aggrottò la fronte e bisbigliò: «C'è qualcosa di nuovo... una iniezione che può tornare utile in casi estremi. Posso provare».

Elena fece del suo meglio per non cadere ai suoi piedi. «Per favore! Per favore, provaci! *Per favore!*».

«Il suo effetto durerà solo per un paio di giorni...».
«Non importa! Lo faremo uscire prima!».
«D'accordo». Sage ormai aveva riunito tutte le guardie attorno a sé e stava dicendo: «Sono un commerciante di pietre preziose, e c'è qualcosa che dovreste vedere».
Il dottor Meggar aprì la sua valigetta e prese una siringa. «Ha un ago di legno», disse con un debole sorriso, mentre la riempiva con un liquido rosso chiaro estratto da una fiala. Elena aveva preso un'altra siringa e la stava esaminando con grande interesse, quando il dottor Meggar persuase Stefan ad avvicinare un braccio alla rete. Alla fine Stefan fece quello che gli chiedeva... ma, quando il dottore gli affondò l'ago nel braccio, iniettandogli il liquido bruciante, fece un salto indietro emettendo un grido di dolore.
Elena lanciò al dottore uno sguardo disperato. «Quanto ne ha preso?»
«Solo la metà. Ma va bene: ho riempito la siringa col doppio della dose e ho spinto più forte che potevo per iniettare il...» – un paio di parole mediche che Elena non conosceva – «Sapevo che gli avrebbe fatto più male un'iniezione così veloce, ma ho ottenuto quello che volevo».
«Ottimo», disse Elena, estasiata. «Ora vorrei che riempissi la siringa con il mio sangue».
«Sangue?». Il dottor Meggar sembrava perplesso.
«Sì! La siringa è abbastanza lunga da passare attraverso le sbarre. Il sangue gocciolerà dall'altra parte. Lui potrà berlo man mano che esce. Potrebbe salvarlo!». Elena scandì bene ogni singola parola, come se stesse parlando a un bambino. Cercava disperatamente di fargli capire quanto fosse importante per lei.
«Oh, Elena». Il dottore si accasciò, con uno scricchiolio di ossa, e prese una bottiglia di Black Magic nascosta nella sua tunica. «Mi dispiace tanto. Ma è già abbastanza difficile per me

tirare il sangue da una fiala. I miei occhi, bambina... non funzionano più tanto bene».

«Ma con gli occhiali?»

«Non mi bastano più ormai. Si tratta di un disturbo piuttosto complicato. In ogni caso devi essere molto abile a trovare la vena. Molti medici non ne sono capaci; per me è un'impresa impossibile. Mi dispiace, bambina. Ma sono passati vent'anni dall'ultima volta che ci sono riuscito».

«Allora troverò Damon e lo costringerò ad aprirmi l'aorta. Non mi importa se mi uccide».

«*Ma a me importa*».

Elena e il dottor Meggar alzarono la testa di scatto, udendo la voce che proveniva dalla cella illuminata a giorno davanti a loro.

«Stefan! Stefan! Stefan!». Incurante di quello che le taglienti maglie d'acciaio avrebbero fatto alla sua carne, Elena si appoggiò alla rete, cercando di stringergli le mani.

«No», bisbigliò Stefan, come se le stesse rivelando un prezioso segreto. «Appoggia le dita *qui* e *qui*... sopra le mie. Questa rete è fatta di un particolare acciaio trattato: intorpidisce i miei Poteri, ma non può ferirmi».

Elena mise le dita *lì* e *lì*. Stava toccando Stefan. Lo stava davvero toccando. Dopo tanto tempo.

Nessuno di loro parlò. Elena sentì che il dottor Meggar si alzava e si allontanava in silenzio, per andare da Sage, suppose. Ma i suoi pensieri erano solo per Stefan. Si guardarono a lungo, tremando, con le guance inondate di lacrime, sentendosi giovani e forti.

E molto vicini alla morte.

«Mi rimproveri perché te lo faccio sempre dire per prima, quindi ti smentirò. Ti amo, Elena».

Un nuovo fiume di lacrime sgorgò dagli occhi di Elena.

«Proprio stamattina stavo pensando a quante persone possiamo amare nella nostra vita. Ma posso voler bene agli altri solo perché c'è una persona che amo sopra a tutto», gli sussurrò. «Una sola, per sempre. Ti amo, Stefan! Ti amo!».

Elena si ritrasse un istante e si asciugò gli occhi, con la tecnica che tutte le ragazze conoscono per non rovinarsi il trucco: si appoggiò i pollici sotto le ciglia inferiori, raccogliendo e poi spargendo nell'aria infinitesimali goccioline di lacrime e kajal.

Per la prima volta riusciva a *pensare*.

«Stefan», sussurrò. «Mi dispiace tanto. Stamattina ho perso tempo a vestirmi bene... be', a vestirmi poco, più che altro... per mostrarti quello che ti aspetta quando ti avremo fatto uscire da qui. Ma ora... mi sento... come se...».

Anche gli occhi di Stefan erano asciutti ormai. «Fammi vedere», sussurrò impaziente.

Elena si alzò e, con grande semplicità, si scrollò di dosso la mantella. Gli occhi chiusi, i capelli che ricadevano in miriadi di boccoli, finissime ciocche scolpite a spirale intorno al suo viso. Le palpebre dorate, ancora brillanti. Come vestito, solo qualche ciuffo di tulle dorato, ricoperto di gemme per renderlo più decoroso. Il suo intero corpo iridescente, la perfezione nel fiore della giovinezza che non si può né eguagliare né ricreare.

Si udì un suono simile a un lungo sospiro... poi il silenzio, ed Elena aprì gli occhi, temendo che Stefan fosse morto. Ma lui era in piedi, aggrappato al cancello di ferro, come se volesse scardinarlo per raggiungerla.

«Avrò tutto questo?», sussurrò.

«Solo per te. Tutto per te», disse Elena.

In quel momento, udì un suono smorzato alle sue spalle e si girò di scatto, vedendo due occhi brillare nell'oscurità nella cella di fronte a quella di Stefan.

12

Con sua sorpresa, Elena non provò nessuna irritazione, solo la ferrea volontà di proteggere Stefan, se poteva.

E poi vide che nella cella che aveva creduto vuota c'era un kitsune.

Non assomigliava per niente a Shinichi e Misao. Aveva lunghissimi capelli, bianchi come la neve... ma il suo viso era giovanile. Era vestito tutto di bianco, con una casacca e calzoni di un tessuto molto leggero e morbido, simile alla seta, e la sua coda, in pratica, riempiva la piccola cella, tanto era soffice e vaporosa. Aveva anche orecchie da volpe, che non stavano mai ferme. I suoi occhi avevano la sfumatura dorata dei fuochi d'artificio.

Era bellissimo.

Il kitsune tossì di nuovo. Poi tirò fuori – dai lunghi capelli, dedusse Elena – un sacchetto di pelle molto piccolo e sottile.

La confezione perfetta per un gioiello perfetto, pensò Elena.

Il kitsune prese una immaginaria bottiglia di Black Magic (era pesante e il liquido immaginario era delizioso) e ne versò il contenuto nel sacchetto. Poi prese una siringa immaginaria, tenendola come aveva fatto il dottor Meggar e facendo prima uscire tutta l'aria, e la riempì di vino.

Infine fece finta di farla passare attraverso le sbarre della sua cella, e premette lo stantuffo (immaginario) col pollice, svuotandola.

«Posso fornirti del vino Black Magic», tradusse Elena. «Posso tenerlo in questo borsello e riempire la siringa. Anche il dottor Meggar potrebbe riempire la siringa. Ma non c'è tempo, quindi lo farò io».

«Io...», esordì Stefan.

«*Tu* dovrai bere più in fretta che puoi». Elena lo amava, voleva continuare a sentire la sua voce, voleva riempirsi gli occhi con la sua immagine, ma c'era una vita da salvare, ed era proprio quella di Stefan. Prese la borsa dal kitsune con un inchino di ringraziamento. Lasciò la mantella sul pavimento. Voleva che Stefan ricordasse come era vestita.

Cercò di calmare il tremore delle mani. Aveva a disposizione tre bottiglie di Black Magic: la sua, nella mantella, quella del dottor Meggar e quella di Damon, da qualche parte nel *suo* mantello.

Così, con la precisa efficienza di una macchina, ripeté più volte il gesto che le aveva mostrato il kitsune.

Riempire, sollevare lo stantuffo, infilare attraverso le maglie della rete, spruzzare. Ancora e ancora e ancora.

Dopo aver eseguito una dozzina di volte quel procedimento, Elena sviluppò una nuova tecnica: la catapulta. Consisteva nel riempire il sacchetto di vino, tenendolo sollevato finché Stefan non era nella posizione giusta, poi, con un solo movimento, strizzare il sacchetto, facendogli schizzare una gran quantità di vino direttamente in bocca. La rete divenne subito appiccicosa, e anche *Stefan* diventò appiccicoso. Non avrebbe mai funzionato se l'acciaio fosse stato tagliente per *lui*, ma, alla fine, riuscì a far entrare nella sua gola una sorprendente quantità di vino.

Mise un'altra bottiglia di Black Magic nella cella del kitsune, che aveva delle normali sbarre. Non sapeva come ringraziarlo, ma, quando trovò un attimo di tempo, si voltò verso di lui e gli sorrise. Stava bevendo il Black Magic direttamente dalla bottiglia, con un'espressione di piacere pacato e riconoscente.

Il tempo finì in fretta. Elena udì la voce tonante di Sage: «Non è giusto! *Elena* non sarà ancora pronta! *Elena* non ha potuto passare abbastanza tempo con lui!».

Elena non aveva bisogno di altri problemi. Infilò l'ultima bottiglia di Black Magic nella cella del kitsune, fece un ultimo inchino e gli restituì il borsello... con dentro il diamante giallo che aveva sull'ombelico. Era la gemma più grande che le fosse rimasta. Il kitsune la rigirò con cautela tra le dita dalle lunghe unghie, poi si alzò e le rivolse un piccolo inchino. Si sorrisero, poi Elena si affrettò a riordinare la valigetta del dottor Meggar e indossò di nuovo la mantella rossa. Infine si voltò verso Stefan, sentendo sciogliersi il cuore, con il respiro mozzato: «Mi dispiace. Non volevo che fosse solo una visita medica».

«Ma hai visto l'opportunità di salvarmi la vita e non potevi fartela sfuggire».

A volte i due fratelli erano molto simili.

«Stefan, no! Oh, ti *amo*!».

«*Elena*». Le baciò le dita, premute sulla rete. Poi, rivolto alle guardie: «No, per favore, *vi prego*, non portatela via! Per carità, dateci ancora un minuto! Soltanto uno!».

Ma Elena dovette lasciargli le dita per allacciarsi la mantella. Lo vide battere i pugni contro la rete d'acciaio e gridare: «Elena, ti amo! Elena!». Fu l'ultima immagine che ebbe di Stefan.

Poi Elena fu trascinata fuori dal corridoio e una porta sbarrata si frappose fra loro. Si accasciò.

Qualcuno le tese le braccia, l'aiutò a camminare. Elena era furiosa. Se avessero riportato Stefan nella sua vecchia cella infestata dai pidocchi, come supponeva stesse succedendo proprio in quel momento, l'avrebbero costretto a camminare. E sapeva che quei demoni non erano affatto gentili. Probabilmente l'avrebbero sospinto come un animale, con affilati arnesi di legno.

Elena finalmente era di nuovo in grado di camminare da sola.

Quando giunsero nell'atrio dello Shi no Shi, Elena si guardò intorno. «Dov'è Damon?»

«Nella carrozza», rispose Sage, con il solito tono cortese. «Ha bisogno di un po' di tempo».

Un parte di lei urlava: «*Glielo darò io il tempo! Il tempo di lanciare un solo urlo prima che gli tagli la gola!*». Ma in realtà il suo animo era pervaso solo da una grande tristezza.

«Non sono riuscita a dire niente di quello che avrei voluto dire. Volevo fargli capire quanto è dispiaciuto Damon, quanto è cambiato. Non ricordava nemmeno che Damon era stato lì...».

«Ti ha *parlato*?». Sage sembrava sorpreso.

Sage ed Elena superarono le ultime porte di marmo del palazzo degli Dèi della Morte, così lo chiamava Elena.

La carrozza era sul marciapiede di fronte, ma non vi salirono subito.

Sage condusse gentilmente Elena da parte. Le mise la mano sulle spalle e le parlò, con la sua solita voce dolce e pacata. «*Mon Dieu*, bambina mia, non vorrei dirtelo. Ma devo. Temo che, anche se facciamo uscire Stefan di prigione il giorno del ricevimento di Lady Bloddeuwedd... sarà troppo tardi. Fra tre giorni lui sarà già...».

«È il tuo parere medico?», disse brusca Elena, guardandolo negli occhi. Sapeva di essere pallida e tesa, ed era consapevole che lui provava per lei una gran compassione, ma voleva solo una risposta sincera.

«Non sono un medico», disse lui, scandendo bene le parole. «Sono solo un altro vampiro».

«Solo un altro degli Antichi?».

Sage inarcò le sopracciglia. «Cosa ti ha fatto venire questa strana idea?»

«Niente. Scusa se mi sono sbagliata. Ma andresti a prendere il dottor Meggar, per favore?».

Sage la guardò per un lungo minuto, poi si allontanò per andare a prendere il dottore. I due uomini tornarono insieme.

Elena era pronta. «Dottore, Sage ha visto Stefan solo all'inizio, prima dell'iniezione, e ritiene che Stefan, fra tre giorni, potrebbe essere morto. Considerando gli effetti dell'iniezione, è d'accordo?».

Il dottor Meggar la fissò e lei riuscì a vedere il luccichio delle lacrime nei suoi occhi miopi. «È... possibile... solo possibile che, se ha abbastanza forza di volontà, riesca a sopravvivere. Ma è più probabile che...».

«Vi farei cambiare opinione se dicessi che Stefan stasera ha bevuto forse un terzo di una bottiglia di Black Magic?».

I due uomini la guardarono con gli occhi sgranati. «Stai dicendo che...».

«È solo un piano che stai elaborando adesso?»

«Per favore!». Dimentica del mantello, dimentica di ogni cosa, Elena afferrò le mani del dottor Meggar. «Ho trovato un modo per fargliene bere molto. Cambia qualcosa?». Strinse le mani rugose del dottore fino a sentire le ossa.

«Potrebbe, di sicuro». Il dottor Meggar sembrava sconcertato, come se non osasse nutrire speranze. «Se davvero hai introdotto nel suo organismo una tale quantità di Black Magic, potrebbe sopravvivere quasi sicuramente fino alla notte del ricevimento di Bloddeuwedd. È quello che vuoi, non è vero?».

Elena si rilassò e, incapace di resistere, gli diede un piccolo bacio sulle mani.

«E adesso andiamo a dare a Damon le buone notizie», disse.

Nella carrozza, Damon sedeva composto e rigido, il suo profilo si stagliava contro il cielo rosso sangue. Elena entrò e chiuse la portiera.

Con tono del tutto inespressivo, le chiese: «È tutto finito?»

«Finito?». Elena non era così ottusa, ma era importante che Damon si rendesse bene conto di cosa stava chiedendo.

«È... morto?», disse stancamente Damon, stringendosi il naso fra l'indice e il pollice.

Elena lasciò che il silenzio gravasse nell'abitacolo per qualche altro secondo.

Damon doveva sapere che era piuttosto inverosimile che Stefan fosse morto nell'ultima mezz'ora. Ma lui, non ricevendo un'immediata conferma, alzò la testa di scatto.

«Elena, dimmelo! Cosa è successo?», chiese con voce rotta dall'emozione. «*Mio fratello è morto?*»

«No», rispose tranquilla Elena. «Ma rischia di morire fra pochi giorni. Era lucido, Damon. Perché non gli hai parlato?».

Damon sussultò in modo abbastanza evidente. «Cosa avrei dovuto dirgli di tanto importante?», chiese brusco. «"Oh, mi dispiace di averti quasi ucciso"? "Oh, spero che tu resista per qualche altro giorno"?»

«Cose del genere, forse, ma senza sarcasmo».

«Quando *io* morirò», disse tagliente Damon, «resterò in piedi e lotterò fino all'ultimo».

Elena lo colpì sulla bocca. Non c'era molto spazio per prendere lo slancio, ma mise nello schiaffo tutto il Potere che riuscì a liberare senza rischiare di far esplodere la carrozza.

Seguì un lungo silenzio. Damon si stava massaggiando il labbro sanguinante, per accelerare la guarigione, e stava ingoiando il proprio sangue.

Alla fine disse: «Non ti è nemmeno venuto in mente che sei la mia schiava, vero? Che io sono il tuo padrone?»

«Se hai intenzione di rifugiarti nelle tue fantasie, sono problemi tuoi», rispose Elena. «Io, dal canto mio, sono costretta ad affrontare la realtà. E, comunque, subito dopo che sei scappato via, Stefan non solo stava in piedi, ma rideva».

«Elena», rispose, alzando la voce. «Hai trovato un modo per

dargli del sangue?». Le afferrò il braccio così forte che le fece male.

«Non del sangue. Un po' di Black Magic. Fossimo stati in due, saremmo andati al doppio della velocità».

«Eravate in tre».

«Sage e il dottor Meggar dovevano distrarre le guardie».

Damon ritrasse la mano. «Capisco», disse con tono piatto. «Quindi l'ho deluso ancora una volta».

Elena lo guardò con compassione. «Sei completamente chiuso dentro la sfera di roccia adesso, non è vero?»

«Non so di cosa stai parlando».

«La sfera di roccia in cui rinchiudi tutto quello che può ferirti. Devi aver trascinato pure te stesso là dentro, anche se starai parecchio stretto. Forse c'è perfino Katherine, murata nella sua piccola stanza». Si ricordò della notte all'hotel. «E tua madre, naturalmente. O, dovrei dire, la madre di Stefan. *Lei* era la madre che conoscevi».

«Non... mia madre...». Damon non riusciva neanche a formulare una frase coerente.

Elena sapeva cosa voleva. Voleva essere abbracciato, tranquillizzato, voleva che lei gli dicesse che andava tutto bene... solo loro due, sotto il mantello, con le sue braccia calde a tenerlo stretto. Ma non avrebbe ottenuto ciò che desiderava. Non quella volta.

Elena aveva promesso a Stefan di essere solo sua. Pensò che avrebbe tradito lo spirito di quella promessa, se non vi si fosse attenuta alla lettera, per sempre.

Nel corso della settimana, Elena riuscì a riprendersi dal trauma della visita a Stefan. Nessuno ne parlava, se non con brevi cenni o soffocate esclamazioni, ma tutti ascoltarono Elena con attenzione quando disse che c'era ancora del lavoro da fare, e che, se riuscivano a portarlo a termine, sarebbero tornati presto a casa. In caso contrario, per lei non ci sarebbe stata alcuna differenza tra tornare a casa e restare lì nella Dimensione Oscura.

Casa! Quanto calore c'era in quella parola, anche se Bonnie e Meredith sapevano bene che tipo di inferno le stava aspettando, in agguato, a Fell's Church. Tuttavia, qualunque cosa sarebbe stata preferibile a quella terra di luce sanguigna.

La speranza stimolava i sensi, permettendo loro di provare di nuovo piacere per i vestiti che Lady Ulma aveva creato. Disegnare era l'unica attività che poteva permettersi nella sua lunga permanenza a letto, e aveva lavorato sodo. Dal momento che il ricevimento di Bloddeuwedd si sarebbe tenuto sia al chiuso che all'aperto, tutti i vestiti dovevano essere studiati con attenzione per risultare mirabili sia a lume di candela che sotto i raggi cremisi del gigantesco sole rosso.

L'abito di Meredith era blu metallico, violetto alla luce del sole, e la faceva apparire molto diversa dalla sirena in abito aderente che aveva partecipato al galà di Lady Fazina. Ricordava a Elena i vestiti delle principesse egizie. Lasciava ancora nude le spalle e le braccia di Meredith, ma la semplice gonna stretta che ricadeva in lunghe pieghe dritte fino ai sandali e la finezza dei piccoli zaffiri che adornavano le spalline contribuivano a darle un'aria umile. L'impressione generale era enfatizzata dai suoi capelli, che Lady Ulma aveva ordinato di lasciare sciolti, e dal suo viso, privo di trucco eccetto che per una linea di kajal intorno agli occhi. Sfoggiava una collana di grandi zaffiri dal taglio ovale, e ai polsi e alle dita snelle portava gioielli blu intonati.

Il vestito di Bonnie era una creazione un po' più fantasiosa: una stoffa argentata che prendeva una sfumatura pastello del colore dell'illuminazione circostante. In ambienti chiusi era color chiaro di luna, mentre all'aperto riluceva di un rosa tenue scintillante, simile al color fragola dei capelli di Bonnie. Completavano l'abito una cintura, una collana, un paio di orecchini, anelli e braccialetti di opali tagliati a cabochon. I riccioli di Bonnie erano stati raccolti sulla nuca in una massa vaporosa e scompigliata, e, lasciando libero il viso, permettevano alla sua pelle opalescente di risplendere di una tenue sfumatura rosata alla luce del sole, e di un etereo pallore all'interno.

Ancora una volta, il vestito di Elena era il più semplice e il più favoloso. Era un abito scarlatto e manteneva lo stesso colore sia sotto i raggi rosso-sangue del sole che alla luce delle lampade a gas. Il taglio corto dava modo alla sua pelle vellutata di splendere dorata alla luce del sole. Era molto attillato, ma uno spacco laterale le permetteva di camminare o ballare. Il pomeriggio prima della festa, Lady Ulma l'aveva pettinata con cura, creando una nuvola vaporosa che riluceva di un color rosso Tiziano all'aperto, mentre era dorata al chiuso. I suoi gioielli andavano dai diamanti intorno alla scollatura a quelli sulle dita, sui polsi e sulle braccia, oltre a un girocollo che copriva la collana di Stefan. I gioielli avrebbero brillato rossi come rubini alla luce del sole, ma, di tanto in tanto, avrebbero scintillato di altri sorprendenti colori, come un'esplosione di piccoli fuochi d'artificio. Tutti gli invitati, le promise Lady Ulma, ne sarebbero stati abbagliati.

«Ma non posso metterli», protestò Elena. «Potremmo non rivederci prima che io vada a prendere Stefan... e da quel momento in poi saremo in fuga!».

«Lo stesso vale per noi», aggiunse Meredith con tono pacato, osservando il proprio vestito e quelli delle sue amiche nei loro colori "da interno": blu argentato, scarlatto e opale. «Indossiamo più gioielli di quanti ne abbiamo mai portati dentro o fuori dalla villa... ma potresti perderli tutti!»

«E a voi potrebbero servire tutti», replicò tranquilla Lucen. «A maggior ragione dovreste avere dei gioielli per ottenere carrozze, sicurezza, cibo e qualunque altra cosa vi possa servire. Sono modelli molto semplici: potete staccare una pietra e usarla come pagamento, e le gemme non sono disposte in disegni elaborati che potrebbero non incontrare il gusto di qualche collezionista».

«Inoltre, sono tutti di altissima qualità», aggiunse Lady Ulma. «Sono le gemme più pure e prive di imperfezioni che potevamo ottenere con un così breve preavviso».

A quel punto, tutte e tre le ragazze, rimaste a corto di argomenti, corsero ad abbracciarli – Lady Ulma nel suo enorme letto, con accanto l'album degli schizzi, e Lucen in piedi in un angolo – e piansero, baciarono e, in genere, rovinarono il bellissimo lavoro che era stato fatto sui loro volti.

«Siete i nostri angeli, lo sapete?», disse Elena fra i singhiozzi. «Una fata madrina e un angelo! Non so come riuscirò a dirvi addio!».

«Angeli...», mormorò Lady Ulma, asciugando le lacrime sulle guance di Elena. Poi le afferrò un braccio, e dicendo: «Guarda!», indicò se stessa distesa nel comodo letto, con una coppia di giovani donne dai volti raggianti e commossi, pronte a occuparsi di ogni sua richiesta. Poi indicò la finestra, oltre la quale si intravedevano un piccolo mulino ad acqua e un boschetto di susini, coi frutti maturi che brillavano sui rami come gemme, e infine, con un fluido movimento della mano, mostrò i giardini, i frutteti, i campi e le foreste della tenuta.

A quel punto prese la mano di Elena e la posò dolcemente sulla morbida curva del proprio addome. «Capisci?», sussurrò. «Vedi tutto questo... e riesci a ricordare come mi hai trovata? Chi di noi è un angelo adesso?».

Alle parole "come mi hai trovata" Elena aveva sollevato le mani per coprirsi la faccia... come se non riuscisse a tollerare quel ricordo. Poi aveva stretto forte Lady Ulma e l'aveva riempita di baci, dando inizio a un nuovo round di abbracci distruggitrucco.

«Padron Damon è stato così gentile da comprare anche Lucen», disse infine Lady Ulma, «e puoi non crederci, ma...», aggiunse, lanciando uno sguardo al mite, barbuto gioielliere che aveva gli occhi pieni di lacrime, «provo per lui quello che tu provi per Stefan». Arrossì e si nascose la faccia fra le mani.

«Damon ha liberato Lucen proprio oggi», disse Elena, mettendosi in ginocchio per poggiare la testa sul cuscino di Lady Ulma. «E ti sta affidando la tenuta in maniera irrevocabile. Ha fatto lavorare un avvocato sui documenti per tutta la settimana, con la supervisione di un Guardiano. Sono pronti ormai, e anche se quell'orribile generale dovesse tornare, non potrebbe torcerti un capello. Hai la tua casa, per sempre».

Altri pianti, altri baci. Sage, che passeggiava tranquillo per il corridoio, fischiettando felice dopo aver giocato con Saber, il suo cane, passò davanti alla camera di Lady Ulma e venne trascinato dentro. «Ci mancherai anche tu!», disse Elena fra le lacrime. «Oh, grazie!».

Damon aveva mantenuto tutte le promesse fatte a Elena e, inoltre, aveva dato un ricco premio a ogni membro del personale. L'aria era piena di coriandoli, petali di rosa, musica e pianti di addio quando Damon, Elena, Bonnie e Meredith andarono al ricevimento di Bloddeuwedd... e via per sempre.

«A pensarci bene, perché Damon non ha liberato anche *noi*?», chiese Bonnie a Meredith, mentre viaggiavano sulle lettighe verso la villa di Bloddeuwedd. «Posso capire che dovevamo essere delle schiave per entrare in questo mondo, ma ormai siamo qui. Perché non fa di noi delle ragazze rispettabili?»

«Bonnie, siamo già ragazze rispettabili», le ricordò Meredith. «E penso che il punto sia che non siamo mai state delle *vere* schiave».

«Be', volevo dire: perché non ci rende libere così che tutti *sappiano* che siamo ragazze rispettabili? Ma questo l'avevi già capito, Meredith».

«Perché non puoi liberare qualcuno che è già libero, ecco il motivo».

«Ma avrebbe potuto avviare le formalità», insisté Bonnie. «O è davvero difficile liberare uno schiavo qui?»

«Non lo so», disse Meredith, interrompendo il pressante interrogatorio. «Ma ti dirò perché *penso* che non l'abbia fatto. *Penso* che sia perché in questo modo lui è responsabile per noi. Voglio dire, non è che uno schiavo non possa essere punito. L'abbiamo visto con Elena». Meredith fece una pausa, mentre entrambe rabbrividivano al ricordo. «Ma, in definitiva, è il proprietario dello schiavo che può perdere la vita. Ricorda che volevano impalare Damon per quello che Elena aveva fatto».

«Quindi lo sta facendo per noi? Per proteggerci?»

«Non lo so. Io... suppongo di sì», disse Meredith pensosa.

«Allora... immagino che *ci* siamo sbagliate su di lui in passato». Bonnie aveva usato un magnanimo "noi" anziché un accusatorio "tu". Del gruppo di Elena, Meredith era sempre stata quella più refrattaria al fascino di Damon.

«Io... suppongo di sì», disse di nuovo Meredith. «Anche se tutti sembrano aver dimenticato che non molto tempo fa Damon *ha aiutato* i gemelli kitsune a rinchiudere qui suo fratello! E Stefan di sicuro non ha fatto niente per meritarselo!».

«Be', *questo* è vero», disse Bonnie. Sembrava contenta di non essersi sbagliata troppo su Damon, ma al tempo stesso era invasa da una strana malinconia.

«Stefan chiedeva a Damon solo pace e tranquillità», continuò Meredith, a suo agio, muovendosi di nuovo su un terreno conosciuto.

«Ed Elena», aggiunse d'impulso Bonnie.

«Sì, sì... *ed* Elena. Ma tutto quello che Elena voleva era Stefan! Volevo dire... tutto quello che Elena *vuole*...». La voce di Meredith si spense. La frase non suonava più tanto bene al presente. Riprovò. «Tutto ciò che Elena vuole adesso è...».

Bonnie era rimasta a guardarla senza parole.

«Be', qualunque cosa voglia», concluse Meredith, scossa, «desidera che Stefan ne faccia parte. E vuole che *nessuno* di noi sia costretto a restare qui, in questo... questo buco d'inferno».

In un'altra lettiga, proprio accanto a loro, il clima era molto tranquillo. Bonnie e Meredith erano così abituate a viaggiare in lettiga, ormai, da non accorgersi che un altro palanchino veniva trainato di pari passo e che le loro voci risuonavano limpide nella calda e immobile aria pomeridiana.

Nell'altra lettiga, Damon ed Elena osservavano con eccessiva attenzione le fluttuanti tendine di seta.

D'un tratto Elena, come colta dall'improvvisa necessità di fare qualcosa, srotolò la corda e le tende si chiusero.

Fu un errore. Damon ed Elena si ritrovarono in un surreale rettangolo di luce rossa incandescente, in cui solo le parole che avevano appena sentito sembravano avere una vera concretezza.

Elena si accorse di avere il respiro accelerato. La sua aura le stava sfuggendo. *Ogni cosa* le stava sfuggendo di mano.

Non credono che tutto ciò che voglio è stare con Stefan!

«Stai calma», disse Damon. «È l'ultima notte. Domani...».

Elena alzò una mano per farlo tacere.

«Domani avremo trovato la chiave, preso Stefan e saremo fuori di qui», continuò Damon, ignorandola.

Dirlo porta male, pensò Elena. E inviò una preghiera per annullare l'effetto.

Il viaggio verso la sontuosa villa di Bloddeuwedd proseguì in silenzio. Per un bel po' di tempo Elena non si accorse che Damon stava tremando. Fu un breve sussulto involontario ad attirare la sua attenzione.

«Damon! Caro... per l'amor del cielo!». Elena non riusciva a trovare le parole giuste. «Damon, guardami! *Perché?*»

Perché? Damon rispose con l'unica voce che non poteva tremare, diventare stridula o spezzarsi. *Perché... non pensi a quel-*

lo che sta succedendo a Stefan mentre tu vai a una festa, indossando splendidi vestiti, a bordo di una comoda lettiga, vai a bere ottimi vini e a ballare... mentre lui... mentre lui... Il pensiero rimase incompiuto.

Era proprio quello che mi serviva prima di apparire in pubblico, pensò Elena, mentre imboccavano il lungo viale della villa di Bloddeuwedd. Cercò di fare appello a tutte le sue risorse prima che venissero aperte le tende della lettiga, lasciandoli liberi di esplorare il luogo in cui era nascosta la seconda metà della chiave.

13

No, non penso a queste cose. Elena rispose telepaticamente, come le aveva parlato Damon e per lo stesso motivo. *Non ci penso perché, se lo facessi, diventerei pazza. Ma se divento pazza, come potrei essere utile a Stefan? Non potrei aiutarlo. Nascondo quei pensieri dietro barriere di ferro e li tengo lontani a ogni costo.*

«E ci riesci?», chiese Damon, con voce lievemente scossa.

«Sì... perché devo. Ti ricordi all'inizio, quando discutevamo sulle corde da mettere ai polsi? Meredith e Bonnie avevano dei dubbi. Ma sapevano che avrei messo anche le manette e ti avrei seguito strisciando, se necessario». Elena si girò a guardare Damon, avvolto dall'oscurità cremisi, e aggiunse: «E ti sei sacrificato più volte, lo sai». Lo abbracciò, sfiorandogli le ferite sulle spalle, ormai guarite, così da non lasciargli alcun dubbio su quello che voleva dire.

«L'ho fatto per te», disse brusco Damon.

«Non proprio», rispose Elena. «Pensaci. Se tu non avessi acconsentito alla Punizione, saremmo potuti scappare dalla città, ma non saremmo mai più riusciti ad aiutare Stefan. Se ci pensi bene, tutto quello che hai fatto è stato per Stefan».

«Se ci pensi bene, io sono quello che ha fatto rinchiudere qui Stefan, innanzitutto», disse stancamente Damon. «Immagino che siamo quasi pari adesso».

«Quante volte te lo devo ripetere, Damon? Eri posseduto quando Shinichi ti ha convinto», disse Elena, altrettanto stanca. «Forse hai bisogno di essere posseduto di nuovo, almeno un pochino, per ricordare come ci si sente».

Ogni cellula del corpo di Damon sembrò ribellarsi all'idea. Ma si limitò a dire: «C'è un dettaglio che è sfuggito a tutti, sai. Riguarda la storia archetipica di due fratelli che si uccisero l'un l'altro e diventarono vampiri perché flirtavano con la stessa ragazza».

«Cosa?», strillò Elena, scossa dal suo torpore. «Damon, cosa vuoi dire?»

«Quello che ho detto. C'è un dettaglio che vi è sfuggito. Ah! Forse è sfuggito anche a Stefan. La storia viene raccontata di continuo, ma nessuno lo coglie».

Damon si voltò dall'altra parte. Elena gli si avvicinò, solo un poco, così che lui potesse annusare il suo profumo, un'essenza di rose. «Damon, dimmelo. *Per favore*, dimmelo!».

Damon fece per girarsi verso di lei...

Fu in quel momento che i lettighieri si fermarono. Elena ebbe appena un secondo per asciugarsi le lacrime, prima che aprissero le tende.

Meredith aveva raccontato loro tutte le leggende su Blodeuwedd, che aveva appreso da una sfera cantastorie. Blodeuwedd era stata creata dai fiori e portata in vita dagli dèi, aveva tradito suo marito, uccidendolo, e per punizione era stata condannata a vivere ogni notte sotto forma di gufo, dalla mezzanotte all'alba.

Ma, a quanto pareva, c'era un particolare che le leggende non menzionavano: era stata bandita dalla Corte Celestiale e condannata a vivere nel crepuscolo rosso sangue della Dimensione Oscura.

Dato il suo problemino, era logico che le sue feste iniziassero alle sei del pomeriggio.

Elena si accorse che la sua mente vagava irrequieta. Mentre il suo sguardo si spostava di qua e di là, accettò un calice di Black Magic da una schiava.

Tutte le donne e anche molti uomini indossavano abiti fantasiosi che cambiavano colore al sole. Elena non ne fu molto colpita... dopotutto, ogni cosa all'aperto sembrava rosa, scarlatta o color vinaccia.

Elena scolò il suo bicchiere, sorpresa dalla velocità con cui si era calata nel ruolo di perfetta invitata a una festa: salutava le persone incontrate al galà di Lady Fazina con abbracci e baci sulle guance come se le conoscesse da una vita. Intanto si dirigeva insieme a Damon verso la villa, ora lasciandosi trascinare dalla massa, ora remando contro il flusso di gente in moto perpetuo.

Riuscirono ad arrivare in cima a una ripida scalinata di marmo bianco (rosa), che esibiva su entrambi i lati aiuole di splendide speronelle blu (violette) e rose selvatiche rosa (scarlatte). Elena si fermò, per due ragioni. Una era prendere un altro calice di Black Magic. Il primo l'aveva già scaldata in modo piacevole... anche se lì ogni cosa era fin troppo bollente. Sperava che un secondo bicchiere l'aiutasse a dimenticare tutto ciò che Damon aveva rievocato nella lettiga, eccetto la chiave... e che l'aiutasse a ricordare su cosa si stava arrovellando prima che i suoi pensieri fossero dirottati dalle chiacchiere di Bonnie e Meredith.

«Credo che faremmo meglio a *chiedere* a qualcuno», disse a Damon, che le si accostò con un movimento fulmineo e silenzioso.

«Chiedere cosa?».

Elena si chinò verso lo schiavo che le aveva appena procurato un nuovo calice di vino. «Posso chiederti... dov'è la sala da ballo principale di Lady Bloddeuwedd?».

Lo schiavo in livrea parve sorpreso. Poi fece un gesto vago per indicare lo spazio tutt'intorno a loro. «Questa piazza» –

ovvero tutta l'area sotto il baldacchino – «ha preso il nome di Grande Sala da Ballo», disse, piegandosi sul suo carrello.

Elena lo guardò, perplessa. Poi si guardò attorno.

Sotto un gigantesco baldacchino – semipermanente e addobbato da graziose lanterne dai colori sfumati che risaltavano alla luce del sole – un uniforme prato inglese si estendeva per centinaia di metri, in ogni direzione.

Era più grande di un campo da football.

«Quello che mi piacerebbe sapere», stava chiedendo Bonnie a una donna che aveva partecipato a molti degli eventi mondani dati da Lady Bloddeuwedd e che sembrava conoscere la villa da cima a fondo, «è questo: dove si trova la sala da ballo principale?»

«Oh, mia cava, dipende da cosa intendi», rispose di buon grado la donna. «C'è la Gvande Sala da Ballo all'aperto... *devi* avevla vista mentve salivi... il gvande padiglione? E poi, dentvo la villa, c'è la Sala Bianca. È illuminata da candelabvi ed è tappezzata di tende tutt'intovno. A volte la chiamano Sala dei Valzev, visto che lì non suonano altvo».

Ma Bonnie era rimasta pietrificata dall'orrore un paio di frasi prima. «C'è una sala da ballo *all'aperto*?», chiese sconvolta, sperando di non aver sentito bene.

«Ma cevto, cava, puoi vedevla attvaverso quella pavete laggiù». La donna aveva detto la verità. Si poteva davvero vedere attraverso la parete, perché i muri erano tutti di vetro, posti l'uno dietro l'altro, e davano a Bonnie l'impressione di trovarsi in una casa degli specchi: stanze illuminate che si moltiplicavano all'infinito, tutte piene di gente. Solo l'ultima stanza al pianterreno sembrava davvero solida. Doveva essere la Sala Bianca.

Ma dalla parte opposta, attraverso la parete indicata dalla donna... Oh, certo. Si vedeva un tetto a baldacchino. Aveva il vago ricordo di esserci passata. L'altra cosa che ricordava era...

«Si balla sull'erba? Su quel... prato enorme?»

«Ma cevto. Il pvato è tosato e spianato con un vullo pvopvio a qvesto scopo. Così non inciampi su un cespuglio di evbacce o su una duna di tevva. Sei sicuva di sentivti bene? Sei un po' pallida. Be'», emise un risolino, «pallida per quanto è possibile, sotto questa luce».

«Sto bene», disse Bonnie, stordita. «Sto solo... bene».

I due gruppi più tardi si incontrarono per aggiornarsi sugli orrori che avevano scoperto. Damon ed Elena si erano accorti che il terreno della sala da ballo all'aperto era duro quasi come la roccia. Qualunque cosa vi fosse stata sepolta prima che la terra fosse spianata dai pesanti rulli, doveva essere ormai imprigionata in una specie di gabbia di cemento. Si poteva scavare soltanto lungo il perimetro.

«Avremmo dovuto portare un rabdomante», disse Damon. «Sapete, uno di quelli che con una bacchetta biforcuta o un pendolo o un pezzo del vestito di una persona scomparsa sanno ritrovare un punto ben preciso».

«Sono d'accordo», disse Meredith, dandogli ragione *per una volta*. «Perché *non* abbiamo portato un rabdomante?»

«Perché non ne sapevo nulla», disse Damon, con il suo dolcissimo e feroce sorriso da barracuda.

Bonnie e Meredith avevano scoperto che il pavimento della sala da ballo interna era di pietra: uno splendido marmo bianco. Dentro c'erano dozzine di composizioni floreali, ma tutte quelle in cui Bonnie aveva frugato (nel modo più discreto possibile) contenevano solo dei fiori tagliati e posti in un vaso pieno d'acqua. Non c'era traccia di terriccio, nulla che potesse giustificare il termine "sepolto".

«E comunque, perché Shinichi e Misao avrebbero dovuto mettere la chiave in un vaso d'acqua, sapendo che sarebbe stato svuotato dopo pochi giorni?», chiese Bonnie, aggrottando la fronte. Meredith aggiunse: «E come fai a trovare una mattonella sconnessa in un pavimento di marmo? Quindi non capisco come la chiave possa essere sepolta lì. A ogni modo, ho controllato... e la Sala Bianca esiste da anni, quindi non c'è nemmeno la possibilità che l'abbiano gettata sotto le lastre di marmo durante la costruzione».

Elena, ormai al terzo bicchiere di Black Magic, disse: «D'accordo. La nostra posizione in proposito è: una stanza cancellata dalla lista. Dunque, abbiamo già trovato una metà della chiave... guardate come è stato facile...».

«Forse ci hanno preso in giro», disse Damon, alzando un sopracciglio. «Ci hanno dato delle speranze, prima di infrangerle del tutto... qui».

«Non può essere», disse Elena, disperata, lanciandogli uno sguardo truce. «Abbiamo fatto così tanta strada... più di quanto Misao avrebbe mai potuto immaginare. Possiamo trovarla. La *troveremo*».

«D'accordo», disse Damon, d'un tratto mortalmente serio. «Se dobbiamo far finta di essere membri del personale e andare a scavare coi picconi su quel terreno là fuori, lo faremo. Ma prima esploriamo bene l'interno della villa. L'ultima volta ha funzionato».

«D'accordo», disse Meredith, guardandolo dritto negli occhi senza la solita aria di riprovazione. «Io e Bonnie prendiamo il piano superiore, voi potete prendere quello inferiore... forse riuscirete a scoprire qualcosa anche nella Sala Bianca».

«Va bene».

Si misero al lavoro. Elena sperava di riuscire a calmarsi. Nonostante i tre bicchieri di Black Magic in circolo – o forse era proprio quella la causa – stava vedendo le cose sotto una nuova luce. Ma doveva concentrarsi sulla ricerca... e soltanto su quella. Avrebbe fatto tutto il possibile – *qualsiasi cosa* – si disse, per trovare la chiave. Qualsiasi cosa per Stefan.

La Sala Bianca era pervasa da un dolcissimo odore ed era piena di grandi, lussureggianti fiori. Alte composizioni floreali facevano da paravento all'area intorno a una fontana, creando un angolo intimo per le coppie. E, benché non si vedesse nessuna orchestra, la musica si diffondeva nella sala, stuzzicando Elena.

«Non credo tu sappia ballare il valzer», disse d'un tratto Damon, ed Elena si accorse che si stava muovendo seguendo il ritmo della musica, con gli occhi chiusi.

«Certo che sì», rispose Elena, un po' offesa. «Noi tutte abbiamo frequentato il corso della signora Hopewell. A Fell's Church era l'equivalente di una scuola di galateo», aggiunse, ridacchiando. «Ma la signora Hopewell amava la danza e ci ha insegnato il ballo e a muoverci con grazia. Io avevo circa undici anni».

«Suppongo che sarebbe ridicolo da parte mia chiederti di ballare», disse Damon.

Elena lo guardò con occhi sgranati e perplessi. Malgrado l'abito rosso scollato, *non* si sentiva una irresistibile sirena quella sera. Era troppo turbata per percepire la magia intessuta nella stoffa, magia che le stava dicendo, si rese conto, che era una fiamma danzante, un elementale del fuoco.

Meredith doveva sentirsi come un placido fiume, che scorre rapido e costante verso la sua destinazione, ma spumeggia e luccica lungo tutto il percorso. E Bonnie... Bonnie di certo era uno spirito dell'aria, destinata a danzare leggera come una piuma nel suo abito opalescente, quasi libera dalla forza di gravità.

D'improvviso Elena si ricordò di certi sguardi di ammirazione che le erano stati rivolti. Damon tutt'a un tratto era vulnerabile? Temeva che lei non volesse ballare con lui?

«Invece mi piacerebbe molto», disse, accorgendosi, con un certo stupore, di *non* aver notato prima che Damon indossava un impeccabile frac. Certo, l'aveva messo proprio l'unica sera in cui poteva essere d'intralcio, ma lo faceva assomigliare a un vero principe di sangue reale.

Fece una smorfia. Di sangue... oh, sì.

«E *tu*, sei sicuro di saper ballare il valzer?», gli chiese.

«Buona domanda. Ho cominciato nel 1885, poiché ai tempi era considerato un ballo dissoluto e indecente. Ma dipende da che tipo di valzer intendi: valzer campestre, valzer viennese, valzer lento o...».

«Oh, sbrigati, o perderemo un'altra danza». Elena gli afferrò la mano, avvertendo tante piccole scosse, come se avesse accarezzato la pelliccia di un gatto nel verso sbagliato, e lo trascinò tra la folla ondeggiante.

Iniziò un altro valzer. La musica inondava la stanza e sollevava Elena, facendole rizzare i peli sulla nuca. Il suo corpo formicolava tutto come se avesse bevuto un elisir celestiale.

Era il suo valzer preferito sin da quando era bambina: aveva imparato a danzare con quella musica. Il valzer de *La bella addormentata* di Čajkovskij. La parte infantile della sua mente la costringeva ad accompagnare le dolcissime note che seguivano l'elettrizzante parte iniziale con le parole della versione cinematografica Disney: S*o chi sei, di tutti i miei sogni il dolce oggetto sei tu...*

Come sempre, le vennero le lacrime agli occhi; quelle parole spinsero il suo cuore a cantare e i suoi piedi a volare anziché danzare.

Il suo vestito era scollato sulla schiena. La mano calda di Damon sfiorava la sua pelle nuda.

Capisco, le sussurrò una vocina interiore, perché lo consideravano un ballo dissoluto e indecente.

Ormai Elena si sentiva davvero una fiamma. *Eravamo destinati a finire così.* Non sapeva se fosse una citazione di qualcosa che Damon aveva detto in passato o se lo stesse sussurrando nella sua mente per la prima volta in quel momento. *Come due fiamme che si uniscono e si fondono l'una nell'altra.*

Sei brava, le disse, ed Elena non dubitò che fosse lui a parlare e che si trovassero nel presente.

Non c'è bisogno che mi tratti con sufficienza. Sono così felice!, rispose Elena ridendo. Damon era un ballerino provetto, e non solo per la precisione dei passi. Ballava il valzer come se fosse ancora una danza dissoluta e indecente. La guidava con un vigore a cui Elena non poteva opporsi con la sua semplice forza umana. Ma riusciva a interpretare i piccoli segnali che lei gli mandava, a capire quel che voleva, accontentandola, come se fossero due danzatori su ghiaccio, come se ad ogni momento facessero salti e volteggi.

Il cuore di Elena si stava lentamente sciogliendo.

Non pensò neanche una volta a quello che i suoi compagni di scuola avrebbero detto di lei se avessero saputo che si commuoveva per della musica classica. Era immune al gretto rancore, alla meschina vergogna. Non voleva più etichettare le persone, né farsi etichettare. Le sarebbe piaciuto poter tornare indietro per far capire a tutti che lei non aveva mai ragionato per categorie.

Il valzer finì troppo presto ed Elena rimpianse di non poter premere Replay, per ballarlo di nuovo dall'inizio. Per un istante, quando la musica si fermò, lei e Damon si guardarono negli occhi, con la stessa eccitazione, lo stesso intenso desiderio e...

E poi Damon si inchinò per baciarle la mano. «Ballare il valzer non significa solo muovere i piedi», disse, senza guardarla. «Bisogna mettere nei movimenti una grazia ondeggiante, una guizzante fiamma di gioia e intesa... con la musica, con il partner. Non si tratta solo di esperienza. Ti ringrazio di cuore per avermi dato questo piacere».

Elena rise per non piangere. Avrebbe voluto danzare per sempre. Desiderava ardentemente ballare il tango con Damon. Un vero tango, pieno di passione. Ma c'era una missione... una missione molto importante da compiere.

Quando si girò, c'era una folla intera davanti a lei. Uomini, demoni, vampiri, creature bestiali. Tutti le chiedevano un ballo. Il frac di Damon era sempre più lontano.

Damon!

Lui si fermò ma non si voltò. *Sì?*

Aiutami! Dobbiamo trovare l'altra metà della chiave!

Damon si bloccò per qualche istante, come se avesse bisogno di riacquistare la lucidità, ma poi capì. Tornò da lei e la prese per mano, dicendo con voce chiara e squillante: «Questa ragazza è la mia... assistente personale. Non desidero che danzi con nessuno, tranne che con me».

Tutti i presenti risposero con un irrequieto mormorio. Le schiave che venivano condotte a balli di quel genere di solito avevano il permesso di interagire con gli estranei. Subito dopo scoppiò un trambusto dall'altra parte della stanza, che spinse la folla lontano da Damon ed Elena.

«Cos'è?», chiese Elena, dimenticando sia il ballo che la chiave.

«Chi è, piuttosto», rispose Damon. «È la nostra ospite, Lady Bloddeuwedd in persona».

Elena si trovò ad accalcarsi dietro le altre persone per dare un'occhiata alla straordinaria creatura. Ma quando vide la ragazza davanti alla porta della sala da ballo restò senza fiato.

È stata creata dai fiori... ricordò Elena. Che aspetto poteva avere una ragazza creata dai fiori?

Una pelle di un rosa più pallido di quello di un fiore di melo, pensò Elena, fissandola senza pudore. Le guance di un colore lievemente più scuro, come petali di rosa tinti dall'alba. Gli occhi, enormi sul viso delicato e perfetto, dello stesso colore delle speronelle, con soffici e folte ciglia nere per darle un'aria sognante, come se stesse camminando in un sogno perpetuo. E capelli biondi, pallidi come le primule, lunghi quasi fino ai piedi, annodati in trecce sottili, a loro volta inserite in trecce più grandi, legate all'altezza delle delicate caviglie.

Labbra rosse come papaveri, dischiuse e seducenti. E un profumo simile a quello di un bouquet di fiori primaverili appena sbocciati. Una camminata leggera e sinuosa, come se fosse spinta da una lieve brezza.

Elena, in seguito, ricordò solo di essere rimasta in piedi, a fissare l'incantevole visione, come dozzine di altri ospiti intorno a lei. Pregò che le fosse concesso solo un altro secondo per goderne in totale beatitudine.

«Ma di cosa era vestita?», chiese ad alta voce. Non ricordava di aver visto né un favoloso vestito né una traccia della luminosa pelle di fior di melo sotto quella massa di trecce.

«Aveva una specie di tunica. Di fiori. E di che altro poteva esser fatta?», disse Damon con sarcasmo. «Indossava un vestito creato con tutte le varietà di fiori che ho visto in vita mia. Non capisco come facciano a non cadere... forse sono cuciti insieme con del filo di seta». Era l'unico a non sembrare abbagliato da quella visione.

«Chissà se accetterebbe di riceverci... solo per scambiare due parole», disse Elena. Moriva dalla voglia di sentire la voce magica ed eterea della ragazza.

«Ne dubito», rispose qualcuno nella folla. «Non parla molto... almeno fino a mezzanotte. Ehi! Sei tu! Come stai?»

«Benissimo, grazie», rispose educatamente Elena, e poi fece un salto indietro, riconoscendolo. Era uno dei giovani benestanti che avevano costretto Damon a prendere i loro biglietti da visita alla fine della cerimonia del Padrino, la notte della sua Punizione.

In quel momento Elena voleva solo defilarsi con discrezione. Ma c'erano troppe persone che avevano visto lei e Damon quella notte, ed era evidente che non avevano intenzione di lasciarli andare.

«È la ragazza di cui vi parlavo. Va in trance e non importa quanto la colpisci; lei non sente nulla...».

«...il sangue le scorreva lungo i fianchi come acqua e lei non ha mai battuto ciglio...».

«Sono attori professionisti. Viaggiano...».

Elena stava per dire che Lady Bloddeuwedd aveva severamente proibito quel genere di barbarie alle sue feste, quando colse il commento di uno dei giovani vampiri: «Sapete, sono stato io a convincere Lady Bloddeuwedd a invitarvi a questa festicciola. Le ho parlato del vostro numero e lei sarebbe molto curiosa di vederlo». Bene, scusa bocciata, pensò Elena. Ma almeno quei giovanotti erano gentili. Avrebbero potuto aiutarli, in qualche modo, più tardi.

«Temo di non poterlo fare stasera», rispose con tono calmo, per tranquillizzarli. «Porgerò le mie scuse di persona a Lady Bloddeuwedd, naturalmente. Ma non è proprio possibile».

«Sì, lo è». La voce di Damon, alle sue spalle, la lasciò di sasso. «È possibile, senza alcun dubbio... ammesso che qualcuno trovi il mio amuleto».

Damon! Cosa stai dicendo?

Zitta! Quello che dovevo dire.

«Purtroppo, circa tre settimane e mezzo fa, ho perso un amuleto molto importante. Assomiglia a questo». Mostrò la prima metà della chiave-volpe e lasciò che tutti la esaminassero con attenzione.

«È quello che ti serve per fare il trucco?», chiese qualcuno, ma Damon era troppo sveglio per cascarci.

«No, molta gente mi ha visto fare il numero appena una settimana fa, e non l'avevo con me. Questo è un amuleto personale, ma, dal momento che manca una parte, non me la sento di fare magie».

«Somiglia a una piccola volpe. Non sei un kitsune, vero?», chiese qualcun altro, altrettanto sveglio.

«Forse sei tu che vedi questa somiglianza. In realtà è una freccia. Una freccia con due pietre verdi sulla punta. È un talismano... un simbolo di virilità».

Una voce femminile, da qualche parte nella folla, disse: «Non avrei mai creduto che tu avessi bisogno di un altro simbolo di virilità oltre a quello che hai già!». Seguì uno scroscio di risate.

14

«Comunque», negli occhi di Damon scintillò un lampo inflessibile, «senza l'amuleto io e la mia assistente non ci esibiamo».

«Ma... se ve lo troviamo vi esibirete? Cioè, state dicendo che avete perso l'amuleto *qui*?»

«In effetti, sì. All'incirca quando sono iniziati i preparativi per la festa». Damon rivolse un sorriso ammaliante ai giovani vampiri e tornò subito serio. «Non sapevo di poter contare sul vostro aiuto, e stavo cercando un modo per ottenere un invito. Quindi ho dato un'occhiata in giro per vedere come sarebbe stato allestito il posto».

«Non dirmi che è successo prima della spianatura del prato», chiese qualcuno con apprensione.

«Purtroppo, sì. E ho ricevuto un messaggio psichico: diceva che la c... l'amuleto è *sepolto* qui da qualche parte».

Nella folla esplose un coro di imprecazioni.

Poi si levarono singole voci a indicare le varie difficoltà: il terreno spianato e duro come la pietra, le varie sale da ballo con i numerosi addobbi floreali e le piante, l'orto e il giardino (che noi non abbiamo ancora visto, pensò Elena).

«Mi rendo conto che trovarlo, in pratica, è impossibile», disse Damon, riprendendo la mezza chiave e facendola sparire con destrezza nella mano di Elena. Lady Ulma aveva provveduto a cucirle una tasca speciale per nasconderla.

Damon proseguì: «Per questo motivo ho detto di no, all'inizio. Ma voi avete insistito, e vi ho dato la risposta completa».

Ci furono altri mormorii, poi uscirono tutti in gruppetti di due o tre, discutendo sul posto migliore da cui cominciare le ricerche.

Damon, distruggeranno la villa e i terreni di Lady Bloddeuwedd, protestò Elena.

Bene. Offriremo come ricompensa tutti i gioielli che voi ragazze avete indosso, oltre all'oro che ho portato con me. Ma quello che per quattro persone è impossibile, forse per un migliaio è possibile.

Elena sospirò. *Vorrei che avessimo avuto l'opportunità di parlare con Lady Bloddeuwedd. Non solo per ascoltare la sua voce, ma per farle alcune domande. Voglio dire, per quale motivo un bellissimo fiore come lei dovrebbe proteggere Shinichi e Misao?*

La risposta telepatica di Damon fu concisa. *Be', allora andiamo a dare un'occhiata alle stanze all'ultimo piano. È lì che si è diretta, comunque.*

Trovarono una scalinata di cristallo, piuttosto difficile da individuare, dato che tutti i muri erano trasparenti, e terrificante da superare. Giunti al secondo piano, ne cercarono un'altra. Alla fine Elena la trovò, ma inciampando sul primo gradino.

«Oh», disse, spostando lo sguardo dal gradino, reso visibile da una striscia rossa sul bordo, alla ferita sulla tibia. «Può anche essere invisibile, ma noi non lo siamo».

«Non è del tutto invisibile». Si accorse che Damon stava convogliando il Potere negli occhi. Cercò di fare lo stesso, ma in quei giorni gli aveva dato molto sangue e si chiedeva chi dei due ne avesse di più in corpo.

«Non affaticarti, ci penso io a vedere i gradini», disse. «Chiudi soltanto gli occhi».

«I miei occhi...». Prima che lei potesse aggiungere altro, lui la prese in braccio. Il suo corpo era caldo e solido. L'unica cosa solida là intorno. Salì per le scale tenendola in modo che il suo vestito non si sporcasse con le gocce di sangue che cadevano sui gradini trasparenti.

Per Elena, che soffriva di vertigini, era una corsa selvaggia e terrificante: anche se sapeva che Damon era in splendida forma e non l'avrebbe lasciata cadere. Anche se era sicura che lui sapeva dove stava mettendo i piedi. Da sola non sarebbe mai riuscita a superare il primo gradino. Restò assolutamente immobile per non far perdere l'equilibrio a Damon. Poteva solo piagnucolare e cercare di *resistere*.

Quando, un'eternità dopo, raggiunsero l'ultimo gradino, Elena si chiese se lui l'avrebbe riportata giù in braccio, o se sarebbe dovuta restare lassù per tutto il resto della vita.

Si trovarono faccia a faccia con Bloddeuwedd, la creatura inumana più incantevole che Elena avesse mai visto. Incantevole... ma strana. Non somigliavano forse i suoi capelli a un cespuglio di primule? Non aveva il suo viso la *forma* di un petalo di fior di melo, oltre al colore?

«Siete nella mia libreria privata», disse.

Il fascino che Lady Bloddeuwedd esercitava su Elena si incrinò, come uno specchio che va in mille pezzi.

Gli dèi l'avevano creata dai fiori... ma i fiori non parlano. La voce di Lady Bloddeuwedd era piatta e inespressiva. Rovinava completamente l'impressione complessiva.

«Chiediamo perdono», disse Damon, con un lieve affanno. «Ci piacerebbe farle qualche domanda».

«Se credete che io voglia aiutarvi, vi sbagliate», disse la ragazza di petali, con lo stesso tono nasale. «Io odio gli umani».

«Ma io sono un vampiro, come lei avrà sicuramente già capito», esordì Damon, facendo appello a tutto il suo fascino, ma Bloddeuwedd lo interruppe: «Umano una volta, umano per sempre».

«*Mi scusi, vuol ripetere?*».

La perdita dell'autocontrollo di Damon poteva rivelarsi la cosa migliore che potesse accadere, pensò Elena, cercando di nascondersi dietro di lui. Il suo disprezzo per gli umani era talmente sincero che Bloddeuwedd si ammorbidì un poco.

«Cosa siete venuti a chiedere?»

«Solo se di recente ha visto un paio di kitsune: sono fratello e sorella e si chiamano Shinichi e Misao».

«Sì».

«Oppure potrebbero... Mi scusi? *Sì?*»

«Dei ladri sono entrati di notte in casa mia. Ero a un ricevimento. Sono tornata di corsa dalla festa e li ho quasi presi. Però i kitsune sono difficili da catturare».

«Dove...», Damon deglutì. «Dov'erano?»

«Correvano giù per la scala d'ingresso».

«E ricorda quando è successo?»

«È stato la notte in cui hanno preparato il terreno per la festa. Quando hanno passato i rulli sul prato ed eretto il baldacchino».

È molto strano che abbiano fatto tutto questo di notte, pensò Elena, ma poi si ricordò che la luce era sempre la stessa.

Il cuore prese a martellarle nel petto. Shinichi e Misao potevano essere stati lì solo per un motivo: per nascondere l'altra metà della chiave-volpe.

E forse l'avevano messa nella Grande Sala da Ballo, pensò Elena. Osservò con sguardo vacuo le pareti della libreria che ruotavano come un gigantesco planetario, così che Bloddeuwedd potesse scegliere una sfera per poi posarla su un bizzarro macchinario, che doveva servire a diffondere la musica nelle varie stanze.

«Mi scusi», disse Damon.

«Questa è la mia libreria privata», disse freddamente Bloddeuwedd, sul crescendo del magnifico finale della *Suite dell'Uccello di Fuoco*.

«Significa che ora ce ne dobbiamo andare?»

«Significa che ora sto per uccidervi».

15

«Cosa?», urlò Damon, sovrastando la musica, mentre diceva telepaticamente a Elena: *Scappa... vai!*

Se in gioco ci fosse stata solo la sua vita, Elena sarebbe stata quasi felice di morire lì, avvolta dalla fragorosa bellezza dell'*Uccello di Fuoco*, piuttosto che affrontare quei gradini invisibili da sola.

Ma non si trattava soltanto della sua vita. C'era in gioco anche quella di Stefan. Tuttavia, la fanciulla dei fiori non aveva un aspetto particolarmente minaccioso, quindi Elena non riusciva a caricarsi di adrenalina quanto bastava per scendere da sola quelle scale spaventose.

Damon, andiamocene entrambi. Dobbiamo cercare nella Grande Sala da Ballo all'aperto. Solo se sei abbastanza forte...

Un'esitazione. Damon preferiva lottare piuttosto che affrontare l'enorme campo verde là fuori, pensò Elena.

Ma Bloddeuwedd, malgrado le sue parole, stava facendo di nuovo roteare la stanza, per cercare, in cima a invisibili scaffali, la sfera che voleva in quel momento.

Damon prese in braccio Elena e disse: *Chiudi gli occhi.*

Elena non solo chiuse gli occhi, ma se li coprì con le mani. Se a Damon fosse sfuggita la presa, non aveva certo intenzione di gridare: «Attento!», quando era ormai troppo tardi.

Provava un forte senso di nausea. Damon saltava da un gradino all'altro come uno stambecco. A stento toccava il suolo, ed Elena si chiese, all'improvviso, se qualcuno li stesse inseguendo.

Era un'informazione di cui aveva bisogno. Cominciò a togliersi le mani dagli occhi e sentì Damon ringhiare: «Tienili chiusi!», con un tono di voce cui poche persone avrebbero osato ribattere.

Elena, sbirciando fra le dita, incontrò lo sguardo esasperato di Damon e vide che nessuno li stava seguendo. Congiunse di nuovo le mani e pregò.

Se fossi davvero una schiava, non dureresti a lungo qui, sai, la informò Damon, facendo un ultimo salto nel vuoto e posandola su un terreno invisibile, ma per lo meno pianeggiante.

Non ci proverei neanche, rispose Elena con freddezza. *Giuro, preferirei morire.*

Stai attenta a quello che giuri, Damon le regalò il suo splendido sorriso. *Potresti finire in un'altra dimensione a cercare di adempiere alla parola data.*

Elena non tentò neanche di rispondere a tono. Ce l'avevano fatta, erano liberi e, dopo un'ultima corsa per le scale al primo piano della casa di vetro – un po' difficile nelle sue condizioni, ma sopportabile – raggiunsero finalmente la porta. Sul prato della Grande Sala da Ballo trovarono Bonnie e Meredith... e Sage.

Era addirittura in abito da sera, anche se la sua giacca era stretta di spalle. Per di più, Talon era appollaiata su una spalla, quindi il problema sarebbe stato risolto abbastanza presto, dal momento che il falco stava strappando la stoffa della giacca, inzuppandola di sangue. Sembrava che Sage non ci facesse caso. Saber era al fianco del suo padrone e guardava Elena con occhi troppo intelligenti per un cane, ma senza malignità.

«Grazie a Dio siete tornati!», gridò Bonnie, correndo loro incontro. «Sage è arrivato e ha avuto una splendida idea».

Persino Meredith era eccitata. «Ricordi quando Damon ha detto che avremmo dovuto portare un rabdomante? Be', ne abbiamo due adesso». Si girò verso Sage. «Avanti, diglielo».

«Di regola, non porto questi due alle feste». Sage si chinò per accarezzare il collo di Saber. «Ma un uccellino mi ha detto che eravate nei guai». Alzò la mano per accarezzare Talon, arruffando leggermente le piume del falco.

«Quindi, *dites-moi*, per favore: quante volte avete toccato esattamente la mezza chiave in *vostro* possesso?»

«Io l'ho toccata stasera e all'inizio, quando l'abbiamo trovata», disse Elena. «Ma l'ha tenuta in mano anche Lady Ulma e Lucen, per conservarla, ha creato uno scrigno che abbiamo toccato tutti».

«Ma solo l'esterno della scatola?»

«Io l'ho presa un paio di volte per darci un'occhiata», disse Damon.

«*Eh bien!* L'odore di kitsune dovrebbe essere ancora molto forte. E i kitsune hanno un odore particolare»

«Vuoi dire che Saber...». Elena era ancora troppo debole, la voce le morì in gola.

«Può fiutare qualunque oggetto impregnato dall'odore del kitsune. Inoltre, Talon ha un'ottima vista. Può sorvolare la zona in cerca del luccichio dell'oro, nel caso la chiave sia in piena vista da qualche parte. Ora, mostrate loro quello che devono cercare».

Elena porse con garbo la chiave a forma di mezzaluna a Saber perché la annusasse.

«*Voilà!* Talon, osservala attentamente». Sage indietreggiò fino a raggiungere la distanza visiva ottimale per Talon. Poi, quando tornò indietro, disse: «*Commençons!*», e il cane nero schizzò via, naso a terra, mentre il falco prendeva quota, compiendo ampi cerchi sempre più in alto nel cielo.

«Quindi pensi che i kitsune siano stati su questo prato?», chiese Elena a Sage, mentre Saber correva avanti e indietro, col naso incollato al terreno, e poi, all'improvviso, si dirigeva verso la scalinata di marmo.

«Non c'è dubbio. Sono stati qui. Vedi come corre Sage, come una pantera nera, col muso basso e la coda dritta? Ha fiutato qualcosa! È sovreccitato, non sta più nella pelle».

Conosco qualcun altro che prova la stessa sensazione, pensò Elena, lanciando un'occhiata a Damon, che stava in piedi a braccia conserte, immobile e pronto a scattare, in attesa di qualunque notizia avessero portato gli animali.

Poi guardò Sage, riconoscendo sul suo viso quella espressione... be', probabilmente era la stessa che aveva avuto lei fino a un momento prima. Lui ricambiò lo sguardo e lei arrossì.

«*Pardonnez-moi, Monsieur*», disse, distogliendo subito gli occhi.

«*Parlez-vous français, Madame?*»

«*Un peu*», rispose Elena con modestia, un atteggiamento insolito per lei. «Non sono in grado di tenere una vera conversazione. Ma mi piacerebbe visitare la Francia». Stava per aggiungere qualcos'altro, quando Saber abbaiò forte, per attirare l'attenzione, e poi rimase immobile sul bordo del vialetto.

«Sono arrivati o se ne sono andati in carrozza o in lettiga», tradusse Sage.

«Ma cosa hanno fatto nella villa? Ho bisogno di una traccia che mi mostri le loro mosse *dopo* che sono arrivati», disse Damon, guardando Sage con una sorta di selvaggia disperazione.

«Va bene, va bene. Saber! *Contremarche!*».

Il cane si girò all'istante, affondando il naso nel terreno, come se la caccia gli procurasse un immenso piacere, e ricominciò a correre su e giù per le scale e sul prato all'inglese della Grande Sala da Ballo, ormai deturpato dagli ospiti che continuavano a scavare con pale, picconi e persino con grossi cucchiai.

«*I kitsune sono difficili da catturare*», bisbigliò Elena all'orecchio di Damon.

Lui annuì, dando un'occhiata all'orologio. «Spero che lo siamo anche noi», bisbigliò in risposta.

Sage abbaiò forte. Il cuore di Elena fece un balzo.

«Cosa?», gridò. «Cosa c'è?». Damon le afferrò la mano e la trascinò con sé.

«Cosa ha trovato?», chiese Elena ansimando, quando arrivarono tutti insieme allo stesso punto.

«Non lo so. Non fa parte della Grande Sala da Ballo», rispose Meredith. Saber stava seduto tutto fiero di fronte a una distesa di folti cespugli di ortensie di un pallido color lavanda (viola scuro alla luce del sole).

«Non hanno un bell'aspetto», disse Bonnie.

«Non abbiamo trovato nulla neanche nelle altre sale da ballo», disse Meredith, distogliendo l'attenzione da Saber. Poi alzò lo sguardo, verso la villa. «Rimane soltanto la libreria».

«Bene, su una cosa non ho dubbi», disse Damon. «Metteremo sottosopra questo terreno fiorito e non mi prenderò il disturbo di chiedere il permesso a Miss Occhi di Speronella Oravidevouccidere».

«Oh, lei cvede che i suoi occhi siano spevonelle? Pevché pensavo fossevo campanule, piuttosto», disse un ospite alle spalle di Bonnie.

«Davvero ha detto che deve uccidervi? Ma perché?», chiese con apprensione un altro ospite vicino a Elena.

Elena li ignorò. «Bene, certamente non le farà piacere. Ma è l'unico indizio che abbiamo al momento». *A meno che, suppongo, i kitsune non avessero intenzione di lasciarla qui, ma poi siano stati costretti a scappare in carrozza*, disse col pensiero a Damon.

«Questo significa che lo spettacolo può cominciare», gridò uno dei fan, un giovane vampiro, avvicinandosi a Elena.

«Non ho ancora trovato il mio amuleto», disse Damon con tono piatto, mettendosi davanti a Elena come un muro impenetrabile.

«Ma ce l'avrai fra poco, è sicuro. Senti, perché non mandi qualcuno a scoprire, con l'aiuto del cane, *da dove venivano* i cattivi quando si sono introdotti nella tenuta, mi capisci? E nel frattempo noi proseguiamo con lo spettacolo?»

«Saber può farlo?», chiese Damon. «Può seguire le tracce di una carrozza?»

«Con una volpe dentro? Ma certo. Andrò io con loro», disse tranquillamente Sage. «Posso assicurarti che i due nemici verranno catturati se sono ancora in giro. Mostrameli».

«Li conosco solo sotto questa sembianza». Damon giunse due dita e le posò sulla tempia di Sage. «Ma, purtroppo, possono assumere molte altre forme, forse infinite».

«Be', non sono la nostra priorità, presumo. Viene prima la c... l'amuleto».

«Sì», disse Damon. «Anche se non riesci a prenderli, trova la mezza chiave e torna subito indietro».

«Davvero? È più importante persino della vendetta?», sussurrò Sage, scuotendo la testa meravigliato. Poi aggiunse in fretta: «Bene, augurateci buona fortuna. C'è qualche coraggioso che vuole unirsi a me? Ah, perfetto, quattro... molto bene, cinque, *Madame*... basta così».

E partirono.

Elena guardò Damon, che ricambiò con uno sguardo assente. «Davvero ti aspetti che io... lo faccia... di nuovo?»

«Devi solo stare ferma. Farò in modo che tu perda meno sangue possibile. E se vuoi che smetta, possiamo stabilire un segnale».

«Sì, ma ora capisco. E non posso sopportarlo».

Il volto di Damon si indurì. La fece ammutolire.

«Non ti si chiede di sopportare nulla. Inoltre, non ti basta sapere che è un equo compromesso per Stefan?».

Stefan! Il suo corpo subì una sorta di profonda mutazione. «Lascia che lo condivida con te», implorò, pur sapendo già cosa avrebbe risposto Damon.

«Stefan avrà bisogno di te quando lo faremo evadere. Assicurati di poterti occupare di *quello*».

Fermati. Pensa. Non farlo impuntare, disse a Elena una saggia voce interiore. Sta toccando i tuoi punti deboli. Li conosce bene. Non lasciarglielo fare.

«Posso occuparmi di entrambe le cose», disse. «Per favore, Damon. Non trattarmi come se fossi... una delle tue ragazze da "una notte e via", e neppure la tua Principessa delle Tenebre. Parlami come se fossi Sage».

«Sage? Sage è il più irritante, scaltro...».

«Lo so. Ma con lui parli. E di solito parli anche con me, ma ora non lo stai facendo. *Ascoltami.* Non riuscirò a sopportare di nuovo questa situazione. Mi metterò a urlare».

«Mi stai minacciando...».

«No! Ti sto solo dicendo quello che succederà. A meno che non mi imbavagli, griderò. E continuerò a urlare. Come se gridassi per Stefan. Non posso farci niente. Forse sto crollando...».

«Ma non capisci?». D'improvviso lui si voltò e le prese le mani. «Siamo quasi alla fine. Proprio tu, che sei stata la più forte finora, *non puoi* crollare adesso».

«La più forte...». Elena scuoteva la testa. «Credevo che fossimo proprio sul punto di capirci».

«D'accordo». Le sue parole suonavano dure come schegge di marmo. «Che ne dici di farne cinque?»

«Cinque?»

«Cinque colpi anziché dieci. Prometterò loro di darti gli altri cinque quando riavremo "l'amuleto", ma scapperemo via appena lo troviamo».

«Dovrai infrangere la parola data».

«Se necessario per...».

«No», disse secca Elena. «Non dire nulla. Glielo dirò *io.* Sono una bugiarda, un'imbrogliona e ho sempre giocato con gli uomini. Vedremo se riuscirò finalmente a fare buon uso del mio talento. E non c'è motivo di coinvolgere le altre ragazze», aggiunse, alzando lo sguardo. «Bonnie e Meredith indossano degli abiti che si distruggerebbero all'istante se li colpissi con la frusta. Solo io ho la schiena nuda». Fece una piroetta per mostrare i lembi del vestito, legati molto in alto sul collo e molto in basso a formare una V sul fondoschiena.

«Dunque siamo d'accordo». Damon chiese a una schiava di riempirgli il bicchiere ed Elena pensò: saremo gli attori più brilli della storia, se non altro.

Non riusciva a smettere di tremare. L'ultima volta che aveva sentito un brivido sulla pelle era stato per la mano calda di Damon sulla schiena nuda, mentre ballavano. In quel momento, invece, sentiva molto freddo, forse solo a causa di un colpo di vento. Ma bastò a rievocare nella sua mente la sensazione del sangue che le scorreva lungo i fianchi.

Subito Bonnie e Meredith le furono accanto, formando una barriera fra lei e la folla sempre più eccitata e curiosa.

«Elena, cosa è successo? Dicono che una giovane barbara sta per essere frustata...», cominciò a dire Meredith.

«E avete saputo che si trattava di me», concluse Elena. «Be', è vero. Non so come potrei evitarlo».

«Ma cosa avete *fatto*?», chiese ansiosamente Bonnie.

«Un'idiozia. Abbiamo lasciato che un gruppetto di giovani vampiri in gita nei bassifondi credesse di aver assistito a una specie di trucco magico», ammise Damon. La sua espressione era ancora molto cupa.

«Questo non è del tutto vero, no?», chiese Meredith. «Elena ci ha raccontato della prima volta. Sembrava che i vampiri avessero concluso che era una performance».

«Avremmo dovuto negarlo allora. Adesso dobbiamo attenerci a quella versione», disse Damon con tono piatto. Poi, come se parlare gli costasse fatica, aggiunse: «Oh, a ogni modo, forse otterremo lo stesso quello per cui siamo venuti».

«Questo l'avevamo già capito quando abbiamo visto degli idioti che correvano giù per la scalinata gridando di un amuleto con due pietre verdi».

«Non ci è venuto in mente altro», spiegò Elena, esausta. «Ne è valsa la pena, e io e Damon faremo anche questo se ci aiuterà a trovare l'altra metà della chiave».

«Non siete costretti a farlo», disse Meredith. «Possiamo semplicemente andarcene».

Bonnie la guardò a occhi sgranati. «Senza la chiave-volpe?».

Elena scosse la testa. «Ne abbiamo già discusso. La decisione unanime è stata di procedere in questo modo». Si guardò attorno. «Allora, dove sono quei ragazzi che erano così ansiosi di vedere lo spettacolo?»

«A cercare la chiave nel campo che una volta era una sala da ballo», rispose Bonnie. «O a spalare terra – sono così tanti! – nel giardino di Lady Bloddeuwedd. Ohi! Perché mi hai dato un pizzicotto, Meredith?»

«Oh, perdiana, *quello* secondo te era un pizzicotto? Allora questo...».

Ma Elena era già andata via, ormai impaziente quanto Damon che finisse tutto al più presto. Sperava solo che lui si ricordasse di rimettersi la sua giacca di pelle e i jeans neri. Con l'abito bianco, il sangue...

Non voglio che scorra del sangue.

Il pensiero le venne all'improvviso. Nelle profondità del suo animo, pensò: *è stato punito abbastanza.*

Damon tremava nella lettiga. Pensava solo al benessere di un'altra persona. Era abbastanza. Stefan non avrebbe voluto che soffrisse ancora.

Alzò lo sguardo, vedendo una delle piccole lune deformi della Dimensione Oscura che proseguiva il suo tragitto nel cielo. Il sacrificio che le dedicò era rosso vivo, una piuma che brillava nella cupa luce cremisi. Ma si diede senza riserve, anima e corpo, contando sulla sacra primavera del sangue eterno che era la sua femminilità. E allora seppe cosa doveva fare.

«Bonnie, Meredith, sentite: noi siamo un triumvirato. Dobbiamo cercare di condividere questa sofferenza con Damon».

Non reagirono con molto entusiasmo.

Elena, che aveva perso ogni amor proprio nel momento in cui aveva visto Stefan nella sua cella, si inginocchiò davanti a loro, sui duri gradini di marmo. «Vi sto implorando...».

«Elena! Smettila!», gridò Meredith con voce strozzata.

«Per favore, alzati! Oh, Elena...». Bonnie era a un passo dalle lacrime.

E così, fu la piccola, sensibile Bonnie che capovolse la situazione. «Proverò a insegnare a Meredith come fare. Ma, a ogni modo, condivideremo tutto fra noi tre».

Baci. Abbracci. Un mormorio fra i capelli color fragola: «So cosa vedi nel buio. Sei la persona più coraggiosa che conosca».

E poi, lasciandosi alle spalle una Bonnie stupefatta, Elena andò a radunare gli spettatori per la propria fustigazione.

16

Elena era legata a un palo. Somigliava a un'eroina di un B-movie in attesa di qualcuno che la liberi. Il lavoro di scavo nel campo procedeva a rilento, mentre i vampiri che l'avevano legata andavano a prendere un bastone di frassino e chiedevano a Damon di ispezionarlo. Lo stesso Damon si muoveva al rallentatore. Cercava occasioni per chiacchierare e dare consigli non richiesti, prendendo tempo. Tendeva l'orecchio per sentire il rumore delle ruote che avrebbe annunciato il ritorno della carrozza di Sage. Sembrava vivace, ma dentro era fiacco e pesante come il piombo.

Non sono mai stato un sadico, pensò. Ho sempre cercato di dare piacere, tranne che nella lotta. Ma dovrei starci io in quella cella. Chissà se riesce a capirlo Elena? È il mio turno di subire la frusta adesso.

Indossò i suoi "vestiti magici", concedendosi più tempo del dovuto e dando l'impressione di cercare un pretesto per rinviare tutto. Ormai si erano radunate circa settecento creature, ansiose di veder scorrere il sangue di Elena e le ferite sulla sua schiena che guarivano per miracolo.

D'accordo. Sono pronto a farlo, lo sarò sempre.

Riprese il controllo del suo corpo, tornando alla realtà di quello che stava succedendo.

Elena deglutì. «Condividiamo la sofferenza», aveva detto. Senza nemmeno sapere come fare. Era lì, come la vittima di un sacrificio legata all'altare, con lo sguardo fisso sulla villa di Bloddeuwedd, in attesa dei primi colpi.

Damon stava intrattenendo la folla con un discorso introduttivo, usando frasi senza senso e parole astruse e incomprensibili, ma stava andando molto bene. Elena individuò una finestra della villa e la fissò intensamente. Poi si accorse che Damon aveva smesso di parlare.

Un tocco della verga sulla schiena. Un sussurro telepatico.

Sei pronta?

Sì, rispose senza indugio, pur sapendo di non esserlo. E poi sentì, nel silenzio mortale, una sferzata nell'aria.

La mente di Bonnie si unì fluttuando alla sua. Quella di Meredith giunse scorrendo come un ruscello. Il colpo fu solo una pacca, anche se il sangue di Elena scorreva copioso.

Riuscì a sentire lo sconcerto di Damon. Quello che doveva essere un fendente di spada, era stato un semplice schiaffo. Doloroso, ma di certo tollerabile.

Un altro colpo. Il triumvirato si spartì il dolore prima che la mente di Damon potesse assorbirlo.

Mantenere attiva e unita la squadra. E il terzo.

Ne mancavano solo due. Elena fece vagare lo sguardo sulla facciata della villa.

Al terzo piano scorse Bloddeuwedd, adirata per come era andata a finire la sua festa.

Ancora uno. Le giunse la voce di uno degli ospiti. «*Quella libreria. Ha più dischi di molte biblioteche pubbliche e...*», una esitazione nella voce, «*dicono che abbia ogni genere di sfera lassù. Anche quelle proibite, sapete?*».

Elena non lo sapeva e trovava piuttosto difficile immaginare cosa potesse essere proibito *lì*.

Nella biblioteca, la solitaria figura di Bloddeuwedd si muoveva nella grande e luminosa sfera rotante, per cercare un nuovo disco. Probabilmente nella villa risuonava la musica, un brano diverso in ogni stanza. Dall'esterno, Elena non riusciva a sentire nulla.

L'ultimo colpo. Il triumvirato riuscì a sopportarlo, ripartendo il dolore straziante fra quattro persone. Per lo meno, pensò Elena, il mio vestito era già rosso.

E poi tutto fu compiuto. Meredith e Bonnie stavano discutendo con alcune donne vampiro che volevano contribuire a ripulire dal sangue la schiena di Elena, che appariva pura e perfetta e rifulgeva dorata alla luce del sole.

Meglio tenerle lontano, suggerì Elena, rivolgendo a Damon un pensiero sonnolento. *Mi sembrano tipi che si leccano le dita o si mordono le unghie in modo compulsivo. Non possiamo permetterci che qualcuno assaggi il mio sangue e ne senta la forza vitale; non dopo tutto quello che ho passato per nascondere la mia aura.*

Anche se erano esplosi applausi e acclamazioni dappertutto, nessuno aveva pensato a slegare i polsi di Elena. Così era ancora appoggiata al palo, con lo sguardo fisso sulla biblioteca.

E poi il mondo si congelò.

Intorno a lei c'era un turbine di musica e movimento. Era il punto fermo in un universo rotante. Ma doveva muoversi, e in fretta. Diede uno strattone alle corde, lacerandosi i polsi.

«Meredith! Slegami! Taglia i lacci, presto!».

Meredith obbedì subito.

Voltandosi, Elena sapeva quel che avrebbe visto. Una faccia... la faccia di Damon, sconcertata, in parte risentita e in parte avvilita. Ed Elena ne aveva abbastanza.

Damon, dovevamo farlo...

Ma d'improvviso si trovarono nel mezzo di una sommossa. Sostenitori, fan, scettici, vampiri che supplicavano di avere un "piccolo assaggio", spettatori allibiti che volevano accertarsi che la schiena di Elena fosse reale, calda e non segnata dai colpi. Elena sentì troppe mani sul suo corpo.

«*State lontano da lei, maledetti!*». Era il ruggito primitivo e selvaggio di una belva che difende la sua compagna. La folla si allontanò da Elena, solo per avvicinarsi... con molta cautela e lentezza... a Damon.

D'accordo, pensò Elena. Lo farò da sola. Posso farcela da sola. Per Stefan.

Si fece largo tra la folla a spallate, accettando dagli ammiratori mazzi di fiori raccolti in fretta... e sentendosi toccare da troppe mani. «*Ehi! Davvero non ha cicatrici!*». Alla fine, Meredith e Bonnie l'aiutarono a uscire dalla ressa... senza di loro non ce l'avrebbe mai fatta.

Allora cominciò a correre a perdifiato verso la villa, senza preoccuparsi di attraversare la porta contro cui Saber si era messo ad abbaiare. Pensava di sapere cosa c'era lassù.

Al secondo piano si fermò un minuto a prender fiato, sorpresa di vedere una sottile linea rossa nel vuoto. Il suo sangue! Vedi a quante cose può servire?, si disse. Le stava mostrando il primo gradino di vetro, quello su cui era inciampata prima.

Quella volta, cullata tra le forti braccia di Damon, le era sembrato impossibile anche solo *pensare* di strisciare su quei gradini. Canalizzò nella retina tutto il Potere che aveva... e la scalinata si illuminò. Era ancora terrificante. Non c'erano ringhiere e lei era intontita per l'eccitazione, la paura e la perdita di sangue. Ma si fece forza e continuò a salire.

«*Elena! Ti amo! Elena!*».

Riusciva a sentire il grido come se Stefan fosse dietro di lei in quel momento.

Ancora più su.

Le dolevano le gambe.

Vai avanti. Niente scuse. Se non riesci a camminare, zoppica. Se non riesci a zoppicare, striscia.

Stava strisciando quando finalmente raggiunse l'ultimo gradino, il bordo del nido del gufo Bloddeuwedd.

Per lo meno fu ancora una graziosa fanciulla, anche se dall'aspetto insipido, che l'accolse. Elena si accorse di quanto si fosse sbagliata su Bloddeuwedd. Non aveva la vitalità di un animale. Nell'anima, era un vegetale.

«Sto per ucciderti, lo sai».

No, era un vegetale senz'anima.

Elena si guardò intorno. Da lì riusciva a vedere fuori, anche se nel mezzo c'era una cupola fatta di innumerevoli scaffali ricolmi di sfere, che faceva apparire ogni cosa strana e distorta.

Non c'erano piante rampicanti lì, né vistosi addobbi di esotici fiori tropicali. Si trovava ormai al centro della stanza, nel nido del gufo. Ma Bloddeuwedd non era nelle vicinanze; era sullo strano macchinario che le permetteva di prendere le sfere stellate.

La chiave poteva essere sepolta solo in quel nido.

«Non voglio derubarti», promise Elena, senza fiato. Mentre parlava, immerse le braccia nel nido. «Quei kitsune hanno giocato un brutto tiro a entrambe. Hanno rubato una cosa che mi apparteneva, l'hanno rinchiusa e hanno messo la chiave nel tuo nido. Voglio solo riprendere quello che è mio».

«Ah! Tu... una schiava umana! Una barbara! Osi profanare la mia libreria privata! La gente fuori sta scavando nella mia bellissima sala da ballo, sta distruggendo i miei preziosi fiori. Credi di riuscire a scappare anche questa volta, ma ti sbagli! *Stavolta MORIRAI!*».

Era una voce completamente diversa da quella piatta, nasale, ma ancora umana che aveva accolto Elena poco tempo prima. Era una voce potente, profonda...

...una voce degna della grandezza del nido.

Elena alzò lo sguardo. Non riuscì a capire cosa fosse all'inizio. Un'enorme pelliccia esotica? La schiena di un grosso animale imbalsamato?

La creatura nella libreria si girò verso di lei. O, piuttosto, la sua testa roteò, mentre il resto del corpo rimaneva perfettamente immobile. Elena capì che quello che aveva davanti agli occhi era una faccia. La testa era mostruosa e indescrivibile, al di là di ogni immaginazione. C'era una sorta di sopracciglio unico che si inclinava al centro della fronte verso il naso (o verso il punto in cui avrebbe dovuto esserci il naso) e poi risaliva. Aveva la forma di una gigantesca V marrone e sotto c'erano due grandi occhi gialli, rotondi. Al posto del naso e della bocca c'era un grosso, crudele, nero becco uncinato. Il resto della faccia era ricoperto di piume, per la maggior parte bianche, chiazzate di grigio in basso, alla base del collo. Erano bianche e grigie anche sulle due protuberanze a forma di corno che si ergevano sulla testa... come le corna di un demone, pensò Elena.

Infine la creatura, tenendo gli occhi gialli fissi su Elena, girò anche il resto del corpo.

Era un robusto corpo di donna, coperto da un piumaggio candido e brizzolato. Gli artigli spuntavano sotto le piume più basse.

«Salve», stridette la creatura, aprendo e chiudendo il becco come per azzannare le parole. «Sono Bloddeuwedd e non permetto mai a nessuno di toccare la mia libreria. Sono la tua morte».

Le parole: «*Potremmo almeno parlarne prima?*», salirono alle labbra di Elena. Non voleva fare grandi gesti eroici. E di certo non voleva combattere con Bloddeuwedd mentre cercava la chiave che *doveva* essere lì... da qualche parte.

Elena stava tentando di spiegare e prendere tempo, mentre frugava freneticamente dentro al nido, quando Bloddeuwedd spiegò le ali, abbracciando tutta la stanza, e la ghermì.

E poi, come un fulmine, qualcosa sfrecciò fra loro, emettendo un verso rauco.

Era Talon. Sage doveva aver istruito il falco prima di partire.

Il gufo si ritrasse un poco... per attaccare meglio, pensò Elena.

«Per favore, lasciami spiegare. Non l'ho ancora trovata, ma c'è qualcosa nel tuo nido che non ti appartiene. È mia... e... di Stefan. I kitsune l'hanno nascosta la notte in cui li hai scacciati dalla tua tenuta. Te lo ricordi?».

Bloddeuwedd non rispose subito. Poi mostrò di avere una filosofia di vita semplice e adatta a tutte le situazioni.

«Hai messo piede nei miei alloggi privati. Muori!», disse, lanciandosi su di lei. Elena riuscì a sentire lo schiocco del becco che si chiudeva, molto vicino.

Di nuovo qualcosa di piccolo e luminoso scese in picchiata su Bloddeuwedd, mirando agli occhi. Il grosso gufo, per occuparsene, fu costretto a distogliere l'attenzione da Elena.

Elena si arrese. A volte non si può far altro che lasciarsi aiutare. «Talon!» gridò, sperando che il falco fosse in grado di capire il linguaggio umano. «Cerca di tenerla occupata... almeno per un minuto!».

Mentre i due uccelli guizzavano, volteggiavano e stridevano intorno a lei, Elena frugava nel nido, spesso costretta a gettarsi a terra per evitare gli attacchi. Ma il grosso becco nero era sempre troppo vicino. A un tratto le colpì il braccio, aprendo un taglio profondo, ma Elena era troppo carica di adrenalina per sentire il dolore. Continuò a cercare senza sosta.

Infine, capì cosa avrebbe dovuto fare fin dall'inizio. Prese una sfera da uno degli scaffali trasparenti.

«Talon!», gridò. «Qui!».

Il falco scese in picchiata su di lei e si udì uno schianto.

Elena aveva ancora tutte le sue dita, ma l'*hoshi no tama* era rotto.

Allora Bloddeuwedd emise un vero urlo di rabbia. L'enorme gufo inseguì il falco, ma era come un ragazzo che cerca di acchiappare una farfalla... una farfalla intelligente.

«Restituiscimi quella sfera! Ha un valore inestimabile! Inestimabile!».

«La riavrai appena troverò quello che sto cercando». Elena,

folle di terrore e carica di adrenalina, si arrampicò sul nido e cominciò a tastare con le dita la base di marmo.

Talon la salvò due volte, facendo cadere a terra le sfere, non appena il grosso gufo si lanciava su di lei. Ogni volta, il rumore dello schianto spingeva il gufo a dimenticarsi di Elena e a cercare di attaccare il falco. Infine Talon afferrò un'altra sfera e sfrecciò a grande velocità sotto il naso di Bloddeuwedd.

Elena cominciò ad avere la terribile sensazione che ciò che aveva intuito mezz'ora prima fosse sbagliato.

Quando era legata al palo, esausta, con gli occhi fissi sulla libreria e sulla fanciulla che ci abitava, e le parole avevano cominciato a fluire nella sua mente.

La stanza dei dischi di Bloddeuwedd...

La stanza sferica di Bloddeuwedd...

La stanza... delle sfere stellate di Bloddeuwedd...

...la sala da ballo di Bloddeuwedd.

Fu proprio mentre rifletteva su quel dilemma che le sue dita toccarono il metallo.

17

«Talon! Ritirata!», gridò Elena, e cominciò a correre per uscire dalla stanza. Il suo dubbio si basava su un quesito: il gufo si sarebbe rimpicciolito per passare attraverso la porta oppure avrebbe distrutto il suo santuario pur di seguire Elena?

Era una buona idea, ma non funzionò. Il gufo si restrinse per lanciarsi fuori dalla porta e poi assunse di nuovo la taglia gigante per attaccare Elena che correva giù per le scale.

Oh, sì, correva. Aveva convogliato tutto il Potere negli occhi e saltava i gradini due alla volta come aveva fatto Damon in precedenza.

Non c'era tempo per avere paura o per pensare. C'era solo il tempo di rigirare fra le dita un piccolo, duro oggetto a forma di mezzaluna.

Shinichi e Misao... erano riusciti a raggiungere il suo nido.

Doveva esserci una scala di vetro che nemmeno Damon poteva vedere, nell'aiuola in cui Saber si era fermato ad abbaiare. No, Damon *l'avrebbe vista comunque*, quindi i gemelli kitsune dovevano aver portato una loro scala.

Per questo le loro tracce finivano lì. Si erano arrampicati fino alla libreria. E avevano rovinato le aiuole fiorite. Ecco perché i fiori lì non avevano un bell'aspetto.

Sua zia Judith le aveva detto, quando era bambina, che i fiori trapiantati hanno bisogno di tempo per abituarsi al nuovo terreno e riprendere a crescere bene.

Un salto... un balzo... un altro salto... sono uno spirito del fuoco. Non posso inciampare. Sono un elementale del fuoco. Salta... salta... salta.

Vide l'ultimo gradino e cercò di non saltare, ma il suo corpo aveva già preso lo slancio. Cadde e si fece piuttosto male. Aveva un braccio intorpidito, ma non aveva perso la preziosa mezzaluna, prigioniera della stretta mortale delle sue dita.

Un becco enorme si conficcò nel gradino di vetro su cui Elena era appena scivolata. Degli artigli le graffiarono la schiena.

Bloddeuwedd la stava ancora inseguendo.

Sage e la sua squadra di giovani e aitanti vampiri viaggiavano al passo col cane in corsa. Saber li guidava senza preoccuparsi di moderare l'andatura. Per fortuna, pochi passanti sembravano propensi a battersi contro un cane che pesava quanto loro. Di certo pesava più dei bambini e dei mendicanti in cui si imbatterono quando arrivarono al mercato.

I bambini si affollarono attorno alla carrozza, rallentandone l'andatura. Sage scambiò un costoso gioiello con una borsa piena di spiccioli e sparse le monetine dietro la carrozza, sgombrando la strada per Saber.

Attraversarono un labirinto di bancarelle e vicoli tortuosi, ma Sage non era un comune cane da caccia. Il suo Potere era superiore a quello della maggior parte dei vampiri. Gli bastavano un paio di molecole della chiave, intrappolate nella sua membrana nasale, per catturare la sua preda. Laddove un altro cane si sarebbe fatto trarre in inganno da una delle centinaia di tracce di altri kitsune incontrate lungo il percorso, Saber non si lasciava confondere: esaminava e scartava ogni pista che non avesse la giusta forma, peso o misura.

A un certo punto, tuttavia, persino Saber sembrò sconfitto. Si fermò al centro di un incrocio di sei strade, incurante del traffico. Camminava in cerchio, con passo titubante, indeciso sulla strada da prendere.

Non posso aiutarti, amico mio, pensò Sage. *Siamo arrivati lontano, ma è chiaro che loro sono andati ancora più lontano. Non c'è modo di salire o di scendere...* Sage esitò, osservando le strade cremisi che si dipanavano come i raggi di una ruota.

Qualcosa attirò la sua attenzione.

Dall'altra parte della piazza, sulla sinistra, c'era una profumeria.

Dovevano esserci in vendita centinaia di fragranze, e miliardi di molecole olfattive venivano spruzzate nell'aria per attirare i clienti.

Saber era cieco. Certo, i suoi vivaci e limpidi occhi neri vedevano ancora bene. Ma era intorpidito e accecato dall'esplosione di miliardi di profumi nel suo naso.

I vampiri nella carrozza avevano cominciato a lamentarsi, chiedevano di proseguire o tornare indietro. Non avevano alcun senso dell'avventura! Volevano solo godersi lo spettacolo. E, senza dubbio, molti di loro avevano chiesto ai propri schiavi di registrare la fustigazione per potersela gustare con calma a casa.

Un improvviso lampo blu e dorato costrinse Sage a prendere una decisione. Un Guardiano! *Eh, bien...*

«Qui, Saber!».

Sage scelse una direzione a caso e il cane abbassò la testa e la coda avvilito, costretto a seguire i vampiri in fuga in un vicolo, fuori dalla strada principale.

D'un tratto Saber rizzò di nuovo la coda. Sage sapeva che non poteva essere rimasta nemmeno una molecola dell'odore dei kitsune nelle narici del cane...

...ma il ricordo dell'odore... c'era ancora.

Saber era di nuovo in posizione di caccia: testa bassa, coda dritta, tutto il Potere e l'intelligenza concentrati su un solo obiettivo: trovare un'altra molecola che combaciasse con quella che ricordava in modo vivido. Non più offuscati da quella bruciante concentrazione di differenti odori, i suoi pensieri erano molto più limpidi. La riacquistata lucidità mentale lo spinse a infilarsi in uno stretto vicolo, lasciandosi alle spalle un incredibile trambusto.

«Che ne facciamo della carrozza?»

«Lascia stare la carrozza! Non perdere di vista il tizio col cane!».

Sage correva al passo con Saber, sapendo che la caccia era quasi giunta al termine. *Tranquillité!*, pensò, rivolto al cane. Per sicurezza sussurrò la parola. Non aveva mai capito se i suoi amici animali fossero telepatici, ma gli piaceva crederlo. *Tranquillité!*, ripeté a se stesso.

L'uomo e il grosso cane nero dagli occhi scintillanti salirono, rapidi e silenziosi, le scale di un palazzo che sembrava sul punto di crollare. Poi, come se stesse facendo una piacevole passeggiata in campagna, Saber si mise seduto e guardò Sage, ansando felice. Aprì e richiuse la bocca nella silenziosa parodia di un latrato.

Sage aspettò che i giovani vampiri li raggiungessero, prima di aprire la porta. Per sfruttare l'elemento sorpresa non bussò. Si preparò a sfondare la porta con un pugno potente quanto un maglio da guerra, nel caso ci fossero catene, lucchetti e spranghe. Non ce n'erano. Sentì solo una maniglia.

Prima di aprire la porta e affrontare chissà quali pericoli, avvisò i vampiri. «Tutto il bottino che troverete appartiene a Padron Damon. Sono il suo intendente, ed è solo grazie all'abilità del mio cane che siamo arrivati fin qui».

Ci furono reazioni differenti – dalle vive lamentele alla completa indifferenza –, ma alla fine tutti i vampiri si dichiarano d'accordo.

«Per lo stesso motivo», proseguì Sage, «qualunque pericolo ci sia là dentro, io lo affronterò per primo. Saber! ORA!».

Scardinando quasi la porta, fecero irruzione nella stanza.

Elena urlò dal dolore. Bloddeuwedd aveva appena fatto quello che Damon era riuscito a evitare, aprendole squarci profondi sulla schiena con gli artigli.

Mentre Elena cercava la porta di vetro per uscire, riuscì a sentire il flusso di altre menti che l'aiutavano a sopportare il dolore, assorbendolo e condividendolo.

Bonnie e Meredith avanzavano con prudenza fra le grandi schegge di vetro per raggiungerla. Urlavano contro il gufo. E Talon sferrava eroici attacchi dall'alto.

Elena non poteva più aspettare. Aveva bisogno di vederlo. Doveva sapere se l'oggetto metallico che aveva raccolto nel nido di Bloddeuwedd era solo un inutile e sudicio rifiuto. Doveva saperlo *subito*.

Dopo aver sfregato il sottile pezzo di metallo sulla stoffa del suo sfortunato vestito scarlatto, si concesse un istante per ammirarlo, scorgendo i raggi cremisi del sole scintillare sulla superficie dorata e tempestata di diamanti, sulle piccole orecchie tese e sui brillanti occhi verdi di alessandrite.

La copia esatta della prima metà della chiave-volpe, ma rivolta al contrario.

Elena quasi si sentì mancare.

Aveva in mano la seconda metà della chiave-volpe.

Con movimenti rapidi e sicuri, sollevò la mano libera e immerse le dita nel taschino cucito con cura dietro l'inserto di diamanti. Vi era nascosto un borsellino ricamato dalla stessa Lady Ulma, in cui Elena aveva riposto la prima metà della chiave, dopo che Saber e Talon avevano finito di esaminarla. Quando infilò nel taschino anche la seconda metà, sentì degli strani movimenti all'interno del borsello e ne fu turbata. I due pezzi della chiave-volpe si stavano... riunendo?

Il becco nero del gufo sbatté sul muro accanto a lei.

Senza esitare, si chinò per schivare l'attacco, ruzzolò di lato e scappò. Quando si riportò la mano al petto, per controllare che il borsellino fosse ancora al sicuro, sentì una forma familiare che la sorprese.

Non è una chiave?

Non è una chiave!

Il mondo vorticava caotico intorno a lei. Niente aveva più importanza: non quell'oggetto, e nemmeno la sua vita. I kitsune li avevano ingannati, si erano presi gioco degli sciocchi umani e dei vampiri che avevano osato sfidarli. Non c'era *nessuna* doppia chiave-volpe.

Tuttavia, la speranza era dura a morire. Cosa diceva sempre Stefan? *Mai dire mai*[1]... Consapevole del rischio, e di quanto fosse sciocco provarci, Elena infilò di nuovo le dita nel borsello.

Qualcosa le scivolò su un dito e lì si fermò.

Guardò in basso e, per un istante, restò pietrificata. Sul suo indice scintillava un anello tempestato di diamanti. Raffigurava due volpi stilizzate e intrecciate a spirale, rivolte in direzioni opposte. Entrambe avevano un naso a punta, un paio di lunghe orecchie e occhi di alessandrite.

Tutto lì. Cosa se ne sarebbe fatto Stefan di un gingillo del genere? Non assomigliava alla doppia chiave alata raffigurata nei dipinti dei templi kitsune.

Persino come gioiello valeva un milione di volte meno di tutto quello che aveva speso per ottenerlo.

D'un tratto, Elena notò qualcosa.

Un luccichio negli occhi di una delle volpi. Se non l'avesse guardata così da vicino e se non si fosse trovata ormai nella Sala Bianca, dove i colori apparivano nella loro vera tonalità, non l'avrebbe notato. Girò la mano sotto la luce vivida delle lampade. Tutti e quattro gli occhi scintillarono.

Il raggio di luce indicava proprio la cella della prigione in cui era rinchiuso Stefan.

[1] In italiano nel testo (*n.d.t.*).

La speranza risorse come una fenice nel cuore di Elena, e si sentì come sollevata fuori dal labirinto della casa di vetro. La musica che si diffondeva nella sala era un valzer dal *Faust*.

Lontano dal sole, nelle viscere della città, giaceva Stefan. E verso di lui puntavano le pallide luci verdi degli occhi delle volpi.

Esultante per la fiducia ritrovata, rigirò l'anello. Le luci scintillavano negli occhi di entrambe le volpi, ma, quando girò l'anello per allineare la seconda volpe con la cella di Stefan, le luci si spensero.

Segnali segreti. Per quanto tempo avrebbe potuto indossare un anello come quello e non capirne l'utilità se non avesse già *saputo* dov'era la prigione di Stefan?

Più del tempo che restava da vivere a Stefan, probabilmente.

E adesso Elena doveva solo sopravvivere abbastanza a lungo da raggiungerlo.

18

Elena si fece strada tra la folla; si sentiva una guerriera, un soldato. Non ne sapeva il motivo. Forse perché aveva cominciato un viaggio, era sopravvissuta ed era riuscita a portarlo a termine, tornando col bottino. Forse perché recava sul corpo i segni della gloriosa impresa. Forse perché su di lei incombeva un nemico ancora assetato di sangue. A pensarci bene, rifletté, sarebbe meglio far allontanare tutti questi civili. Potremmo portarli in un rifugio... o meglio, in una dozzina di rifugi e...

Ma *cosa* stava pensando? *Rifugio* era solo una vuota parola. Non era responsabile per tutte quelle persone. Idioti, per lo più, che erano rimasti a guardarla con la bava alla bocca mentre veniva frustata. Ma, nonostante ciò, forse avrebbe dovuto portarli via da lì.

«Bloddeuwedd!», gridò con tono teatrale, indicando la sagoma nera che volava minacciosa sopra di loro. «Bloddeuwedd è libera! Mi ha fatto queste!», disse, indicando le tre ferite sulla schiena. «Darà la caccia anche a voi!».

In un primo momento, le grida di rabbia sembravano dovute al fatto che Elena avesse la schiena segnata. Ma lei non era dell'umore giusto per discutere. Solo con una persona aveva voglia di parlare. Rimanendo sempre vicina a Bonnie e Meredith, la chiamò.

Damon! Damon, sono io. Dove sei?

C'era così tanto traffico telepatico, che dubitava che lui potesse sentirla.

Infine, udì un debole: *Elena?*

...Sì...

Elena, aggrappati a me. Fingi di tenermi stretto fisicamente; io, intanto, cercherò una frequenza migliore.

Aggrapparsi a una voce? Elena immaginò di aggrapparsi a Damon, mentre stringeva le mani di Bonnie e Meredith.

Riesci a sentirmi adesso? La voce era molto più chiara e forte.

Sì, ma non riesco a vederti.

Io ti vedo. Sto arrivando... ATTENTA!

I suoi sensi non l'avvertirono in tempo dell'enorme ombra che scendeva in picchiata su di loro. Non poteva muoversi abbastanza in fretta da schivare il becco scattante, grande quanto un alligatore.

Ma Damon poteva. Balzando fuori da chissà dove, raccolse lei, Meredith e Bonnie in un unico, grande abbraccio e saltò via di nuovo, cadendo sull'erba con una capriola.

Oh, Dio! Damon!

«State tutte bene?», chiese ad alta voce.

«Io sto bene», disse Meredith con tono calmo e sereno. «Ma sospetto di doverti la vita. Grazie».

«Bonnie?», chiese Elena.

Anch'io sto bene, credo. «Tutto a posto. Ma Elena, la tua schiena...».

Solo allora Damon si accorse delle ferite sulla schiena di Elena. «Sono... stato io? Ma... credevo...».

«È stata Bloddeuwedd», disse secca Elena, scrutando il cielo rosso cupo in cerca della sagoma orbitante del gufo. «Mi ha appena sfiorata. I suoi artigli sono affilati come pugnali, duri come acciaio. Dobbiamo andarcene subito!».

Damon le mise le mani sulle spalle. «E tornare quando le cose si saranno calmate, vuoi dire».

«E non tornare mai più! Oh, Dio, eccola, sta arrivando!».

Scorse con la coda dell'occhio un'ombra che in un secondo

diventò grande come una palla da baseball, e come una persona in un minuto.

Si sparpagliarono tutti per il prato, saltando, rotolando e schivando gli attacchi, eccetto Damon, che afferrò Elena e gridò: «Questa è la mia schiava! Se hai un conto in sospeso con lei, dovrai prima vedertela con me!».

«E io sono Bloddeuwedd, creata dagli dèi, condannata a diventare un'assassina ogni notte. Ucciderò te per primo, poi mangerò quella ladra!». Bloddeuwedd lanciò un altro rauco stridio. «Due morsi e sarà tutto finito».

Damon, devo dirti una cosa importante!

«Combatterò io con te, ma la mia schiava deve starne fuori!».

«Arriva il primo boccone!».

Damon, ce ne dobbiamo andare.

Un urlo di dolore e furia ancestrale.

Damon si piegò, pronto all'attacco. Impugnava un largo pezzo di vetro come una spada e del sangue nero gocciolava dalla testa del gufo... oh, Dio!, pensò Elena, ha cavato un occhio a Bloddeuwedd!

«MORIRETE TUTTI! TUTTI!».

Bloddeuwedd attaccò un vampiro a caso ed Elena lanciò un urlo, mentre il vampiro gridava di dolore. Il gufo l'aveva afferrato per una gamba e lo stava sollevando.

Ma Damon le fu subito addosso e la colpì più volte. Con uno stridio di rabbia, Bloddeuwedd si levò di nuovo in volo.

Tutti si erano resi conto del pericolo. Altri due vampiri si precipitarono a dare manforte a Damon, ed Elena fu lieta che i suoi amici non fossero responsabili per un'altra vita. Ne avevano già troppe sulle spalle.

Damon, me ne sto andando. Decidi se vuoi venire con me o no. Ho preso la chiave.

Elena mandò il messaggio su una frequenza più o meno privata, e senza pathos. Non c'era più spazio per il pathos ormai. Si era spogliata di tutto, tranne che del bisogno di andare a prendere Stefan.

Sapeva che Damon l'aveva sentita.

In un primo momento, pensò che Damon stesse morendo. Bloddeuwedd era tornata e gli aveva inflitto numerose ferite, trafiggendo il suo corpo con gli artigli e il becco, simili a lance fatte di luce. Poi comprese che l'espressione sul suo viso era di estasi, e due piccole mani emersero dalla luce e si aggrapparono alle sue, permettendole di tirare a sé un bambino magro, vestito di stracci, ma sorridente. E libero.

Stordita, si accorse che non aveva più le pesanti catene. Non indossava nemmeno braccialetti da schiavo.

«Mio fratello!», le disse il bambino. «Il mio fratellino *vivrà*!».

«Certo, è una bella notizia», rispose scossa.

«Vivrà!». Sulla sua fronte apparve una ruga di preoccupazione. «Se fai in fretta! E prenditi cura di lui! E...».

Elena gli posò due dita sulle labbra, con dolcezza. «Non devi preoccuparti di questo. Cerca solo di essere felice».

Il ragazzino rise. «Lo sarò! *Sono* felice!».

«Elena!».

Elena uscì da... be', da quella che supponeva fosse una visione, benché sembrasse molto più reale di molti altri eventi che aveva vissuto nelle ultime ore.

«Elena!». Damon cercava disperatamente di controllarsi. «*Mostrami la chiave!*».

Elena alzò la mano con un gesto lento e regale.

Damon irrigidì le spalle, poi si rilassò, deluso.

«È un anello», disse cupo. Il gesto lento e regale non aveva sortito alcun effetto.

«Era quello che pensavo anch'io, all'inizio. È una chiave. Non te lo sto chiedendo, né sto cercando di capire se sei d'accordo con me. Te lo sto semplicemente dicendo. È davvero una chiave. Le luci negli occhi delle volpi indicano la cella di Stefan».

«Quali luci?»
«Te le mostro dopo. Bonnie! Meredith! Ce ne andiamo!».
«NON ANDATE DA NESSUNA PARTE, SE NON LO DICO IO!».
«*Attenti!*», strillò Bonnie.

Il gufo stava scendendo di nuovo in picchiata. E Damon, all'ultimo secondo, afferrò le tre ragazze e saltò. Il becco del gufo non colpì né l'erba né i frammenti di vetro, ma i gradini di marmo. Si incrinarono. L'uccello gigante lanciò un grido di dolore e, quando Damon, agile come un ballerino, gli sfregiò l'unico occhio sano, ne lanciò un altro. Il taglio si apriva sopra l'orbita, che cominciava a riempirsi di sangue.

Elena non poteva più rimanere a guardare. Da quando aveva intrapreso quel viaggio con Damon e Matt, si era sentita come un calice colmo di rabbia. Ogni nuovo oltraggio aveva aggiunto una goccia, finché il calice si era riempito fino all'orlo. La violenza a cui stava assistendo l'avrebbe fatto traboccare.

Ma poi... cosa sarebbe successo?

Non voleva saperlo. Temeva che a quella prova non sarebbe sopravvissuta.

Sapeva soltanto che non voleva più assistere a sofferenze, spargimenti di sangue e angoscia. A Damon piaceva davvero combattere. Bene. Che restasse pure lì a divertirsi. Lei sarebbe andata da Stefan, a costo di fare tutta la strada a piedi.

Meredith e Bonnie non avevano aperto bocca. Sapevano come comportarsi quando Elena era di quell'umore. Non avrebbe perso tempo per nessun motivo. E loro non volevano essere lasciate indietro.

Fu in quel preciso istante che la carrozza arrivò alla base della scalinata di marmo.

Sage, che ovviamente sapeva tutto di natura umana, natura demoniaca, natura vampiresca e di vari altri tipi di natura animale, balzò fuori dalla carrozza con due spade sguainate. Fischiò. Subito lo raggiunse una piccola sagoma, sfrecciando come un lampo nel cielo.

Per ultimo, stirandosi le zampe come una tigre, giunse Saber, che subito ringhiò, mostrando un sorprendente numero di denti.

Elena schizzò verso la carrozza, incrociando lo sguardo di Sage. Gli mandò un pensiero disperato: *Aiutami!* E i suoi occhi tranquilli risposero: *Non aver paura.*

Tese le mani alla cieca dietro di sé. Una venne stretta da una mano minuta, esile, tremante. All'altra si aggrappò una mano sottile, fredda, forte come quella di un ragazzo, ma con le dita affusolate.

Non c'era nessun altro lì di cui fidarsi. Nessuno a cui dire addio o a cui lasciare un messaggio per qualcun altro. Elena balzò nella carrozza. Si rannicchiò in fondo al sedile posteriore, per lasciar posto agli altri, esseri umani o animali. E gli altri non si fecero attendere, entrando come una valanga. Elena aveva trascinato Bonnie con sé, e Meredith l'aveva seguita; quando Saber balzò al suo solito posto, atterrò su tre morbidi grembi.

Sage non aveva perso tempo. Era entrato, con Talon aggrappato al polso sinistro, lasciando abbastanza spazio perché Damon saltasse dentro. E fu proprio un salto. Fratturato e ferito, il becco di Bloddeuwedd, spargendo un fluido nerastro, colpì l'orlo del gradino da cui era appena saltato Damon.

«Da che parte? Presto!», urlò Sage, soltanto dopo che i cavalli furono partiti al galoppo, seguendo una direzione a caso, verso una qualsiasi destinazione, purché fosse *lontano da lì.*

«Oh, ti prego, non permettere che faccia del male ai cavalli», mormorò Bonnie.

«Oh, ti prego, non permettere che strappi il tettuccio della carrozza come una scatola di cartone», disse Meredith, che, in qualche modo, riusciva a essere sarcastica anche quando la sua vita era in pericolo.

«Ditemi da che parte devo andare, *s'il vous plaît*!», ringhiò Sage.

«Verso la prigione, naturalmente», disse Elena, ansimando. Sentiva che era passato un bel po' di tempo dall'ultima volta che era riuscita a prender fiato.

«La prigione?». Damon sembrava distratto. «Ah, sì! La prigione!». Poi, raccogliendo qualcosa di simile a una federa piena di palle da biliardo, aggiunse: «Sage, cosa sono queste?»

«Bottino. Spoglie di guerra! *Trofei!*». Mentre i cavalli svoltavano in un'altra direzione, la voce di Sage diventava sempre più allegra. «Guardate sotto i vostri piedi!».

«Altre federe...?»

«Non mi aspettavo un gran profitto stasera. Ma le cose sono andate comunque molto bene!».

Elena stava tastando una delle federe. In realtà il sacco era pieno di trasparenti, luccicanti *hoshi no tama*. Sfere stellate. Ricordi. Dal valore di...

Di nessun valore?

«D'incalcolabile valore... anche se non sappiamo cosa ci sia dentro». Il tono di Sage cambiò in maniera impercettibile. Elena si ricordò dell'ammonimento sulle "sfere proibite". Cosa, nel nome del sole giallo, poteva essere proibito in quel luogo?

Bonnie fu la prima a prendere una sfera e a posarsela sulla tempia. Lo fece in fretta, con un guizzante movimento da uccello, ed Elena non riuscì a fermarla.

«Che cos'è?», ansimò Elena, cercando di strapparle la sfera stellata.

«È... poesia. Versi che non riesco a capire», sbottò Bonnie, seccata.

Anche Meredith prese una sfera luccicante. Elena cercò di fermarla, ma fu di nuovo troppo lenta.

Meredith sembrò cadere in trance per un momento, poi fece una smorfia e posò la sfera.

«Cos'era?», chiese Elena.

Meredith scosse la testa. Il suo viso era atteggiato a una vaga espressione di disgusto.

«Cosa hai visto?», strillò Elena. Non appena Meredith posò a terra la sfera, Elena la raccolse di scatto. L'appoggiò sulla tempia e in un lampo si ritrovò vestita di pelle nera dalla testa ai piedi. Di fronte a lei c'erano due uomini massicci, squadrati, privi di massa muscolare. Era in grado di giudicare il loro fisico, perché erano nudi come vermi. Indossavano solo uno straccio intorno alla vita, come dei mendicanti. Ma non erano mendicanti. Sembravano ben nutriti, unti d'olio, ed era evidente che fosse tutta una finta quando uno di loro si gettò ai suoi piedi, mugolando: «Abbiamo peccato. Imploriamo il vostro perdono, Padrone!».

Elena, cercando di togliersi la sfera dalla tempia (se si faceva un po' di pressione, le sfere andavano in pausa), disse: «Perché non usano lo spazio a disposizione per qualcos'altro?».

E si trovò subito ad assistere a un'altra scena. Una ragazza, con un vestito umile, ma non di tela di sacco. Sembrava terrorizzata. Elena si chiese se fosse controllata da qualcuno.

La ragazza era lei.

Tipregononfarmiprenderetipregononfarmiprenderetipregononfarmiprendere...

Cosa mai dovrebbe prenderti?, chiese Elena, ma era come osservare il personaggio di un film o di un libro che entra in una casa abbandonata, mentre ulula il vento e la musica diventa inquietante. L'Elena che avanzava col cuore in gola per la paura non poteva sentire l'altra Elena che faceva domande.

Non penso di voler sapere come va a finire, decise. Rimise la sfera stellata accanto ai piedi di Meredith.

«Abbiamo tre sacchi?»

«Sì, signora, oh, sì, mia cara signora; tre sacchi pieni».

Eh, già. Non era per niente soddisfatta. Elena stava per aggiungere qualcosa, quando Damon la interruppe: «E un sacco vuoto».

«Davvero? Perfetto. Allora cerchiamo di dividere le sfere. Quelle proibite vanno in un sacco. Robe strane come le poesie di Bonnie vanno in un altro sacco. Qualsiasi notizia su Stefan – o su di noi – va nel terzo. E nel quarto mettiamo i ricordi piacevoli, come giornate estive e cose del genere», disse Elena.

«Mi sembri piuttosto ottimista», disse Sage. «Se ti aspetti di trovare una sfera con Stefan così velocemente...».

«State zitti!», gridò Bonnie. «In questa qui c'è Shinichi e Damon sta parlando con lui».

Sage si irrigidì, come se fosse stato colpito da un fulmine a ciel sereno, poi sorrise. «Parli del diavolo...», mormorò. Elena gli sorrise e gli strinse la mano, prima di prendere un'altra sfera.

«Questa sembra riguardare qualche processo o questione legale. Non la capisco. Deve averla registrata uno schiavo, perché riesco a vederli entrambi». Elena sentì i muscoli contrarsi per l'odio, alla vista – offuscata, come in un sogno – di Shinichi, il kitsune che aveva perpetrato tante malvagità. I suoi capelli erano neri, tranne che per la frangia irregolare sulle punte, che sembrava fossero state immerse nella lava bollente.

Accanto a lui, naturalmente, c'era Misao. La sorella di Shinichi, secondo quanto si diceva. La sfera doveva essere stata registrata da uno schiavo, perché riusciva a vedere entrambi i gemelli e un uomo che sembrava un avvocato.

Misao, pensò Elena. Gracile, deferente, schiva... diabolica. I suoi capelli erano come quelli di Shinichi, ma raccolti a coda di cavallo. Il suo animo diabolico si notava quando alzava gli occhi. Erano vivaci, dorati, ridenti, simili a quelli del fratello; occhi che non conoscevano il rimorso... tranne, forse, quando non otteneva una soddisfacente vendetta. Occhi che rifiutavano ogni responsabilità. Trovavano divertente l'angoscia.

Poi accadde qualcosa di strano. Tutte e tre le figure si voltarono all'improvviso e guardarono dritto verso di lei. Dritto verso chiunque avesse impresso quella scena nella sfera, si corresse Elena, anche se tale consapevolezza non alleviava il suo turbamento.

Si sentì ancora più turbata quando cominciarono ad avanzare verso di lei. Chi sono?, si chiese Elena, ormai quasi folle per l'angoscia. Poi provò a fare qualcosa che non aveva mai tentato prima, che non aveva mai visto e di cui non aveva mai sentito parlare. Con estrema cautela, estese il proprio Potere nel Sé dentro l'orbita. Era Weltry, il segretario dell'avvocato. Il suo compito era di prendere appunti quando venivano conclusi accordi importanti.

E a Weltry non piaceva affatto la piega che avevano preso gli eventi. I due clienti e il suo capo lo stavano circondando. Era inquietante, non era mai successa una cosa del genere.

Elena uscì di scatto dal corpo del praticante e mise via la sfera. Tremava, si sentiva come se l'avessero immersa nell'acqua ghiacciata.

All'improvviso, qualcosa sfondò il tettuccio della carrozza.

Bloddeuwedd.

Pur avendo il becco mutilato, l'immenso gufo era riuscito a strappare un bel pezzo del tetto.

Tutti gridavano e nessuno sembrava in grado di ragionare. Saber e Damon l'avevano già ferita. Il cane, senza un istante di esitazione, si era alzato e si era lanciato sulle zampe di Blodeuwedd. Ne aveva scossa e dilaniata una, prima di lasciarsi ricadere nella carrozza, rischiando di scivolare fuori. Elena, Bonnie e Meredith lo afferrarono come meglio poterono e trascinarono il grosso animale sul sedile posteriore.

«Presto! Facciamogli un po' di posto», disse Bonnie, guardando i brandelli del suo vestito color perla. Saber aveva stracciato il tessuto trasparente e aveva lasciato orme rosse nei punti in cui aveva posato le zampe.

«D'accordo», disse Meredith, «la prossima volta chiederemo delle sottovesti d'acciaio. Ma spero proprio che non ci sia una prossima volta!».

Elena pregò ardentemente che la sua speranza venisse esaudita. Bloddeuwedd volava basso, rasentando la carrozza, con l'evidente intento di staccare qualche testa.

«Prendete una mazza. E le sfere! Lanciategliele appena si avvicina». Elena sperava che la vista delle sfere, l'ossessione di Bloddeuwedd, la facesse rallentare.

Nello stesso momento, Sage gridò: «Non sprecate le sfere stellate! Lanciatele qualcos'altro! Inoltre, ci siamo quasi. Ancora a sinistra, poi dritto!».

Le sue parole rincuorarono Elena. Ho la chiave, pensò. L'anello è la chiave. Devo soltanto andare a prendere Stefan... e portare tutti alla Porta Dimensionale. È tutto nello stesso edificio. Siamo praticamente già a casa.

Il colpo successivo fu ancora più violento. Bloddeuwedd, cieca da un occhio, con l'altro occhio pieno di sangue e le narici ostruite dal sangue coagulato, sbatté contro la carrozza, cercando di rovesciarla.

Se ci riesce, siamo morti, pensò Elena. E lei ucciderà chiunque sopravviva, dilaniandolo mentre si contorce come un verme sotto la carrozza.

«*Giù la testa!*», gridò, sia ad alta voce che telepaticamente.

E poi qualcosa di simile a un aereo le sfrecciò così vicino che si sentì strappare i capelli, afferrati dai suoi artigli.

Elena udì un urlo di dolore provenire dal sedile anteriore, ma non alzò la testa per controllare. Fu un bene, perché mentre la carrozza si fermava, inchiodando di colpo, l'uccello della morte, lanciando alte strida e fendendo l'aria come un fulmine, si abbatté su di loro. Elena fece appello a tutta la sua concentrazione e abilità per schivare gli assalti del mostro, sempre più feroci.

«La carrozza è andata! Usciamo! Via, scappate!». La voce di Sage le giunse rimbombando.

«I cavalli», strillò Elena.

«Spacciati anche loro! Uscite, maledizione!».

Era la prima volta che sentiva Sage imprecare. Comprese che era meglio non insistere.

Elena non capì mai in che modo lei e Meredith uscirono dalla carrozza, ruzzolando l'una sull'altra, cercando di aiutarsi e riuscendo solo a intralciarsi a vicenda. Bonnie era già uscita, perché, quando la carrozza era andata a sbattere contro il palo, era volata fuori dal finestrino. Per fortuna, era finita su un prato di soffici trifogli, e non si era fatta molto male.

«Ah, i miei braccialetti... no, eccoli qui», gridò, afferrando degli oggetti scintillanti in mezzo ai trifogli. Lanciò una cauta occhiata al cielo cremisi. «E adesso cosa facciamo?»

«Corriamo!», rispose Damon. Aggirò i rottami della carrozza e le raggiunse nell'angolo in cui si erano radunate. Del sangue gli colava dalla bocca, e lungo il collo, non più bianco immacolato. Sembrava una di quelle persone che per colazione bevono sangue di mucca al posto del latte. Ma Damon si nutriva solo di sangue umano. Non si sarebbe mai abbassato a bere sangue equino...

I cavalli resteranno qui, con Bloddeuwedd, spiegò una voce dura nella sua testa. *Avrebbe voluto giocarci, li avrebbe fatti soffrire. Così è stato più rapido, non hanno sofferto. È stato... uno sfizio.*

Elena gli prese le mani, ansimando. «Damon! *Mi dispiace!*».

«ANDATE VIA DA LÌ!», ruggì Sage.

«Dobbiamo andare a prendere Stefan», disse Elena, afferrando Bonnie. «Guidami tu, per favore. Non riesco a vedere molto bene l'anello». Sperava che Meredith sarebbe riuscita a raggiungere il palazzo dello Shi no Shi con le sue sole forze.

E poi affrontarono un incubo di corse a perdifiato, ritirate e falsi allarmi da parte di Bonnie, che era molto scossa. Per due volte l'orrore dal cielo si gettò in picchiata su di loro, finendo la prima volta a un passo davanti alle prede, e la seconda mancandole di pochi centimetri di lato, spaccando tavole di legno e piastrelle di granito, e sollevando nuvole di polvere. Elena sapeva poco delle abitudini di caccia dei gufi, ma notò che Blodeuwedd si lanciava volando in diagonale, poi apriva le ali e si abbassava all'ultimo momento. L'aspetto peggiore della tecnica del gufo gigante era il silenzio. Nessun fruscio li metteva in guardia o rivelava la sua posizione. Qualcosa nelle sue piume attutiva i suoni, così che non sapevano mai quando stava per sferrare un altro attacco.

Alla fine furono costretti a strisciare in mezzo alle macerie, avanzando più veloci possibile e impugnando pezzi di legno, schegge di vetro e altri oggetti appuntiti per difendersi dagli assalti del gufo.

Per tutto il tempo Elena cercò di evocare il Potere. Era un Potere che non aveva mai usato prima, ma aveva il suo nome sulla punta della lingua. Quello che non riusciva a sentire, e che non poteva provocare, era una connessione fra le parole e il Potere.

Non valgo niente come eroina, pensò. Sono patetica. Avrebbero dovuto dare i Poteri a qualcuno che sapesse già controllarli. Oppure avrebbero dovuto costringere il fortunato a frequentare un corso apposito. Oppure...

«Elena!». Dei calcinacci le stavano cadendo addosso, ma qualcosa le fece da scudo. Si ritrovò per terra, con lo sguardo fisso su Damon, che l'aveva protetta col proprio corpo.

«Grazie», mormorò.

«Andiamo!».

«Mi dispiace, non ce la faccio», sussurrò, e gli porse la mano destra perché lui le sfilasse l'anello.

Poi si rannicchiò, sussultando per i singhiozzi. Riusciva a sentire il battito delle ali di Bloddeuwedd, che incombeva su di lei.

19

Matt e la signora Flowers erano nel bunker, una sorta di capanno costruito sul retro della pensione dallo zio della signora Flowers, destinato alla lavorazione del legno o ad altri passatempi.

Era in uno stato di abbandono peggiore del resto della casa, dal momento che veniva usato come deposito per oggetti che la signora Flowers non sapeva dove mettere, come la branda da campo del cugino Joe e un vecchio divano a molle.

Era il loro rifugio notturno. Nessun adulto o bambino di Fell's Church era mai stato invitato a entrarvi. In effetti, oltre alla signora Flowers, a Stefan – che l'aveva aiutata a trasportare là dentro i mobili più pesanti – e a Matt, nessuno era mai stato lì, per quanto la signora Flowers riusciva a ricordare.

Matt contava proprio su questo. Aveva letto, con calma, ma con attenzione, il materiale raccolto da Meredith, e un brano in particolare era parso molto significativo sia a lui che alla signora Flowers. Era la ragione per cui riuscivano a dormire di notte, quando arrivavano le voci.

I kitsune sono spesso considerati una sorta di cugini dei vampiri occidentali, poiché seducono gli uomini prescelti (la maggior parte degli spiriti volpe prende sembianze femminili) e si nutrono del loro chi, *o spirito vitale. Non hanno bisogno di assimilarlo tramite il sangue. Pertanto, abbiamo ragione di credere che per i kitsune valgano le stesse regole a cui sono legati i vampiri.*

Per esempio, non possono entrare nelle dimore umane se non sono invitati...

Poi c'erano le voci...

Era molto felice di aver seguito il consiglio di Meredith e Bonnie e di essere andato dalla signora Flowers prima di tornare a casa. Le ragazze l'avevano convinto che avrebbe soltanto messo i suoi genitori in pericolo, affrontando la folla assetata di linciaggio che lo stava aspettando, pronta a ucciderlo per il presunto stupro di Caroline. Dal canto suo, Caroline aveva scoperto abbastanza presto che alloggiava alla pensione, ma non aveva mai portato con sé gente infuriata. Forse, pensò Matt, perché la folla non le serviva più.

Non aveva idea di quello che sarebbe potuto accadere se fosse andato a casa dei suoi, visto che le voci appartenevano ai suoi ex-amici, che spesso erano stati invitati in quella casa.

Quella notte...

«Andiamo, Matt», lo invitò Caroline con la sua voce indolente, calma e seducente, come una gatta che fa le fusa. Sembrava che fosse distesa per terra e stesse parlando attraverso la fessura sotto la porta. «Non fare il solito guastafeste. Sai che dovrai uscire, prima o poi».

«Fammi parlare con mia madre».

«Non posso, Matt. Te l'ho già detto, sta affrontando un duro addestramento».

«Per diventare come te?»

«Ci vuole ben altro per diventare come me, Matt». Il tono di Caroline non era più allegro e seducente.

«Ne sono certo», borbottò Matt, e subito aggiunse: «Se fai del male alla mia famiglia, te ne pentirai, più di quanto tu possa immaginare».

«Oh, Matt! Via, non dire assurdità. Nessuno si farà del male. Non abbiamo cattive intenzioni».

Matt aprì lentamente le mani per dare un'occhiata all'oggetto che aveva tenuto stretto fino a quel momento. Il vecchio revolver di Meredith, caricato coi proiettili benedetti da Obaasan.

«Qual è il secondo nome di battesimo di Elena?», chiese a bassa voce, anche se dal cortile della pensione proveniva il suono di musiche e balli.

«Matt, di che diavolo stai parlando? Che combini là dentro, stai costruendo un albero genealogico?»

«Ti ho fatto una semplice domanda, Care. Tu ed Elena, in pratica, vi frequentate da quando eravate in fasce, giusto? Quindi, qual è il suo secondo nome?».

Si udì un lieve trambusto. Infine, quando Caroline rispose, Matt riuscì a sentire che qualcuno le suggeriva cosa dire, bisbigliando, come aveva notato Stefan in passato. Appena un istante prima che lei parlasse.

«Se hai solo voglia di fare giochetti, Matthew Honeycutt, troverò qualcun altro con cui parlare».

Udì Caroline che se ne andava indignata.

Matt era felicissimo. Si concesse un pacco intero di salatini e mezza tazza di succo di mela fatto in casa dalla signora Flowers.

Non sapevano fino a quando sarebbero dovuti rimanere chiusi là dentro, né quante provviste sarebbero state necessarie, così Matt, ogni volta che usciva dal bunker, si riforniva di tutto quello che riusciva a trovare. Un accendino da barbecue e una lacca per capelli da usare come lanciafiamme. Vari barattoli delle deliziose confetture della signora Flowers. Anelli di lapislazzuli, nel caso fosse accaduto il peggio e fossero finiti con i denti a punta.

La signora Flowers si rigirò nel sonno, sul divano. «Chi era, Matt caro?», chiese.

«Nessuno di importante, signora. Torni pure a dormire».

«*Capisco*», disse la signora Flowers con la sua voce gentile da nonnina. «Ebbene, se nessuno di importante dovesse tornare, potresti chiederle il nome di sua madre».

«*Capisco*», disse Matt, imitando la sua voce, e scoppiarono entrambi a ridere. Ma, nonostante la risata, Matt aveva un groppo in gola. Conosceva da molto tempo la signora Forbes. Ed era terrorizzato, perché la volta successiva avrebbe potuto essere la voce di Shinichi a chiamarli nel buio.

Allora sarebbero finiti nei guai sul serio.

«Eccola lì», urlò Sage.

«Elena!», strillò Meredith.

«Oh, Dio!», le fece eco Bonnie.

Un istante dopo, Elena sentì una spinta e qualcosa le finì addosso. Stordita, udì un grido. Ma era diverso dagli altri. Era un gemito strozzato di puro dolore. Il becco di Bloddeuwedd si era chiuso su qualcosa di molle... su della carne. Su di me, pensò Elena. Ma non sentiva dolore.

Non... su di me?

Sentì qualcuno tossire sopra di lei.

«Elena... vai... le mie difese... non dureranno a lungo...».

«Damon! Andremo via insieme!».

Fa male...

Fu appena l'ombra di un sussurro telepatico. Elena sapeva che Damon non pensava che lei l'avesse sentito. Stava facendo circolare nel proprio corpo il Potere, sempre più veloce, senza farsi notare, preoccupandosi solo di portare in salvo coloro che amava.

Troverò un modo, disse a Damon. *Ti porterò* in braccio*, se necessario.*

Damon rise, dando a Elena la speranza che non fosse in punto di morte. Se avessero portato il dottor Meggar nella carrozza con loro, avrebbe potuto curare le ferite...

...e poi cosa sarebbe accaduto? L'avrebbero lasciato alla

mercé di Bloddeuwedd? Il dottore voleva costruire un ospedale lì, in quel mondo. Voleva aiutare i bambini, che di certo non meritavano tutti i mali da cui erano afflitti...

Mise da parte quei pensieri. Non era il momento di perdersi in un dibattito filosofico sui medici e sui loro doveri.

Era il momento di scappare.

Tendendo le mani dietro di sé, trovò quelle di Damon. Il sangue le rendeva scivolose, perciò allungò ancora un po' le braccia, ringraziando la sua defunta madre per tutte le lezioni di danza e di yoga che le aveva fatto frequentare da bambina, e afferrò le sue maniche. Poi, radunando tutta la forza che aveva, tirò.

Con sua sorpresa, riuscì a trascinare Damon. Cercò di sollevarlo per portarlo sulle spalle, ma non funzionò. Riuscì a fare un vacillante passo in avanti, e un altro ancora...

Poi arrivò Sage, li prese entrambi in spalla e li portò nell'atrio del palazzo dello Shi no Shi.

«Uscite tutti! Uscite! C'è Bloddeuwedd dietro di noi e ucciderà chiunque trovi sul suo cammino!», gridò Elena. Fu molto strano. Non aveva voluto gridare. Non aveva nemmeno formulato le parole, tranne, forse, nella parte più profonda del suo subconscio. Tuttavia le gridò nell'atrio, già percorso da un frenetico andirivieni, e sentì che facevano effetto sulla folla.

Si aspettava che tutti scappassero fuori, in strada, invece corsero verso la prigione sotterranea. Avrebbe dovuto immaginarlo, certo. E poi sentì che Sage portava giù anche lei e Damon, lungo i corridoi che avevano percorso poche notti prima...

Era davvero la strada giusta? Elena giunse le mani e vide che, a giudicare dal raggio luminoso emesso dagli occhi delle volpi, dovevano svoltare a destra.

«CHE CELLE CI SONO QUI A DESTRA? COME CI ARRIVIAMO?», gridò a un giovane vampiro dall'aria galante che correva accanto a lei.

«Ci sono le celle di isolamento e quelle per i malati mentali», rispose con gentilezza il vampiro. «Non andare da quella parte».

«Devo andarci! Mi servirà una chiave?»

«Sì, ma...».

«Hai tu la chiave?»

«Sì, ma...»

«Dammela, presto!».

«Non posso», si lamentò il vampiro, con lo stesso tono di Bonnie quando era in difficoltà.

«Va bene. Sage!».

«*Madame?*»

«Manda Talon a cavare gli occhi a questo tizio. Non vuole darmi la chiave del reparto in cui è rinchiuso Stefan!».

«Consideralo già fatto, *Madame*!».

«A-aspetta! Ho c-cambiato idea. Ecco la chiave!».

Il vampiro cercò in un mazzo di chiavi e gliene porse una.

Era simile alle altre chiavi del mazzo... troppo simile. Elena si mise in sospetto.

«Sage!».

«*Madame!*».

«Puoi aspettare qui con Saber, mentre vado a controllare? Voglio che strappi le tu-sai-cosa di questo tizio, se scopro che mi ha mentito».

«Certo, *Madame*!».

«A-a-a-aspetta», balbettò il vampiro. Era evidente che era spaventato a morte. «Potrei... potrei averti dato la chiave sbagliata... con questa... con questa luce è difficile...».

«Dammi la chiave giusta e dimmi tutto quello che devo sapere, o manderò il cane a darti la caccia per ucciderti», disse Elena, ed era proprio ciò che intendeva fare, in quel momento.

«E-ecco, tieni». L'oggetto che le diede non sembrava una chiave. Era rotondo, leggermente convesso, con un foro al centro.

Come una ciambella su cui si era seduto un grassone, pensò Elena, e scoppiò a ridere.

Taci, si disse brusca.

«Sage!».

«*Madame?*»

«Talon può vedere dall'alto l'uomo che sto tenendo?». Dovette alzarsi in punta di piedi per afferrarlo.

«È ovvio, *Madame*!».

«Può ricordare com'è fatto? Se non riesco a trovare Stefan, voglio che lo indichi a Saber, in modo che lui possa seguire le sue tracce».

«Uh... ah... ho capito, *Madame*!».

Una mano, col polso insanguinato, levò in alto il falco, e nello stesso istante si udì l'imprevisto crollo del tetto dell'edificio.

Il vampiro si mise quasi a piangere. «P-prendete il prossimo corridoio a d-destra. Per entrare nel r-reparto, infilate la c-chiave nella f-fessura che trovate all'altezza della testa. P-potrebbero esserci delle guardie lì. Ma se... se non avete la chiave della cella che volete aprire... mi dispiace, ma...».

«Ce l'ho! Ho la chiave della cella e so cosa fare dopo! Grazie, sei stato molto gentile e servizievole».

Elena lasciò andare i capelli del vampiro.

«*Sage! Damon! Bonnie! Cercate la porta chiusa a chiave, nel corridoio a destra. Restate uniti. Sage, prendi Bonnie e fai abbaiare Saber come un pazzo. Bonnie, tieniti stretta a Meredith davanti ai ragazzi. Quel corridoio ci porterà da Stefan!*».

Elena non sapeva se i suoi alleati avessero udito il suo messaggio, inviato a voce e col pensiero. Ma presto sentì un suono che giunse alle sue orecchie dolce come un coro di angeli.

Saber stava abbaiando come un pazzo.

Elena, pur volendo, non sarebbe mai riuscita a fermarsi. Si trovava in mezzo a un fiume tumultuoso di gente che stava per trascinarla oltre la barriera fatta da quattro persone, un falco e un cane dall'aspetto rabbioso.

Ma otto mani la afferrarono, mentre veniva travolta dalla folla, e con un balzo Saber le fu accanto, ringhiando e azzannando per dividere la fiumana di gente. In qualche modo ci era finita dentro, ed era stata pestata, sollevata, spintonata, ma aggrappandosi ai suoi amici era riuscita a farsi strada fino alla parete che stava cercando.

Ora Sage la stava guardando con espressione disperata. «*Madame*, ti ha ingannata! Qui non c'è nessuna serratura!».

Elena rimase senza parole. Si preparò a urlare: «Saber, qui», e a inseguire il vampiro.

Poi sentì la voce di Bonnie. «Certo che c'è. Ha una forma circolare».

Elena ricordò tutto.

Le guardie erano più piccole. Come scimmie o folletti. Della stessa taglia di Bonnie.

«Bonnie, tieni! Spingila nel buco. Stai attenta! È l'unica che abbiamo».

Cauta e solenne, Bonnie prese la grossa chiave, la esaminò, piegò la testa, la rigirò fra le mani... e la inserì nel muro.

«Non succede niente!».

«Prova a girare o a spingere...».

Si udì uno scatto.

La porta si aprì.

Elena e i suoi amici ruzzolarono nel corridoio, mentre Saber si frapponeva tra loro e la massa di gente che si accalcava per entrare, abbaiando, azzannando e balzando da una parte all'altra.

Elena, distesa sul pavimento, le gambe intrecciate con quelle di chissà chi altro, mise una mano a coppa intorno all'anello.

I raggi emessi dagli occhi delle volpi puntavano dritto davanti a lei, leggermente a destra.

Indicavano la cella di fronte.

20

«*Stefan!*», strillò Elena, anche se sapeva che in quel momento poteva sembrare una pazza.

Non ci fu risposta.

Si mise a correre, seguendo la luce. «Stefan! Stefan!».

Una cella vuota.

Una mummia ingiallita.

Una piramide di polvere.

Era quello che sospettava di trovare, nel suo subconscio. Se avesse visto una cosa del genere, la rabbia l'avrebbe spinta a uscire come una furia per lottare con Bloddeuwedd a mani nude.

Invece, arrivata davanti alla cella vide un giovane esausto, disperato, un uomo senza più speranza. Sollevò un braccio ossuto, per scacciarla.

«Mi hanno detto la verità. Ti hanno trasferita per aver aiutato un prigioniero. Non credo più ai sogni, ormai».

«Stefan!». Cadde in ginocchio. «Dobbiamo proprio affrontare ogni volta questa discussione?»

«Sai quante volte ti hanno ricreata, *stronza*?».

Elena era scioccata. Più che scioccata. Ma, un istante dopo, l'ostilità era scomparsa dal suo volto.

«Almeno ho potuto vederti. Avevo... avevo una foto. Ma me l'hanno presa, ovviamente. L'hanno fatta a pezzi, con calma, costringendomi a guardare. A volte obbligavano me a farlo. E se non la tagliavo, loro mi...».

«Oh, *caro*! Stefan, tesoro! *Guardami.* Ascolta. Bloddeuwedd sta distruggendo la prigione. Perché ho rubato l'altra metà della chiave dal suo nido, Stefan, e io non sono un sogno. Lo capisci? Ti hanno mai mostrato *questo*?». Gli porse la mano con l'anello formato dalle due volpi intrecciate. «Adesso... dove devo metterlo?»

«Tu sei calda. Le sbarre sono fredde», disse Stefan, stringendole la mano. Parlava come se stesse recitando una fiaba per bambini.

«Qui!», gridò Elena con voce trionfante. Non doveva neanche sfilarsi l'anello. Mentre Stefan le teneva l'altra mano, notò che la sua chiave funzionava come un anello col sigillo. La infilò in una cavità circolare nel muro. Poi, quando vide che non succedeva nulla, la girò verso destra. Ancora nulla. Verso sinistra.

Le sbarre della cella cominciarono ad alzarsi verso il soffitto.

Elena non riusciva a crederci e, per un istante, pensò di avere le allucinazioni. Poi, voltandosi di scatto a guardare il pavimento, vide che le sbarre si erano sollevate almeno di trenta centimetri.

Guardò Stefan, che si era alzato di nuovo in piedi.

Caddero entrambi in ginocchio. Si sarebbero gettati a terra per strisciare come serpenti, se necessario, tanto era grande il bisogno di toccarsi. Le sbarre orizzontali, sollevandosi, impedivano loro di tenersi le mani.

Infine le sbarre le arrivarono sopra la testa, ed Elena strinse Stefan. *Stava tenendo Stefan fra le sue braccia!* Si accorse, sconvolta, che lui era tutt'ossa, ma lo stava *abbracciando*, e nessuno poteva dirle che era solo un sogno o un'allucinazione. E se era destino che lei e Stefan dovessero morire insieme, l'avrebbe accettato con gioia. Niente aveva importanza, tranne la certezza che non si sarebbero separati di nuovo.

Coprì di baci il suo viso scarno, reso quasi irriconoscibile dagli stenti. Strano, non aveva una lunga barba incolta, ma ai vampiri la barba non cresceva, se non l'avevano già al momento della trasformazione.

Entrarono altre persone nella cella. Amici. Gente che rideva, piangeva e l'aiutava a costruire una barella improvvisata con le fetide lenzuola e il paglericcio di Stefan. E nessuno strillò quando i pidocchi saltarono loro addosso, perché tutti sapevano che Elena avrebbe torto loro il collo, come Saber. O meglio, come Saber, ma *con passione*, come aveva sempre detto la signora Courtland. Per Saber era solo un lavoro.

Poi tutto divenne sempre più confuso e sconnesso. Elena, contemplando l'amato viso di Stefan, stringeva i lembi della barella – non pesava nulla – e percorreva un corridoio diverso da quello in cui aveva dovuto lottare, a forza di spallate, spintoni e gomitate, per farsi strada tra la folla. Sembrava che tutti i salmoni dello Shi no Shi avessero scelto un altro corridoio per risalire la corrente. In qualche modo, avrebbero trovato un'uscita sicura.

Mentre Elena si chiedeva come potesse un viso essere così puro, armonioso e perfetto, anche se ridotto a poco più di un teschio, pensò che avrebbe potuto correre anche curva. Si chinò su Stefan, e i suoi capelli formarono uno scudo intorno a loro, isolandoli dagli altri. Il mondo esterno era chiuso fuori, c'erano solo loro due, così lei gli sussurrò nell'orecchio: «Per favore, abbiamo bisogno che tu sia forte. Ti prego, fallo per me. Ti prego... per Bonnie. Ti prego... per Damon. Ti pre...».

Avrebbe continuato a nominarli tutti, e forse avrebbe aggiunto altri nomi alla lista, all'infinito, ma non fu necessario. Dopo il lungo digiuno, Stefan non era dell'umore giusto per contrariarla. Alzò la testa di scatto ed Elena sentì una fitta di dolore più acuta del solito, perché Stefan era nella posizione sbagliata. Ma era *felice* che lui le avesse aperto una vena e che un flusso costante di sangue gli riempisse la bocca.

Dovettero rallentare, altrimenti Elena rischiava di inciampare e tingere di rosso il viso di Stefan, come quello di un demone, ma proseguirono comunque di buon passo. Qualcun altro li stava guidando.

Tutt'a un tratto si fermarono. Elena rimase con gli occhi chiusi, la mente congiunta a quella di Stefan. Non voleva alzare lo sguardo sul mondo esterno. Ma, dopo qualche istante, ricominciarono a muoversi. Elena sentì che si trovavano in uno spazio vasto e comprese che erano giunti nell'atrio. Doveva accertarsi che gli altri sapessero della porta.

È alla nostra sinistra, disse a Damon. *Vicino all'uscita. Sulla porta ci sono simboli di ogni tipo.*

Credo di avere una certa esperienza in questo genere di cose, rispose Damon con sarcasmo, ma non riuscì a nasconderle due cose. Una era la felicità, la genuina gioia che provava sentendo l'euforia di Elena, e sapendo di esserne in larga parte l'artefice.

L'altra era molto semplice. Se avesse dovuto scegliere fra la propria vita e quella di suo fratello, avrebbe dato la propria vita. Per amore di Elena, per orgoglio.

Per Stefan.

Elena non indugiò su quei pensieri segreti che non aveva il diritto di conoscere. Li assorbì, lasciò che Stefan ne sentisse la purezza e l'intensità, e si accertò che non reagisse, per non far capire a Damon che sapeva. Gli angeli in paradiso cantavano per lei. Il suo corpo era cosparso di petali di rose Black Magic. Colombe si libravano in volo, sentiva il battito delle loro ali. Era felice.

Ma non era al sicuro.

Lo capì solo quando arrivarono nell'atrio. Erano davvero fortunati che la Porta Dimensionale si trovasse a sinistra. Blodeuwedd aveva metodicamente fatto a pezzi l'ala destra dell'edificio, finché non era crollata, riducendosi a un mucchio di macerie e schegge di legno. La faida tra Elena e Bloddeuwedd era cominciata come un alterco fra una padrona di casa convinta che la sua ospite avesse infranto le regole dell'etichetta e una ragazza che voleva solo scappar via, ma era diventata una guerra all'ultimo sangue. E, dato il modo in cui reagivano laggiù, nella Dimensione Oscura, vampiri, lupi mannari, demoni e altra bella gente, la vicenda aveva fatto scalpore. I Guardiani erano piuttosto indaffarati a tenere i curiosi fuori dall'edificio. Le strade erano piene di cadaveri.

Oh, Dio, quante vittime! Quei poveri innocenti!, pensò Elena, quando la devastazione invase il suo campo visivo. Era merito dei Guardiani, che stavano liberando un varco e lottando con Bloddeuwedd al posto suo – *che Dio vi benedica*, pensò Elena – se riusciva a vedere un atrio sgombro e se poteva percorrerlo di corsa con Stefan. Erano soli.

«Ci serve di nuovo la tua chiave, Elena», disse la voce di Damon, sopra di lei.

Elena allontanò con delicatezza Stefan dalla sua gola. «Un secondo solo, mio caro. Solo un secondo».

Elena restò a guardare perplessa la porta per diversi secondi. C'era una fessura, ma non accadde nulla quando vi inserì l'anello e spinse o girò a destra e a sinistra. Con la coda dell'occhio scorse un'ombra nera incombere su di lei, la ignorò, e poi la vide scendere come un bombardiere in picchiata, con gli artigli d'acciaio protesi per afferrarla.

Non c'era più il tetto. Gli artigli di Bloddeuwedd l'avevano divelto pezzo per pezzo.

Elena lo sapeva.

Perché, d'improvviso, riusciva a vedere la situazione per intero, non solo in parte, come se fosse uscita del proprio corpo e la sua comprensione della realtà fosse molto più profonda di quella della piccola, debole Elena Gilbert.

I Guardiani erano lì per prevenire i danni collaterali.

Non potevano e non volevano fermare Bloddeuwedd.

Elena sapeva anche questo.

Tutte le persone che erano fuggite attraverso l'altro corridoio avevano fatto quello che, di solito, fanno le prede di un gufo. Si erano precipitate in fondo alla loro tana. C'era un enorme rifugio laggiù.

In qualche modo, Elena lo sapeva.

Pur con la vista offuscata, Bloddeuwedd individuò la sua prima preda, la ladra del nido, colei che le aveva sottratto per sempre uno dei suoi grandi occhi arancioni dalla vista acuta, e le aveva aperto sulla fronte una ferita così profonda che l'altro occhio era pieno di sangue.

Elena riusciva a sentirlo.

Bloddeuwedd riconobbe coloro che le avevano procurato la spaccatura nel becco. I criminali, i selvaggi, i ladri che avrebbe divorato senza fretta, un pezzo alla volta, prima un braccio, poi una gamba, passando dall'uno all'altro mentre stringeva fra gli artigli cinque o sei bocconi sanguinolenti, oppure osservandoli mentre si contorcevano sotto di lei, incapaci di muoversi.

Elena poteva prevederlo.

Sotto di lei.

Erano proprio sotto Bloddeuwedd.

Il gufo scese in picchiata.

«Saber! Talon!», urlò Sage, ma Elena sapeva che non ci sarebbero stati più diversivi. Soltanto morte, lente torture e urla riecheggianti sull'unico muro rimasto in piedi nell'atrio.

Elena poteva vederlo.

«Non si apre, dannazione!», urlò Damon. Stava spostando il polso di Elena per far muovere la chiave nella fessura. Ma, per quanto tirasse e spingesse, non succedeva nulla.

Bloddeuwedd era a un soffio dalle loro teste.

Accelerò, lanciando immagini telepatiche di quello che avrebbe fatto.

Tendini strappati, articolazioni spezzate, ossa frantumate...

Elena sapeva...

NOOOOO!

La coppa colma di rabbia nel cuore di Elena traboccò.

Tutto ciò che aveva bisogno di sapere si manifestò attraverso un'epifania improvvisa, una visione di totale chiarezza. Ma era troppo tardi perché Stefan raggiungesse la porta, quindi, la prima cosa che gridò fu: «*Ali della Protezione!*».

Bloddeuwedd, a meno di due metri da loro, sbatté contro una barriera che nemmeno un missile nucleare avrebbe potuto danneggiare. La colpì alla velocità di una macchina in corsa e con la massa di un aereo di media grandezza.

L'orrido becco esplose contro le ali di Elena. Erano verde chiaro in alto, tempestate di scintillanti smeraldi, e sfumavano verso il basso in un rosa pallido come la luce dell'aurora, ricoperte di cristalli. Le ali avvolsero i sei umani e i due animali, e non si mossero di un millimetro quando il gufo gigante vi sbatté contro.

Bloddeuwedd sembrava un animale investito da una macchina.

Con gli occhi chiusi, cercando di non pensare alla fanciulla che era stata creata dai fiori (e che aveva ucciso suo marito!, si disse), con le labbra serrate e le lacrime che le rigavano le guance, Elena si girò verso la porta. Inserì l'anello. Si assicurò che combaciasse con la fessura.

E disse: «Fell's Church, Virginia, Stati Uniti, Terra. Vicino alla pensione, per favore».

Era mezzanotte inoltrata.

Matt stava dormendo sulla branda del bunker e la signora Flowers su un divano, quando furono svegliati di colpo da un rumore sordo.

«Cosa diamine è stato?». La signora Flowers si alzò e guardò fuori dalla finestra. Avrebbe dovuto essere buio pesto.

«Stia attenta, signora», disse Matt d'istinto, ma subito aggiunse: «Cos'è?», aspettandosi il peggio, come sempre, e controllando che la pistola con i proiettili benedetti fosse carica.

«C'è... luce», disse la signora Flowers, perplessa. «Non so cos'altro dire. È tutto illuminato».

Anche Matt vide la luce, che proiettava lunghe ombre sul pavimento del bunker. Da quando si era svegliato, non aveva udito lo scoppio di un solo tuono. Corse alla finestra.

«Hai mai visto...?», esclamò la signora Flowers, alzando le mani e lasciandole cadere di nuovo. «Cosa può significare?»

«Non lo so, ma ricordo che parlavano tutti delle linee energetiche. Linee di Potere nel terreno».

«Sì, ma quelle percorrono la superficie terrestre. Non puntano verso l'alto, come... come una fontana!», disse la signora Flowers.

«Ma ho sentito dire che dovunque si incrocino tre linee energetiche – credo l'abbia detto Damon – si può formare un Cancello. Come quello che stavano cercando per entrare nella Dimensione Oscura».

«Accidenti!», esclamò la signora Flowers. «Vuoi dire che credi che là fuori si sia aperto uno di quei Passaggi? Forse sono loro, stanno tornando!».

«Non può essere». Matt, dopo tutto il tempo passato con la vecchia signora, non solo la rispettava, ma provava per lei vero affetto. «A ogni modo, non penso che dovremmo uscire».

«Matt caro. Mi sei sempre di grande aiuto», mormorò la signora Flowers.

Matt non capiva come. Tutte le provviste e l'acqua erano sue. Persino la branda da campo su cui dormiva era sua.

Se fosse stato da solo, avrebbe indagato su quella... cosa straordinaria. Dal terreno uscivano tre fasci di luce obliqui, che si incrociavano ad altezza d'uomo. Raggi luminosi, che diventavano ogni istante più intensi.

Matt trattenne il fiato. Tre linee energetiche? Dio, si prospettava un'invasione di mostri.

Non osava sperare.

Elena non sapeva se fosse davvero necessario precisare "Stati Uniti" o "Terra", e nemmeno se la porta fosse in grado di ricondurli a Fell's Church: forse Damon avrebbe dovuto prima darle il nome di un cancello nelle vicinanze della città. Ma... di sicuro... con tutte quelle linee energetiche...

La porta si aprì su uno stanzino simile alla cabina di un ascensore.

Sage disse col suo solito tono pacato: «Ce la fate a trasportarlo? Anche se doveste combattere?». E, dopo qualche secondo di riflessione, tutti capirono il vero significato di quelle parole, e subito si levarono tre grida di protesta.

«No! Oh, per favore, no! Non ci *lasciare*!», implorò Bonnie.

«Non vieni a casa con noi?», chiese accorata Meredith.

«Ti *ordino* di entrare... e in fretta!», disse Elena.

«Che donna autoritaria!», mormorò Sage. «Bene, pare che il Grande Pendolo abbia oscillato di nuovo. Sono solo un uomo. Obbedisco».

«Cosa? Significa che vieni?», strillò Bonnie.

«Significa che vengo, sì». Sage, con delicatezza, prese in braccio il corpo scheletrico di Stefan ed entrò nella cabina. La procedura per aprire la Porta Dimensionale era diversa da quella che Elena aveva seguito per aprire la cella di Stefan. Funzionava come un ascensore a comando vocale... o almeno così sperava.

Dopotutto, Shinichi e Misao si servivano di una sola chiave. Lì, un certo numero di persone poteva raggiungere subito la destinazione desiderata.

O almeno se lo augurava. Sage allontanò con un calcio la vecchia barella di Stefan. Qualcosa cadde a terra, tintinnando. «Oh...». Stefan cercò invano di prenderlo. «È il diamante di Elena. L'ho trovato per terra dopo...».

«Ne abbiamo in abbondanza», disse Meredith.

«È importante per lui», disse Damon, che era già dentro. Invece di restare nella cabina, pur sapendo che sarebbe potuta scomparire da un momento all'altro, diretta a Fell's Church prima che potesse rientrarvi, si incamminò nell'atrio, scrutando palmo a palmo il pavimento. Si inginocchiò, afferrò il diamante, poi si rialzò e tornò di corsa nella cabina.

«Lo vuoi o preferisci che lo tenga io?»

«Conservalo tu... per me. Prenditene cura».

Chiunque fosse a conoscenza del passato di Damon, in particolar modo per quanto riguardava Elena, e soprattutto un vecchio diamante appartenuto a Elena, avrebbe pensato che Stefan fosse andato fuori di testa. Ma Stefan non era pazzo.

Strinse la mano del fratello in cui era racchiuso il diamante.

«E io avrò cura di te», disse con un debole sorriso.

«Non so se qualcuno è interessato», disse Meredith, «ma dentro questo aggeggio c'è solo un pulsante».

«Premilo!», urlarono all'unisono Sage e Bonnie, ma Elena gridò più forte: «No... *aspetta*!».

Aveva intravisto qualcosa. I Guardiani non erano riusciti a impedire a un semplice cittadino, apparentemente disarmato, di entrare nell'atrio e di attraversarlo con un'andatura fluida e aggraziata. Era alto quasi due metri e indossava una tunica e dei calzoni bianchi, intonati con la sua lunga chioma candida, da cui spuntavano due vigili orecchie da volpe. La morbida, serica coda ondeggiava dietro di lui.

«Chiudi la porta!», urlò Sage.

«Oh, *mio Dio*!», ansimò Bonnie.

«Qualcuno può dirmi che diavolo sta succedendo?», ringhiò Damon.

«Non vi preoccupate. È solo il mio compagno di prigionia. Un tipo silenzioso. Ehi, sei evaso anche tu!». Stefan sorrideva, ed era sufficiente per Elena. L'intruso gli stava porgendo qualcosa che – be', non poteva essere quello che sembrava – ma, visto da vicino, *somigliava* proprio a un mazzo di fiori.

«Quello *è* un kitsune, vero?», chiese Meredith, come se il mondo fosse impazzito tutt'a un tratto.

«Un prigioniero...», disse Stefan.

«UN LADRO!», urlò Sage.

«Zitti!», disse Elena. «Credo che possa sentirci, anche se non può parlare».

Il kitsune, ormai, era vicino. Incrociò lo sguardo di Stefan, diede una rapida occhiata agli altri, e porse il mazzo di fiori, che era chiuso con cura in una scatola di plastica, sigillata da lunghe strisce adesive su cui erano inscritte delle formule magiche.

«Questo è per Stefan», disse.

Tutti, compreso Stefan, restarono senza parole.

«Ora devo occuparmi di certi fastidiosi Guardiani», sospirò. «E tu devi premere il pulsante per far partire la cabina, bellezza», disse a Elena.

Elena, che per un istante era rimasta ipnotizzata dal lieve ondeggiare della sua soffice coda intorno ai pantaloni di seta, arrossì di colpo. Le erano tornate in mente alcune cose. Cose che le erano parse molto diverse... in una triste prigione sotterranea... nell'oscurità di quella notte artificiale...

Decise che era meglio fare buon viso a cattivo gioco.

«Grazie», disse, e premette il pulsante. Le porte iniziarono a chiudersi. «Grazie ancora!», aggiunse, rivolgendo al kitsune un grazioso inchino. «Mi chiamo Elena».

«*Yoroshiku*. Mi chiamo...».

La porta si chiuse.

«Ma siete impazziti?», gridò Sage. «Accettare un mazzo di fiori da una volpe!».

«Sembra che tu lo conosca, *Monsieur* Sage», disse Meredith. «Come si chiama?»

«Io *non so* come si chiama! So solo che mi ha rubato tre quinti del Tesoro del Monastero sulla Senna! So che è molto bravo, sì, molto bravo a barare al gioco! Ah!».

L'ultimo non fu un grido di rabbia, ma di allarme, poiché la cabina si era quasi ribaltata, poi era precipitata verso il basso e si era fermata per qualche secondo, prima di riprendere la sua regolare andatura.

«Davvero ci riporterà a Fell's Church?», chiese esitante Bonnie, e Damon le cinse le spalle con un braccio.

«Ci porterà da qualche parte», la rassicurò. «E allora vedremo. Abbiamo dimostrato di saper resistere a tutto».

«Ora che mi ci fai pensare», disse Meredith. «Credo che Stefan stia un po' meglio». Elena, che stava cercando di proteggerlo dagli scossoni dell'ascensore dimensionale, le lanciò uno sguardo preoccupato.

«Tu credi? Non dipende solo dalla luce? Penso che dovrebbe nutrirsi ancora un po'», rispose con ansia.

Stefan arrossì, ed Elena si portò la mano sulle labbra tremanti. *Non preoccuparti, amore*, gli disse. *Ognuna di queste persone avrebbe dato la vita per te... o per me... per noi. Io sto bene. Perdo ancora sangue. Per favore, non sprecarlo.*

Lui mormorò: «Fermerò il sangue». Invece, quando Elena si chinò su di lui, Stefan bevve, come lei aveva previsto.

21

Matt e la signora Flowers non potevano continuare a ignorare la luce accecante. Dovevano uscire.

Ma, non appena Matt aprì la porta, ci fu... be', Matt non aveva idea di cosa fosse. Una strana cosa saltò fuori dal terreno e volò come un razzo nel cielo, diventando sempre più piccola, fino a scomparire.

Una meteora aveva attraversato il globo terrestre? Ma non ci sarebbero stati terremoti, tsunami, onde d'urto, foreste in fiamme e forse anche la Terra spaccata in due come un melone? Se una meteora che si era solo schiantata in superficie aveva portato all'estinzione dei dinosauri...

La luce, che era ormai un puntino nel cielo, si era affievolita.

«Dio mio!», disse la signora Flowers con voce debole e tremante. «Matt, caro, stai bene?»

«Sì, signora. Ma...». Il vocabolario di Matt non superò la prova. «Cosa *diavolo* è stato?».

Con grande sorpresa di Matt, la signora Flowers rispose: «È quello che mi chiedo anch'io!».

«Aspetti... si muove qualcosa. Si metta al riparo!».

«Caro Matt, stai attento con quella pistola...».

«C'è qualcuno! Oh, mio Dio! *È Elena*». Matt si accasciò al suolo. Riusciva solo a mormorare: «Elena. È viva. *Elena è viva!*».

Per quel che Matt poteva vedere, c'era un gruppo di persone che si arrampicava e aiutava gli altri a uscire da una fossa, profonda circa due metri, nell'aiuola di erbe aromatiche della signora Flowers.

Sentiva le loro voci. «Attento», diceva Elena, chinandosi, «afferra la mia mano».

Ma come era vestita?, si chiese Matt. I brandelli di una gonna scarlatta che lasciavano vedere i numerosi graffi e tagli sulle gambe. Sopra, una blusa stracciata che le copriva a stento il seno. E sfoggiava il più vasto e scintillante assortimento di gioielli che Matt avesse mai visto.

Matt, sempre più sconvolto ed emozionato, udì altre voci.

«Stai attento, mi raccomando. Lo prendo io...».

«Posso farcela da solo». Di sicuro era *Stefan*!

«Avete sentito?», esultò Elena. «Ha detto che può farcela da solo!».

«*Oui*, ma forse una piccola spinta...».

«Non è il momento di fare il macho, fratellino». E quello, pensò Matt, con la mano sulla pistola, era Damon. Proiettili benedetti...

«No, voglio... farcela da solo... ok? Ecco fatto».

«Ecco! Visto? Migliora ogni secondo che passa!», gridò Elena.

«Dov'è il diamante? Damon?». Stefan sembrava preoccupato.

«Ce l'ho io. È al sicuro, rilassati».

«Voglio tenerlo io. Per favore».

«E non vuoi tenere me?», chiese Elena. Dopo un istante di confusione, Stefan si lanciò fra le sue braccia. Elena mormorava: «Piano, tranquillo».

Matt restò a bocca aperta. Damon era dietro di loro, del tutto a suo agio. «Io mi prendo cura del diamante», disse secco. «Tu prenditi cura della tua ragazza».

«Scusate... non vorrei disturbarvi, ma... per favore, qualcuno può tirarmi fuori da qui!» Era Bonnie! La sua voce era lamentosa, ma non spaventata o infelice. Bonnie rideva! «Abbiamo preso tutti i sacchi di sfere stellate?»

«Tutti i sacchi trovati in quella casa, sì». E quella era Meredith. Grazie a Dio. Erano tutti sani e salvi. Mentre Matt si rallegrava per il ritorno dei suoi amici, il suo sguardo fu attratto da una strana figura. Un uomo dai capelli dorati, che sembrava osservare la scena.

«Le sfere stellate ci *servono* perché ciascuna potrebbe...», esordì Meredith, quando Bonnie strillò: «Oh, guardate! Guardate! Matt e la signora Flowers!».

«Bonnie, non credo che ci stessero aspettando», obiettò Meredith.

«Dove? Bonnie, dove sono?», chiese Elena.

«Se sono Shinichi e Misao travestiti, io li... ehi, Matt!».

«Qualcuno può dirmi *dove* sono, per favore?»

«Proprio là, Meredith!»

«Oh! Signora Flowers! Uhm... spero che non l'abbiamo svegliata».

«Non ho mai avuto un risveglio così felice», disse sincera la signora Flowers. «Posso capire cosa avete passato in quel Luogo Oscuro. Non avevate... ehm... neanche da vestirvi in modo adeguato».

Cadde il silenzio. Meredith guardò Bonnie. Bonnie guardò Meredith.

«So che questi vestiti e i gioielli possono sembrare un po'... eccessivi...».

Matt ritrovò la voce. «Quei gioielli? Sono *veri?*»

«Oh, non sono granché. E siamo tutte sporche...».

«Perdonatemi. Se siamo ridotti così... è colpa mia...», cominciò Stefan, ma Elena lo interruppe.

«Signora Flowers, Matt: Stefan è stato in prigione! Per tutto questo tempo! Affamato e torturato... oh, Dio!».

«Elena, tranquilla. Sono di nuovo qui, con te».

«Con tutti noi. Ora, non ti lascerò più andare. Mai più».

«Calmati, amore. Ho davvero bisogno di un bagno adesso

e...», Stefan si fermò di colpo. «Non ci sono sbarre di ferro! Niente che possa soffocare i miei Poteri! Posso...». Si allontanò da Elena, che si aggrappò a lui con una mano. Ci fu un lampo di pallida luce argentata, come una luna piena che appare e scompare nella nebbia.

«Venite qui!», disse. «Posso liberarvi da quei parassiti».

«Tu sì che sei un signore!», disse Meredith. «Ho una vera fobia delle pulci, e Damon non mi ha dato nemmeno un repellente per gli insetti. Che padrone!».

Tutti scoppiarono a ridere, e Matt non ne capì il motivo. Meredith indossava una parure di zaffiri – be', pensò Matt, di sicuro era solo bigiotteria – che *sembrava* valere alcuni milioni di dollari.

Stefan le prese la mano. Apparve di nuovo il lampo di luce argentata. Poi Meredith si allontanò, mormorando un ringraziamento.

Stefan rispose a bassa voce: «Grazie a *te*, Meredith». Almeno il vestito blu di Meredith era ancora intero, osservò Matt.

Bonnie, il cui abito era stato stracciato in nastri di luce stellare, alzò la mano. «Anche a me, per favore!».

Stefan le prese la mano e fece riapparire la luce d'argento.

«Grazie, Stefan! Oh! Mi sento molto meglio! Non sopportavo più il prurito!».

«Grazie a te, Bonnie. Io non sopportavo più il pensiero di morire da solo».

«Gli altri vampiri sono in grado di badare a se stessi!», disse Elena, come se stesse spuntando delle voci da una lista. «Stefan, per favore...». Gli tese le braccia.

Lui si inginocchiò ai suoi piedi, baciandole entrambe le mani, poi le avvolse nella pallida luce bianca.

«Ma ho ancora bisogno di un bagno...», si lagnò Bonnie, mentre il nuovo vampiro, alto e robusto, e Damon si cospargevano di luce lunare.

«Ci sono quattro vasche da bagno in perfetto stato nella pensione», disse la signora Flowers. «Una in camera di Stefan, una in camera mia e le altre due nelle stanze di fronte a quella di Stefan. Sarete miei ospiti. Vado subito a mettere dei sali da bagno accanto alle vasche». E, allargando le mani come per abbracciare il logoro, sanguinante, sporco manipolo di sopravvissuti, aggiunse: «Fate come se foste a casa vostra, miei cari».

Si levò un coro di sentiti ringraziamenti.

«Organizzerò dei turni. Per nutrire Stefan, intendo. Se voi ragazze siete d'accordo», aggiunse in fretta Elena, guardando Bonnie e Meredith. «Non gliene servirà molto, solo un sorso ogni ora fino a domattina».

Elena sembrava evitare Matt. Il ragazzo era altrettanto schivo nei suoi confronti. Ma fece un passo avanti, alzando le mani per mostrare di non essere armato. «È una regola che tocchi solo alle ragazze? Perché anch'io posso donare il sangue, e sono sano come un cavallo».

Stefan gli lanciò una rapida occhiata. «Nessuna regola. Ma non sei costretto a...».

«Io voglio aiutarti».

«Va bene, allora. Ti ringrazio, Matt».

La risposta appropriata poteva essere «Di niente, Stefan», ma Matt non riuscì a dire altro che: «Grazie per esserti preso cura di Elena».

Stefan sorrise. «Ringrazia Damon per questo. Mi hanno aiutato, lui e tutti gli altri».

«Portiamo anche a spasso i cani[1]... almeno Sage lo fa», commentò Damon, strizzando l'occhio con aria d'intesa.

«Oh... ora che mi ci fai pensare... dovrei fare quel trucco antipulci anche per i miei amici. Saber! Talon! Qui!». Ed emise un fischio che Matt non sarebbe mai riuscito a imitare.

[1] *We Also Walk Dogs* è il titolo di un racconto dello scrittore di fantascienza Robert Heinlein. "Portiamo anche a spasso i cani" è il motto della General Services, organizzazione specializzata nel soddisfare qualsiasi richiesta dei suoi facoltosi clienti (*n.d.t.*).

Matt aveva l'impressione di sognare. Un cane enorme, grosso quasi quanto un cavallo, e un falco emersero dalle tenebre.

«Ecco qui, bravi», disse il vampiro muscoloso, facendo brillare ancora una volta la luce argentata.

«Bene. Se non vi dispiace, io preferisco dormire all'aperto con i miei amici. Le sono grato per tutta la sua gentilezza, *Madame*, e il mio nome è Sage. Il falco si chiama Talon, il cane, Saber».

«Io e Stefan prendiamo il bagno in camera di Stefan», disse Elena. «Bonnie e Meredith quello della signora Flowers. Voi ragazzi potete cavarvela da soli, direi».

«Io sarò in cucina, se avete bisogno», concluse la signora Flowers. «A preparare dei panini». Si girò e si incamminò verso la pensione.

In quel momento Shinichi emerse dalle viscere della terra. O meglio, il suo *volto* emerse. Era solo un'illusione, ma l'effetto era piuttosto terrificante. Shinichi sembrava essere lì in carne e ossa, simile a un gigante che porta il mondo sulle spalle. Il nero dei suoi capelli si confondeva con la notte e le punte scarlatte creavano un'aureola di fuoco intorno al suo viso. Provenendo da un mondo sovrastato da un immenso sole rosso, giorno e notte, trovarono la visione alquanto inquietante.

Gli occhi rossi del kitsune, simili a due piccole lune nel cielo, si fissarono sul gruppo radunatosi vicino alla pensione della signora Flowers.

«Ciao», disse. «Come mai siete sorpresi? Non dovreste. Non potevo lasciarvi tornare senza fare un salto a salutarvi. Dopotutto, è un bel po' che non ci si vede... almeno con alcuni di voi», disse la faccia gigante, con un ghigno beffardo. «Inoltre volevo unirmi ai festeggiamenti... abbiamo salvato il piccolo Stefan e, perbacco!, abbiamo pure fatto a pugni con una gallina sovrappeso».

«Avrei voluto vedere te, impegnato in un corpo a corpo con

Bloddeuwedd. E abbiamo anche preso la chiave nascosta nel suo nido», cominciò indignata Bonnie, ma si fermò quando Meredith le strinse un braccio.

Nel frattempo, Sage mormorava qualcosa a proposito di quello che la sua "gallina sovrappeso" – Talon – gli avrebbe fatto se Shinichi avesse avuto abbastanza fegato da mostrarsi in carne e ossa.

Shinichi lì ignorò. «Oh, per non parlare di tutta la ginnastica mentale. Davvero formidabile, bravi! Pertanto, non vi scambieremo mai più per un branco di idioti che non si sono mai chiesti *perché* mia sorella abbia dato loro degli indizi, tanto per cominciare, e perché proprio indizi comprensibili anche per degli Estranei. Voglio dire», lanciò uno sguardo malizioso, «secondo voi perché non siamo semplicemente andati lì e non abbiamo buttato la chiave in un posto qualsiasi?»

«Stai bluffando», disse secca Meredith. «Ci hai sottovalutati, tutto qui».

«Forse», disse Shinichi. «O forse è il contrario».

«Hai perso», disse Damon. «Comprendo che possa essere un concetto completamente nuovo per te, ma è la pura verità. Elena riesce a controllare molto meglio i suoi Poteri».

«Ma funzioneranno qui?». Shinichi fece uno strano sorriso. «Oppure svaniranno d'improvviso alla luce del nostro pallido sole giallo? O nelle profondità delle vere tenebre?»

«Non lasciarti ingannare, *Madame*», urlò Sage. «I tuoi Poteri vengono da un luogo in cui lui non può entrare!».

«Oh, sì, c'è anche il rinnegato. Il Ribelle, figlio di ribelli. Mi chiedevo... Come ti fai chiamare adesso? Cage? Rage? Chissà cosa penseranno questi ragazzini quando scopriranno chi sei *veramente*».

«Non m'importa chi è», strillò Bonnie. «Lo sappiamo già. Sappiamo che è un vampiro, ma è anche buono e gentile e ci ha salvati tante volte». Chiuse gli occhi, ma non si lasciò abbattere dalla sferzante risata di Shinichi.

«Dunque, "*Madame*"», disse il kitsune, scimmiottando Sage, «pensi di aver portato "Sage" dalla tua parte. Ma conosci per caso la tattica che negli scacchi si chiama "gambetto"? No? Bene, sono sicuro che la tua amica intellettuale sarà felice di informarti».

Ci fu una pausa. Poi Meredith disse, con tono inespressivo: «Il gambetto è la mossa con cui un giocatore di scacchi sacrifica qualcosa, per esempio un pedone, per ottenere qualcos'altro. Per guadagnare la posizione che voleva sulla scacchiera, ad esempio».

«Sapevo che saresti stata in grado di spiegarlo. Cosa ne pensi del nostro primo gambetto?».

Dopo un altro silenzio, Meredith disse: «Presumo che tu voglia dire che ci hai ridato Stefan per ottenere qualcosa di meglio».

«Oh, se solo tu avessi avuto una chioma dorata... come quella, così abbondante, che sfoggia la tua amica Elena».

Seguirono diverse esclamazioni di sorpresa e perplessità, in gran parte dirette a Shinichi, ma anche a Elena.

Che subito esplose. «Hai preso i ricordi di Stefan?»

«Suvvia, non essere così drastica, mia cara. Ma c'è una bella e incauta giocatrice qui, che svela i suoi trucchi a ogni partita. È stata molto collaborativa».

Elena alzò lo sguardo verso la faccia gigante con un'espressione di totale disgusto. «Tu... *carogna*».

«Oh, mi si spezza il cuore». In realtà, la faccia di Shinichi non sembrava afflitta, ma infuriata e pericolosa. «Fra voi, che vi credete amici così intimi, sapete quanti segreti ci sono? Di sicuro Meredith è un'esperta di segreti: è stata così abile a nasconderli alle sue amiche per tutti questi anni. Credete di averla già messa sotto torchio, ma il meglio deve ancora venire. E poi, ovviamente, ci sono i segreti di Damon».

«Sai che se ne parli qui e ora significa guerra immediata, vero?», disse Damon. «E sai, è strano, ma ho la sensazione che tu sia venuto qui, stasera, per negoziare».

La risata di Shinichi, stavolta, fu sferzante in senso letterale, tanto che Damon dovette saltare per afferrare Meredith perché non cadesse nella fossa aperta dalla cabina.

«Molto galante», tuonò Shinichi, facendo esplodere i vetri di una finestra della pensione. «Ora devo proprio andare. Devo farvi un riassunto dei tesori che dovete ancora cercare, prima che possiate di nuovo guardarvi negli occhi tra di voi?»

«Penso che li abbiamo già tutti. E tu non sei il benvenuto in questa casa», disse gelida la signora Flowers.

Elena, intanto, rifletteva. Sapeva che Stefan aveva ancora bisogno di lei e cercava di capire cosa le fosse sfuggito: il secondo gambetto di Shinichi. Perché era sicura che ce ne fosse un altro.

«Dove sono le federe?», chiese con un tono aspro che sconcertò metà del gruppo e spaventò l'altra metà.

«Ne avevo una in mano, ma l'ho lasciata per prendere Saber», disse Sage.

«Anch'io ne avevo una, quando ero nella fossa, ma mi è caduta quando mi hanno tirata su», disse Bonnie.

«Io ho ancora la mia, anche se non capisco a cosa serva...», cominciò Damon.

«Damon!». Elena si girò di scatto verso di lui. «Fidati di me! La tua federa e quella di Sage sono al sicuro, *ma cosa è successo a quella di Bonnie?*».

Nel momento stesso in cui lei aveva detto "fidati", Damon aveva gettato la sua federa su quella di Sage, e, prima che lei finisse di parlare, era saltato nella fossa, benché la luce dell'esplosione di energia fosse ancora troppo forte per gli occhi di un vampiro.

Ma Damon non si lamentò. Disse: «L'ho presa, è al sicuro... no, aspetta! Una radice! Una dannata radice ha avviluppato una delle sfere stellate! Lanciatemi un coltello, presto!».

Mentre tutti si tastavano le tasche in cerca di un coltello, Matt fece qualcosa che lasciò Elena di stucco. Prima lanciò un'occhiata nella fossa, profonda quasi due metri, puntando... cosa, una pistola? Sì, Elena l'aveva riconosciuta: era uguale a quella di Meredith. Poi, senza cercare di agevolarsi la discesa, saltò nella fossa, come aveva fatto Damon.

«NON VOLETE SAPERE...», ruggì Shinichi, ma nessuno gli prestò attenzione.

Il salto di Matt non era andato liscio come quello di Damon. Finì con un gemito e un'imprecazione soffocata. Tuttavia, Matt non perse tempo; ancora in ginocchio, passò la pistola a Damon.

«Proiettili benedetti. Spara!».

Damon fu svelto come un lampo, sembrò quasi che non avesse nemmeno preso la mira. Doveva aver tolto la sicura e sparato in un attimo, poiché la radice si era ritirata, strisciando, nelle soffici pareti di terra della fossa, e la sua appendice mozzata era rimasta avviluppata intorno a un oggetto sferico.

Elena udì l'esplosione di due colpi... tre. Poi Damon si chinò e raccolse la sfera. Era di media grandezza e, sotto i viticci, si intravedeva la superficie pura e limpida come il cristallo.

«Mettila giù!». La rabbia di Shinichi aveva oltrepassato ogni limite. I due puntini rossi degli occhi ardevano come fiamme, come lune di fuoco. Sembrava che cercasse di farli obbedire alzando semplicemente la voce. «HO DETTO DI NON TOCCARLA CON LE TUE LURIDE MANI UMANE!».

«Oh, mio Dio», gemette Bonnie.

«È di Misao... deve esserlo», disse Meredith con tono calmo. «Shinichi metterebbe a rischio quello che gli appartiene, mai le cose di sua sorella. Damon, passamela. Dammi anche la pistola. Scommetto che non è a prova di proiettile». Si inginocchiò, allungando la mano dentro la fossa.

Damon, alzando un sopracciglio per la sorpresa, fece quello che gli aveva chiesto.

«Oh, Dio», strillò Bonnie, china sul ciglio della fossa. «Matt si è storto una caviglia... come minimo».

«TI HO AVVERTITO», ruggì Shinichi. «TE NE PENTIRAI...».

«Ci penso io», disse Damon a Bonnie, ignorando del tutto Shinichi. Senza ulteriore indugio, prese in braccio Matt e volò fuori dalla fossa. Posò il ragazzo biondo accanto a Bonnie. I suoi grandi occhi castani lo guardarono colmi di smarrimento.

Matt, comunque, era un vero ragazzo della Virginia, fino al midollo. Deglutì, solo una volta, e disse d'un fiato: «Grazie, Damon».

«Di niente, Matt», rispose Damon, e poi: «Che c'è?», quando sentì sussultare qualcuno.

«Ti sei ricordato», strillò Bonnie, «Ti sei ricordato il suo... Meredith!», esplose, guardando la ragazza slanciata. «L'erba!».

Meredith, dopo aver esaminato la sfera stellata con una strana espressione, passò la pistola a Damon e cercò di strappare, con la mano libera, l'erba che le si era attorcigliata attorno ai piedi, e che stava già avviluppando le sue caviglie. Ma l'erba si allungò, le afferrò la mano e le legò i piedi. Germogliava in fretta, cresceva, si arrampicava sul corpo della ragazza, mirando alla sfera, che lei teneva in alto.

Allo stesso tempo cercava di soffocarla.

Accadde tutto così in fretta, che fu solo quando lei rantolò: «Qualcuno prenda la sfera», che gli altri accorsero in suo aiuto. Bonnie arrivò per prima e cominciò subito a strappare i viticci che stavano stringendo il torace di Meredith. Ma ogni filo d'erba era duro come l'acciaio e non riuscì a spezzarne neanche uno. Non ci riuscirono neppure Matt ed Elena. Intanto, Sage cercava di sollevare di peso Meredith, per staccarla da terra, ma non ebbe più successo degli altri.

Il volto della ragazza, ben visibile alla luce che brillava ancora nella fossa, stava diventando bianco.

Damon le strappò dalle dita la sfera stellata un istante prima che il groviglio di viticci, risalendo sul braccio, la raggiungesse. Poi cominciò a muoversi più veloce della luce, senza fermarsi in un posto abbastanza a lungo da permettere a una qualsiasi pianta di afferrarlo.

Eppure, l'erba non smise di stringersi sul corpo di Meredith. Il suo viso stava diventando cianotico. I suoi occhi si dilatarono, la bocca si aprì per mordere l'aria che non sarebbe mai arrivata ai polmoni.

«Basta, fermati!», urlò Elena a Shinichi. «Ti daremo la sfera stellata! Ora lasciala andare!».

«*LASCIARLA* ANDARE?». Il kitsune proruppe in una tonante risata. «PENSA BENE A QUELLO CHE MI CHIEDI».

Elena si guardò attorno, concitata, e vide che l'erba aveva quasi avvolto del tutto Stefan, in ginocchio, ancora troppo debole per muoversi in fretta come gli altri.

Non aveva emesso nemmeno un suono per richiamare l'attenzione su di sé.

«*No!*». Il grido disperato di Elena sovrastò quasi la risata di Shinichi. «Stefan! No!». Pur sapendo che era inutile, si lanciò su di lui e cercò di strappar via l'erba dal suo torace smagrito.

Stefan accennò appena un sorriso e scosse mesto la testa.

A quel punto Damon si fermò. Alzò la sfera stellata verso il viso di Shinichi, che si stava immergendo nel terreno. «Prendila!», urlò. «Prendi la sfera, maledetto, ma lasciali andare!».

Il forte vento emesso dalla risata di Shinichi soffiò a lungo. Accanto a Damon crebbe una spirale d'erba, che, in meno di un secondo, formò un orrendo pugno irsuto e riuscì quasi ad afferrare la sfera.

E, proprio allora...

«Non è ancora finita, miei cari», disse ansimando la signora Flowers. Era arrivata di corsa dal magazzino della pensione, insieme a Matt, che la seguiva zoppicando. Entrambi impugnavano dei... blocchetti di post-it?

Elena vide che Damon si muoveva di nuovo veloce come il vento, lontano dal pugno verde, e che Matt attaccava alcuni foglietti sull'erba che ricopriva Stefan, mentre la signora Flowers faceva lo stesso con il cespuglio che aveva imprigionato Meredith.

L'erba sembrò sciogliersi sotto lo sguardo incredulo di Elena, riducendosi in fili di paglia secca che cadevano al suolo.

E un istante dopo stava abbracciando Stefan.

«Entriamo in casa, miei cari», disse la signora Flowers. «Saremo al sicuro nel magazzino. Chi è illeso aiuti i feriti, naturalmente».

Meredith e Stefan respiravano a pieni polmoni.

Ma Shinichi volle l'ultima parola.

«Non vi preoccupate», disse, stranamente calmo, come se non avesse capito di essere stato sconfitto, per il momento. «La sfera, molto presto, sarà di nuovo mia. Comunque non sapete come usare quel tipo di Potere! E, per finire in bellezza, vi svelerò quello che i vostri cosiddetti amici vi stanno nascondendo. Solo un paio di segreti, d'accordo?»

«Al diavolo i tuoi segreti», gridò Bonnie.

«Attenta a come parli! Che ne dite di questo: uno di voi ha mantenuto un segreto per tutta la vita, e tuttora ve lo nasconde. Uno di voi ha ucciso. E non parlo di un vampiro, né di eutanasia. Nulla del genere. E poi c'è la questione della vera identità di Sage... buona fortuna con le ricerche! A uno di voi è stata già cancellata la memoria... e non mi riferisco a Damon e Stefan. E che dire del segreto del bacio rubato? Poi c'è la domanda su ciò che è accaduto la notte del motel, che sembra nessuno, tranne Elena, ricordi. Un giorno o l'altro potreste chiederle di spiegarvi le sue teorie su Camelot. E infine...».

Un rumore, assordante come il mostruoso scoppio di risate del kitsune, lo interruppe. Bucò la faccia nel cielo, facendola sgonfiare come un palloncino. La testa di Shinichi scomparve.

«E quello cos'era?»

«Chi ha la pistola?»

«Che genere di pistola può avergli fatto questo?»

«Una carica di proiettili benedetti», disse con spavalderia Damon, mostrando loro la pistola, puntata in basso.

«Vuoi dire che sei stato *tu*?»

«Ben fatto, Damon!».

«Addio, Shinichi!».

«È un gran bugiardo quando gli conviene, ve lo posso assicurare».

«Penso», disse la signora Flowers, «che adesso dovremmo chiuderci nella pensione».

«Volentieri. E andare a farci un bagno».

«Solo un'ultima cosa». La voce roboante di Shinichi sembrava provenire da ogni parte del cielo e della terra.

«Vi piacerà da morire quello che ho in serbo per la prossima volta. Se fossi in voi, comincerei a negoziare *subito* per la sfera stellata». Non seguì la solita risata, ma un gemito soffocato, femminile, come se Misao non riuscisse a rimanere in silenzio.

«VI PIACERÀ *DA MORIRE*!», insisté Shinichi, ruggendo.

22

Elena provava una sensazione che non riusciva a descrivere. Non era la pace alla fine di un percorso. Era... una sosta. Le sembrava di aver vagato gran parte della sua vita in cerca di Stefan.

L'aveva riavuto indietro, abbastanza sano e pulito (aveva fatto un bagno rilassante, mentre lei lo strofinava per bene con ogni tipo di spazzola e pietra pomice, una doccia da solo e una da contorsionista insieme a Elena). I suoi capelli, asciugandosi, erano diventati morbidi e neri come lei ricordava, solo un po' più lunghi del solito. Non aveva avuto il tempo e le energie per occuparsi di cose frivole come tenere i capelli corti e in ordine. Elena lo capiva.

Non c'erano più guardie o kitsune nei paraggi a spiarli. Niente poteva separarli. Avevano giocato nella doccia, si erano spruzzati ridendo, Elena sempre attenta a tenere i piedi sulle piastrelle antiscivolo, pronta a sorreggere il corpo magro di Stefan. Ma non avevano più voglia di giocare.

Il getto d'acqua nella doccia era servito anche a nascondere le lacrime che continuavano a scorrere sulle guance di Elena. Gli poteva tastare e contare le costole a una a una. Era pelle e ossa, il suo bellissimo Stefan, eppure i suoi occhi verdi erano vivaci, luminosi e danzanti sul suo pallido viso.

Dopo aver indossato il pigiama, stettero seduti per un po' sul letto. Stare insieme, respirando all'unisono (Stefan si era abituato, dopo tutto il tempo passato con gli umani, e dopo i tentativi di farsi bastare il poco cibo che gli davano in prigione), e *sentendo* il corpo caldo dell'altro così vicino... era quasi troppo. Poi, esitante, Stefan cercò la mano di Elena, la prese, la strinse fra le sue, guardandola con aria stupita.

Elena continuava a deglutire, tentando di iniziare una conversazione, e sentiva quasi di irradiare beatitudine. Oh, non voglio nient'altro, pensava, pur sapendo che presto avrebbe voluto parlare, abbracciare, baciare e nutrire Stefan. Ma se le avessero chiesto di accontentarsi di quello – stare seduti insieme, a comunicare solo col contatto dei corpi e l'amore negli sguardi – avrebbe accettato.

Prima di rendersene conto, cominciò a parlare; parole che emergevano, come bolle di melassa, dal profondo della sua anima. «Credevo che, per qualche motivo, avrei perso stavolta. Ho vinto così tante volte e pensavo che qualcuno mi avrebbe dato una lezione... e che tu non ce l'avresti fatta».

Stefan stava ancora guardando estasiato la sua mano, rigirandola per baciare ogni dito, ogni falange. «Chiami "vittoria" morire alla luce del sole, soffrendo, per salvare la mia inutile vita... e quella ancor più inutile di mio fratello?»

«Per me è la miglior vittoria», rispose Elena. «Ogni istante che passiamo insieme è una vittoria. Ogni secondo... persino nella prigione...».

Stefan trasalì, ma Elena voleva finire di esprimere ciò che provava.

«Persino lì, solo guardarti negli occhi, sfiorare la tua mano, sapere che mi stavi guardando e toccando, e che eri felice, era una vittoria, per me».

Stefan alzò lo sguardo su di lei. Nella luce fioca, i suoi occhi verdi sembrarono, d'un tratto, cupi e misteriosi. «Ancora una cosa», sussurrò. «Perché io sono quel che sono... perché il tuo vero dono non è quella splendida nuvola di capelli dorati, ma un'aura... ineffabile. Indescrivibile. Al di là di ogni parola...».

Elena credeva che sarebbero stati semplicemente seduti a guardarsi, persi l'uno negli occhi dell'altra, ma non stava andando così. Lo sguardo di Stefan era spento, sfuggente, ed Elena capì quanto fosse assetato e ancora vicino alla morte.

Si raccolse i capelli bagnati su un lato del collo, e si lasciò cadere, sapendo che Stefan l'avrebbe presa.

Stefan le mise una mano sotto la nuca per sollevarle la testa e guardarla negli occhi.

«Sai quanto ti amo?», chiese.

Il suo volto era in ombra, enigmatico e stranamente eccitante. «Non penso che tu lo sappia», sussurrò. «Ti ho osservata, Elena, e so che eri disposta a fare *qualsiasi cosa* per salvarmi... ma non penso che tu sappia quanto sia cresciuto il mio amore per te...».

Brividi di piacere le percorsero la spina dorsale.

«Allora farai meglio a dimostrarlo», sussurrò. «O potrei non credere che tu dica sul serio...».

«Ti mostrerò quanto sono serio», rispose Stefan. Eppure, quando si chinò, le diede solo un dolcissimo bacio. I sentimenti di Elena per quella creatura affamata, che voleva solo baciarla invece di morderle subito il collo, raggiunsero un'intensità che non riusciva a comprendere né a descrivere a parole. Poteva esprimerla soltanto spingendo la testa di Stefan sulla sua gola, costringendolo a posarvi sopra le labbra.

«Ti prego», disse. «Oh, Stefan, *ti prego*».

Sentì una breve fitta di dolore sacrificale, quando Stefan cominciò a bere il suo sangue, e la sua mente, che si era dibattuta come un uccello in una stanza in fiamme, vide il suo nido e il suo compagno e si innalzò fino a ricongiungersi col suo grande amore.

Dopo quell'estasi, non avevano bisogno di ricorrere a maldestre parole. Comunicavano con pensieri puri e luminosi come gemme luccicanti, ed Elena era felice, poiché la mente di Stefan era completamente aperta e non c'erano muri, tenebre o macigni di segreti e lamenti di bambini in catene...

Cosa!, esclamò la voce telepatica di Stefan. *Un bambino in catene? Un macigno grande quanto una montagna? Chi mai può avere questa roba nella sua mente...?*

Stefan si interruppe, perché conosceva la risposta, prima che il pensiero fulmineo di Elena potesse dargliela. Elena percepì l'onda verde chiaro della pietà, mista all'ovvia collera di un ragazzo che era stato costretto a subire le pene dell'inferno, ma senza le macchie del terribile veleno nero dell'odio tra fratelli.

Quando ebbe finito di raccontare tutto quel che sapeva sulla mente di Damon, Elena disse: *E non so cosa fare! Ho fatto tutto quello che potevo, Stefan, io... l'ho persino amato. Gli ho dato tutto quello che non apparteneva a te solo. Ma non so se questo abbia fatto la minima differenza per lui.*

Ha chiamato Matt "Matt", e non "Mutt", la interruppe Stefan.

Sì. Io... l'ho notato. Ho evitato di chiederglielo, ma non mi sembra così importante.

È importante invece: sei riuscita a cambiarlo. Pochi ne sarebbero stati capaci.

Elena lo strinse in un abbraccio impetuoso, ma si fermò subito, temendo di fargli male. Lui sorrise e scosse la testa. Somigliava di nuovo a una persona normale, non più a un sopravvissuto a un campo di concentramento.

Dovresti continuare così, disse Stefan. *Hai un fortissimo ascendente su di lui.*

D'accordo... ma senza ricorrere alle Ali, promise Elena. Temette che Stefan la ritenesse troppo presuntuosa... o troppo affezionata a Damon.

Ma bastò uno sguardo per convincersi che stava facendo la cosa giusta.

Si abbracciarono stretti.

Procurare a Stefan altri umani a cui succhiare il sangue non fu complicato come immaginava Elena. Stefan indossava un pigiama pulito e la prima cosa che disse ai tre donatori fu: «Se vi spaventate o cambiate idea, basta dirlo. Posso sentirvi molto bene e non sto morendo di fame. Comunque, me ne accorgerò se non vi piace, forse prima che voi stessi ve ne rendiate conto, e mi fermerò. E, per finire, grazie. Ringrazio di cuore tutti voi. Ho deciso di rompere il mio voto, stanotte, perché rischio ancora, se mi addormento, di non svegliarmi più, senza il vostro aiuto».

Bonnie era turbata, indignata e furiosa. «Vuoi dire che non hai potuto dormire *per tutto il tempo* perché avevi paura di... di...».

«Mi sono addormentato qualche volta, ma per fortuna – e grazie a *Dio* – mi sono sempre risvegliato. Non osavo muovermi per risparmiare le energie, ma Elena ha trovato il modo di venirmi a trovare, e ogni volta mi ha portato qualcosa per tirarmi su». Rivolse a Elena uno sguardo che le fece volare il cuore fuori dal petto fino alla stratosfera.

Poi Elena stabilì dei turni perché Stefan venisse nutrito ogni ora e uscì con gli altri, lasciando sola Bonnie, la prima volontaria, perché si sentisse più a suo agio.

Accadde il mattino successivo: Damon era uscito presto, per andare a trovare Leigh, la nipote dell'antiquario, che era sembrata molto felice di vederlo. Era già di ritorno, e lanciava occhiate sprezzanti ai pigroni che si aggiravano, ancora assonnati, nella pensione.

Accadde quando vide il mazzo di fiori.

Era ben sigillato in una scatola, e protetto da amuleti contro i rischi del passaggio fra le dimensioni. C'era qualcosa di potente là dentro.

Damon piegò la testa da un lato.

Uhm... cosa sarà mai?

Caro diario,

Non so come cominciare. Siamo a casa.

Ieri sera abbiamo fatto un lungo bagno... ero un po' delusa, perché non avevo la mia spazzola per la schiena col manico lungo, e non c'era la musica incantevole delle sfere stellate da far sentire a Stefan... e l'acqua era TIEPIDA! Stefan è andato più volte a controllare se lo scaldabagno era acceso e ha incontrato Damon, che era uscito per lo stesso motivo! Siamo di nuovo a casa.

Un paio d'ore fa mi sono svegliata per vedere lo spettacolo più bello del mondo: l'alba. Rosa pallido e verde misterioso a oriente e l'oscurità notturna ancora densa a occidente. Poi il cielo tinto di un rosa più intenso, e gli alberi tutti avvolti da nuvole di rugiada. D'un tratto un acceso bagliore sulla linea dell'orizzonte e nel cielo strisce di luce rosa scuro, color crema e persino verde melone. Infine, una linea di fuoco, e in un secondo cambiano tutti i colori. La linea diventa un arco, il cielo a ovest è sempre più blu, e poi sorge il sole, portando calore, luce e colori sulle verdi foreste e il cielo diventa azzurro celestiale... questa parola significa solo "del cielo", anche se, non so per quale motivo, ogni volta che la dico provo una sensazione deliziosa. Il cielo diventa come una pietra preziosa, celeste, blu ceruleo, e il sole dorato comincia a diffondere energia, amore, luce e quanto di buono c'è al mondo.

Chi non sarebbe felice di assistere a questo spettacolo, fra le braccia di Stefan?

Noi, che abbiamo avuto la fortuna di nascere nella luce, che la vediamo ogni giorno e non ci facciamo caso, noi siamo benedetti. Potevamo nascere come anime nere, che vivono e muoiono nelle tenebre cremisi, senza nemmeno sapere che da qualche parte c'è qualcosa di meglio.

23

Elena fu svegliata dalle urla. L'aveva già destata una volta l'incredibile spettacolo dell'alba. Senza dubbio quella era la voce di Damon. *Urla?* Damon non urlava mai!

Indossò in fretta una vestaglia e si precipitò al piano di sotto.

Grida... confusione. Damon era inginocchiato sul pavimento. La sua faccia era bluastra. Nella stanza non c'erano piante che potessero strangolarlo.

È stato avvelenato, pensò subito dopo, e il suo sguardo volò rapido per la stanza alla ricerca di un liquido versato o dei cocci di un piatto caduto o di qualsiasi altro indizio del veleno.

Non trovò niente.

Sage gli dava pesanti pacche sulle spalle. Oh, Dio, che gli fosse andato qualcosa di traverso? Ma era un'assurdità. I vampiri non respirano, tranne che per assorbire e accumulare il Potere.

Allora cosa era successo?

«Devi respirare», urlava Sage nell'orecchio di Damon. «Espira, come quando parli, poi inspira, come quando accresci il tuo Potere. Pensa ai tuoi organi interni. Fai lavorare quei polmoni!».

Elena era sempre più confusa.

«Così!», gridò Sage. «Hai capito?»

«Ma dura solo un secondo. Poi lo devo fare di nuovo».

«È ovvio, questo è il punto!».

«Ti dico che sto per morire e tu ridi di me?», urlò Damon.

Aveva i capelli scarmigliati e i vestiti in disordine. «Sono cieco, sordo, i miei sensi sono impazziti... e tu ridi!».

Damon... in difficoltà, notò Elena, confusa.

«Va bene». Sembrava che Sage si stesse sforzando di non ridere. «Forse, *mon petit chou*, non avresti dovuto aprire un pacco che non era indirizzato a te, non credi?»

«Ho messo difese dappertutto, prima di aprirlo. La casa era al sicuro».

«Ma tu no... *respira*! *Respira*, Damon».

«Sembrava del tutto innocuo... e ammettilo... stavamo già per aprirlo... l'altra notte... eravamo troppo stanchi...!».

«Ma farlo da solo, aprire il regalo di un kitsune... è stato sciocco, no?».

Damon, ansimando, disse aspro: «Non farmi la predica! Aiutami. Perché sento tutto ovattato? Perché non riesco a vedere? O a sentire? E a odorare... nulla? Ti dico che non sento neanche un odore!».

«Come umano, sei sano e forte. Potresti anche sconfiggere un vampiro se ti battessi in questo momento. Ma i sensi umani sono molto pochi e molto deboli».

Le parole fluttuavano nella mente di Elena... aprire un pacco che non era indirizzato a te... un mazzo di fiori da parte di un kitsune... umano...

Oh, mio Dio!

Le stesse parole stavano passando anche per la mente di qualcun altro, perché all'improvviso una persona giunse di corsa dalla cucina. Stefan.

«Hai rubato il mio mazzo di fiori? Quello del kitsune?»

«Sono stato molto cauto...».

«Capisci quello che hai fatto?». Stefan scrollò Damon.

«Ahia! Fa male! Vuoi spezzarmi il collo?»

«*Fa male?* Damon, aspettati *tantissimo* dolore! Capisci? Ho parlato con quel kitsune. Gli ho raccontato l'intera storia della mia vita. Elena è venuta a trovarmi e lui l'ha vista praticamente... be', non importa... l'ha vista piangere su di me! Ti... rendi... conto... di... cosa... hai... *fatto*?».

Era come se Stefan si stesse arrampicato su una ripida scalinata di rabbia, e ogni gradino lo portasse a un livello più alto di collera. E, arrivato in cima...

«Ti AMMAZZO!», urlò. «L'hai *presa* tu... la mia umanità! L'aveva data a me... *e tu l'hai presa*!».

«Tu ammazzi *me*? Io ammazzo *te... bastardo*! C'era un fiore al centro del mazzo. Una rosa nera, la più grande che io abbia mai visto. E aveva un profumo... paradisiaco...».

«Non c'è più!», riferì Matt, guardando il mazzo di fiori. Lo mostrò agli altri. C'era uno spazio vuoto al centro della composizione floreale.

Nonostante questo, Stefan afferrò il mazzo di fiori e vi immerse la faccia, aspirandone il profumo a pieni polmoni.

Continuò ad annusare e a far schioccare le dita, ma, ogni volta, dai polpastrelli scoccavano scintille.

«Mi dispiace, amico», disse Matt. «Credo proprio che sia finito».

Elena capì tutto. Il kitsune... era uno di quelli buoni, di quelli menzionati nelle leggende di Meredith. O, perlomeno, era abbastanza buono da provare compassione per Stefan. E così, quando era evaso, aveva creato un mazzo di fiori. I kitsune potevano fare qualsiasi cosa con le piante, anche se, di sicuro, era stata una grande impresa, simile alla conquista del segreto dell'eterna giovinezza... trasformare i vampiri in esseri umani. E Stefan, dopo tutte le sofferenze patite, quando stava finalmente per ricevere la sua ricompensa...

«Torno indietro», urlò Stefan. «Devo trovarlo!».

Meredith chiese con tono pacato: «Con o senza Elena?».

Stefan si fermò. Alzò lo sguardo verso le scale, e la vide.

Elena...

Ci andremo insieme.

«No», gridò Stefan. «Non te lo permetterei mai. In fin dei conti, non voglio andarci sul serio. Voglio solo uccidere *lui*!». Saltò di nuovo addosso al fratello.

«Sei un po' ripetitivo, sai? Fra l'altro, sono io che sto per uccidere te, bastardo! Mi hai portato via il mio mondo! Io sono un vampiro! Non sono uno...», una sfilza di fantasiose imprecazioni, «umano!».

«Be', adesso lo sei», disse Matt. Si tratteneva a stento dallo scoppiare in una fragorosa risata. «Secondo me è meglio che ti ci abitui».

Damon si scagliò su Stefan. Stefan non arretrò. In un batter d'occhio scoppiò un putiferio di calci, spintoni, pugni e imprecazioni in italiano. Sembrava che ci fossero almeno quattro vampiri a lottare contro cinque o sei umani.

Elena si sedette con un gran sospiro.

Damon... umano?

Come si poteva affrontare quella situazione?

Alzò lo sguardo e vide che Bonnie aveva preparato con amore un vassoio pieno di prelibatezze per palati umani, e, senza dubbio, l'aveva fatto per Damon, prima che lui desse in escandescenze.

«Bonnie», disse Elena a bassa voce, «non darglielo adesso. Te lo lancerebbe contro. Ma, forse, più tardi...».

«Più tardi *non* me lo lancerà?».

Elena fece una smorfia.

«Come affronterà la sua vita da umano?», si chiese ad alta voce.

Bonnie guardò il tornado di furia vampiresca e umana.

«Direi... tirando calci e imprecando tutto il tempo».

In quel momento la signora Flowers uscì dalla cucina. Reggeva un vassoio con una montagna di soffici cialde impilate su diversi piatti. Vide il groviglio di pugni, ringhi e insulti.

«Oh, povera me», disse. «C'è qualcosa che non va?».

Elena guardò Bonnie. Bonnie guardò Meredith. Meredith guardò Elena.

«Sì... diciamo così», disse Elena, sospirando.

Poi non riuscirono più a trattenersi e tutte e tre scoppiarono in una risata irrefrenabile.

Hai perso un alleato potente, disse una voce nella mente di Elena. *Lo sai questo? Riesci a prevedere le conseguenze? Proprio oggi, appena tornata da un mondo pieno di gente come Shinichi?*

Vinceremo, pensò Elena. *Dobbiamo vincere.*

(Continua...)

INDICE

Di Lisa Jane Smith la Newton Compton ha pubblicato

Il diario del vampiro

1. Il risveglio
2. La lotta
3. La furia
4. La messa nera
5. Il ritorno
6. Scende la notte
7. L'anima nera
8. L'ombra del male

La setta dei vampiri

1. Il segreto
2. Le figlie dell'oscurità
3. L'incantesimo
4. L'angelo nero
5. La prescelta
6. L'anima gemella

Il gioco proibito

1. La casa degli orrori

Dark Visions

1. Il dono
2. Il vampiro della mente

I diari delle streghe

1. L'iniziazione
2. La prigioniera
3. La fuga
4. Il potere

Nuova Narrativa Newton

LISA TUTTLE, *Il codice delle fate*
STUART MACBRIDE, *Il cacciatore di ossa*
NANCY KILPATRICK, *La guerra dei vampiri*
FRANCO MATTEUCCI, *Il profumo della neve*
NAGIB MAHFUZ, *Il Settimo Cielo*
COLLEEN GLEASON, *Cacciatori di vampiri*
LAWRENCE WATT-EVANS, *Il Signore dei Maghi. La saga degli Eletti*
BILL NAPIER, *Dossier Andromeda*
WAYNE BARLOWE, *Il demone di Dio*
STUART MACBRIDE, *La porta dell'inferno*
JAMES VANORE, *Il vangelo dei vampiri*
LISA JANE SMITH, *Il diario del vampiro. Il risveglio*
NAGIB MAHFUZ, *Karnak Café*
BINA SHAH, *La bambina che non poteva sognare*
JACOBO MACHOVER, *Il romanzo di Che Guevara*
ADRIANA KOULIAS, *Il tempio del Graal*
COLLEEN GLEASON, *La condanna del vampiro*
SIMON SCARROW, *Il centurione*
STUART MACBRIDE, *La casa delle anime morte*
WHITLEY STRIEBER, *2012. L'apocalisse*
JANE ELLIOTT, *Diario di un'adolescenza rubata*
NANCY KILPATRICK, *La rinascita del vampiro*
LIU HONG, *Le donne del vento rosso*
RONALD CUTLER, *I custodi del manoscritto di Cristo*
ROBERT HOLDSTOCK, *La maledizione del Graal. Il Codice di Merlino*
ANN CLEEVES, *Gli occhi della notte*
SCOTT WESTERFELD, *I diari della mezzanotte. L'ora segreta*
NAGIB MAHFUZ, *Autunno egiziano*
KENZO KITAKATA, *Tokyo noir*
JULIA GREGSON, *Matrimonio a Bombay*
LISA JANE SMITH, *Il diario del vampiro. La lotta*

SCARLETT THOMAS, *PopCo*
ANDREW PEPPER, *La vendetta del Capitano Paine*
HARRY SIDEBOTTOM, *Il guerriero di Roma. Fuoco a Oriente*
LISA JANE SMITH, *Il diario del vampiro. La furia*
YARI SELVETELLA, *Uccidere ancora*
PETER HAINING (a cura di), *La maledizione del vampiro*
STEPHEN JONES (a cura di), *Il grande libro di Dracula*
STEPHEN JONES (a cura di), *Vampiri!*
JENNIFER CLEMENT, *Il fascino del veleno*
FEDERICO GHIRARDI, *Bryan di Boscoquieto e il Talismano del Male*
SIMONE DI MEO, *Faida di camorra*
ANDREA FREDIANI, *Un eroe per l'impero romano*
LISA JANE SMITH, *Il diario del vampiro. La messa nera*
COLLEEN GLEASON, *La rivolta dei vampiri*
DUANE SWIERCZYNSKY, *Uccidere o essere uccisi*
TOM MARTIN, *Il regno perduto*
LISA JANE SMITH, *I diari delle streghe. L'iniziazione*
STAV SHEREZ, *Il monastero di Satana*
MICHELLE MORAN, *La regina dell'eternità. Il romanzo di Nefertiti*
SCOTT WESTERFELD, *I diari della mezzanotte. Dentro le tenebre*
BILL NAPIER, *Nemesis*
LAWRENCE WATT-EVANS, *Il nono talismano. La saga degli Eletti*
ADRIANA KOULIAS, *I custodi del Graal*
LIN ANDERSON, *La bambina che giocava con il fuoco*
LISA JANE SMITH, *Il diario del vampiro. Il ritorno*
CHRISTOPHER LINCOLN, *Billy Bones. L'armadio dei segreti*
SCARLETT THOMAS, *L'isola dei segreti*
GIULIO CASTELLI, *Gli ultimi fuochi dell'impero romano*
ALAFAIR BURKE, *La città del terrore*
SCOTT WESTERFELD, *I diari della mezzanotte. I cacciatori della notte*
JANE ELLIOTT, *Alice all'inferno*
BINA SHAH, *Il bambino che credeva nella libertà*
NASEEM RAKHA, *Una madre non dimentica*
VITO BRUSCHINI, *The Father. Il padrino dei padrini*
SIMON SCARROW, *Sotto l'aquila di Roma*
LISA JANE SMITH, *I diari delle streghe. La prigioniera*
COLLEEN GLEASON, *Il crepuscolo dei vampiri*
STUART MACBRIDE, *Il collezionista di occhi*
SHERRY JONES, *La sposa guerriera. A'isha e la rivolta islamica*
TRISHA TELEP (a cura di), *L'ora dei vampiri*

NANCY KILPATRICK, *Gli amori del vampiro*
CORY DOCTOROW, *X*
STEVE ALTEN, *L'ultima profezia. 2012, il testamento maya*
LISA JANE SMITH, *Il diario del vampiro. Scende la notte*
AZADEH MOAVENI, *Viaggio di nozze a Teheran*
LISA JANE SMITH, *I diari delle streghe. La fuga*
ALI ETERAZ, *Il bambino che leggeva il Corano*
JEANNE KALOGRIDIS, *I diari della famiglia Dracula*
JON E. LEWIS (a cura di), *Sul tetto del mondo*
ISABELLE AUBRY, *La prima volta avevo sei anni*
MASSIMO LUGLI, *Il carezzevole*
AZHAR ABIDI, *La casa degli amori sognati*
HARRY SIDEBOTTOM, *Il guerriero di Roma. Il re dei re*
LISA JANE SMITH, *I diari delle streghe. Il potere*
HELENE COOPER, *Le bambine di Sugar Beach*
COLLEEN GLEASON, *Il bacio del vampiro*
HAMISH MACINNES (a cura di), *L'ultima scalata*
VERONICA Q, *Vietato ai minori*
DAVID IGNATIUS, *Attacco a Teheran*
ANDREA FREDIANI, *Dictator. L'ombra di Cesare*
CHRIS PRIESTLEY, *Le terrificanti storie di zio Montague*
GAILE PARKIN, *Africa Social Club*
SIMON SCARROW, *Il gladiatore*
LISA JANE SMITH, *Il diario del vampiro. L'anima nera*
FABIO DELIZZOS, *La Setta degli Alchimisti. Il segreto dell'immortalità*
MAHBOD SERAJI, *Le notti di Teheran*
CHRISTOPHER LINCOLN, *Billy Bones. Sulla strada per Maipiù*
STEPHEN JONES (a cura di), *Wolfmen. Storie di lupi mannari*
FRANCO MATTEUCCI, *Lo show della farfalla*
ROBERTO GENOVESI, *La legione occulta dell'impero romano*
NAGIB MAHFUZ, *Per le strade del Cairo*
MICHELLE MORAN, *La regina eretica. Il romanzo di Nefertari*
STEPHANIE SALDAÑA, *La sposa di Damasco*
TOM HARPER, *La città dei libri proibiti*
RAYMOND KHOURY, *Il segno di Dio*
STEVE ALTEN, *2012. La resurrezione*
LISA JANE SMITH, *Il diario dei vampiro. L'ombra del male*
OLLE LÖNNAEUS, *Il bambino della città ghiacciata*

Lisa Jane Smith

Il diario del vampiro

L'anima nera

NNN 214. Volume di 240 pagine. € 12,90

A Fell's Church le cose non sono mai come sembrano: la verità è sempre ammantata di mistero, e anche le più consolidate certezze possono crollare sotto i colpi dell'amore, della passione e della vendetta. Elena, contesa dai due fratelli vampiri, è tornata dal mondo dei morti con nuovi, incredibili poteri. Stefan è scomparso e adesso Damon, il vampiro malvagio, ha campo libero: ora che la creatura che lo possedeva è stata sconfitta e il fratello non può più frapporsi tra lui ed Elena, sembra che il suo trionfo sia vicino. Ma tutto può cambiare, se anche il più crudele dei vampiri si scopre capace di piangere, e rivela dei sentimenti che non credeva di poter provare... Dubbi che non hanno risposta, normali ragazze che trovano nel loro animo la forza di combattere le battaglie più spaventose, amicizie che confinano pericolosamente con la passione: il bene e il male sono sempre più simili tra loro, e il volto del vero amore, per Elena, è celato da una fitta nebbia.

Lisa Jane Smith

Il gioco proibito

La casa degli orrori

VN 45. Volume di 240 pagine. € 12,90

Alla ricerca del regalo perfetto per il suo ragazzo, Jenny Thornton si imbatte in uno strano, inquietante negozio di giochi. Dietro al bancone, un ragazzo ancora più strano, con i capelli argento e gli occhi di un blu elettrico, vende antichi giochi in scatola, amuleti, misteriosi artefatti. Si chiama Julian, e a Jenny consiglia proprio di acquistare uno di quei giochi in scatola molto particolari. La confezione è completamente bianca, non ci sono scritte né immagini, e le istruzioni cominciano con un avvertimento che mette i brividi: «Entrare nel Mondo delle Ombre può essere fatale». Le regole sono molto semplici: ogni partecipante deve scrivere la sua più grande paura e disegnare con dei pennarelli una grande casa vittoriana, il regno dell'Uomo Ombra. Jenny è misteriosamente attratta dalla sfida e organizza subito una partita insieme ai suoi più cari amici. Ma il gioco si trasforma in realtà, e la casa diventa vera. In ogni camera si annida un incubo, e nelle stanze prendono forma le paure più oscure dei ragazzi, che si ritrovano a vagare per i tortuosi corridoi, fino a precipitare nell'inferno che ribolle nelle loro menti. La partita è iniziata, e la posta in palio è la vita di Jenny.

NEWTON COMPTON EDITORI